MAXIM WAHL

DAS SAVOY

HOFFNUNG EINER FAMILIE

atb aufbau taschenbuch

MAXIM WAHL

DAS

SAVOY

HOFFNUNG EINER FAMILIE

ROMAN

1946

aufbau taschenbuch

MIX
Papier aus verantwortungsvollen Quellen
FSC® C083411

ISBN 978-3-7466-3793-8

Aufbau Taschenbuch ist eine Marke
der Aufbau Verlage GmbH & Co. KG

1. Auflage 2022

Satz LVD GmbH, Berlin
Druck und Binden CPI books GmbH, Leck, Germany
Printed in Germany

www.aufbau-verlage.de

LONDON 1946

1

Das Glück der Stunde

»Ich habe ein Kind«, sagte Violet mit Blick in die Sterne. »Ich habe ein Hotel, dem ich meine ganze Kraft widme. Und neben dem Hotel und meiner Tochter gibt es etwas, das ich genauso liebe. Weißt du, was ich meine?«

Der Mann in ihrem Bett streckte sich wohlig aus. »Ich habe keine Ahnung.«

Der Friede machte Violet glücklich. Alles, so kam ihr vor, schien sich zum Guten zu wenden. Deutschland war besiegt, das mörderische Regime stand in Nürnberg vor Gericht. Großbritannien hatte wirtschaftlich zwar eine harte Zeit durchzustehen, doch nach einem Krieg wie diesem war das zu erwarten. Die Briten wollten Weltmacht bleiben und unterhielten weiterhin ein riesiges Heer. Das Königreich bat die USA um einen Kredit von drei Billionen Dollar. In London wurde der neue Flughafen Heathrow eröffnet. Großbritannien schloss Frieden mit Indien und Thailand. Die Zeitungen waren voll von solch großartigen Neuigkeiten. Der Mensch, so schien es Violet, hatte begriffen, dass er den Ast, auf dem er saß, nicht absägen durfte.

Auch sie selbst konnte ihr Glück manchmal kaum fassen. Der Mann, den sie tot geglaubt hatte, der in Nordafrika verschollen gewesen war, hatte den Weg zurück nach Hause gefunden. Lionel war zu ihr gekommen, nach London, ins Savoy, hierher, in das wunderbare Kuppelzimmer.

»Vor sechs Jahren standen wir im Krieg«, fuhr sie fort. »Er sollte noch fünf lange Jahre dauern. Damals zu Weihnachten habe ich den Vorsatz gefasst, um meine Liebe zu kämpfen. Diese Liebe gehörte dir, Lionel. Und sie gehört dir bis heute.«

Violet ließ den Blick durch den Raum schweifen. Hier hatte einmal ihr Großvater, Sir Laurence Wilder, gewohnt. Als sie auf die Welt kam, war er schon im vorgerückten Alter gewesen, trotzdem hatten seine Privaträume nie den

Geschmack eines alten Mannes widergespiegelt. Nach seinem Tod war diese Suite verwaist, aber der Friede hatte Violet veranlasst, den Räumen neues Leben einzuhauchen. Sie ließ alles so renovieren, wie er es geliebt hätte. Die kräftigen Linien, das dunkle Holz, das den Deckenbogen trug. Der Bogen stützte die Glaskuppel, durch die man in den Himmel sah.

»Jeder Mensch fasst zu Weihnachten gute Vorsätze«, sagte sie. »Aber wie ist das mit guten Vorsätzen an einem Geburtstag?«

»Wer hat Geburtstag?« Lionel schob sich das verstrubbelte Haar aus der Stirn.

Als hätte er das richtige Stichwort gegeben, klopfte es an der Tür.

»Da ist er schon.«

»Wer denn?«

Mit zärtlichen Knüffen boxte Violet ihren Liebsten aus dem Bett. »Du musst dich anziehen.«

»Warum?« Widerwillig stand er auf.

»Weil er dich nicht nackt in meinem Bett erwischen soll. Er ist ein bisschen altmodisch.«

Lionel nahm seine Sachen vom Sessel und lief zum Paravent. Schmunzelnd beobachtete Violet, wie er hinter dem Möbel verschwand, das schon Sir Laurence als Umkleidekabine gedient hatte. Die Seidenstickerei auf dem Bambusrahmen war brüchig geworden, aber das Motiv leuchtete noch immer: eine japanische Raupe, die an einem Schilfhalm emporkroch.

Von draußen hörte Violet ein helles Stimmchen. »Nun mach schon!«

»Warte«, widersprach eine feine Männerstimme. »Wir können nicht einfach …«

»Klar können wir.« Ein kleines Mädchen stürmte ins Zimmer. Ihre Bluse hatte Puffärmel, ihr Rock war übersät von Flecken. Sie trug lange Strümpfe, obwohl es dafür eigentlich schon zu warm war. »Das war früher mein Zimmer!«, rief Maxine, Violets Tochter.

»Du hast recht. Als du noch klein warst, ist das unser gemeinsames Zimmer gewesen.« Violet warf ihren Morgenmantel über. »Aber jetzt bist du schon groß und hast ein viel schöneres Zimmer nebenan.«

»Jutty huy!« Mit einem gewaltigen Satz hopste Maxine in das Bett ihrer Mutter.

»Aber doch nicht mit den Kleidern ins Bett, Maxine.« Ein älterer Mann folgte dem Kind. Er trug einen korrekten Gehrock mit Stehkragen und Krawatte, sein Haar war weiß. »Du hast gerade im Sandkasten gespielt. Der ganze Schmutz kommt ja ins Bett.«

Maxine fiel ihrer Mutter um den Hals. »Wir waren in der Sandkiste, Henny und ich. Und ich habe ihn im Pennywerfen besiegt.«

»Stimmt das, *Onkel Henny*?«, lachte Violet. »Du warst beim Pennywerfen doch sonst der Champion.«

»Eine bittere Erfahrung für mich, Vi«, antwortete Henry Wilder, Violets Onkel und zugleich Sohn und Nachkomme von Laurence Wilder, in dessen Fußstapfen er aber nie getreten war. »Im Pennywerfen rücken nun jüngere Athleten nach.« Solange seine Nichte ihm im Nachtgewand gegenübersaß, hielt Henry den Blick respektvoll abgewandt.

Wenn Violet ihren Onkel heute vor sich sah, musste sie an ein Wunder glauben. Er war krank gewesen. Die Ärzte hatten keine organische Erklärung für seinen Zusammenbruch finden können, doch schien er damals jegliche Lebenskraft zu verlieren. Henry wurde immer schwächer, er verließ sein Zimmer und bald darauf auch sein Bett nicht mehr. Violet hatte den Eindruck gehabt, als würde ihr Onkel Tag für Tag mehr erlöschen. Die Zerstörung Londons während des Luftkampfes, die vielen Toten, die zahllosen Menschen, die von den Schlachtfeldern nicht zurückkehrten; Henry verkraftete das alles einfach nicht. Er hatte dem Wüten des Bösen und der

Macht des Teufels über die Welt nichts entgegenzusetzen.

Dazu war ein persönlicher Schicksalsschlag gekommen. Henry, der zarte Mensch in den Sechzigern, hatte sich getraut, wieder zu lieben. Doch die Frau, die sein Herz erobert hatte, war eine Betrügerin gewesen. Sie verriet Violet, sie verriet das Savoy. Ihr Ende war traurig und dramatisch. Sie wurde ermordet. Man fand ihre Leiche in einem zusammengerollten Teppich.

Als Henrys Zustand immer schlimmer wurde, suchte Violet nach einem Ausweg, der medizinisch nicht zu erklären war. Er wog damals nur noch neunzig Pfund. Die Rettung war einem Zufall zu verdanken. Einmal, als Violet ihn in seinen Privaträumen besuchte, war Maxine hinter der Mutter hergeschlichen und mit Trara in Henrys Zimmer gesprungen. Das Mädchen erschrak einen Moment über das Aussehen ihres Großonkels, setzte sich aber ungezwungen auf sein Bett und stellte Fragen. Henry war ein leidenschaftlicher Uhrensammler, überall hingen seine Exponate in Glasvitrinen. Maxine fand die schimmernden Uhren interessant und wollte mehr darüber wissen. Mit schwacher Stimme gab Henry seiner Großnichte Auskunft.

Von nun an brachte Violet ihre Tochter zu jedem Besuch mit. Das Verhältnis der beiden vertiefte sich, bis sie mitunter ganz vergaßen, dass Violet ebenfalls anwesend war. Henry bekam wieder Appetit, er aß mit Maxine, weihte sie in die Uhrmacherei ein und spielte ihre kindlichen Spiele mit, darunter auch das Pennywerfen. Es kam der Tag, als die beiden das Savoy zum ersten Mal zu zweit verließen und einen Spaziergang entlang der Themse machten. Violet beobachtete das Ereignis vom Fenster ihres Büros aus. Ihr standen die Tränen in den Augen. Es war Liebe. Wie immer war es die Liebe, die Henry geheilt hatte. Die Liebe zu seiner Großnichte ließ ihn die Verneinung des Lebens vergessen.

Tagsüber war Violet zu beschäftigt, um sich um Maxine zu kümmern; mehrere Nannys waren für die Kleine zuständig. Seit einiger Zeit besuchte sie außerdem den Kindergarten. Doch nach der wundersamen Genesung Henrys gab es nur noch eine Nanny für Maxine, ihren Großonkel. Das Hotel wurde Zeuge, wie die beiden ein Herz und eine Seele wurden. Eine innigere Freundschaft konnte sich niemand vorstellen.

»Hast du ihm schon gratuliert?«, fragte Violet ihre Tochter.

Mit großem Ernst schüttelte Maxine den Kopf. »Nein, Mama.« Sie machte ein geheimnisvolles Gesicht. »Das wollten wir zusammen tun.«

Violet hauchte dem Kind einen Kuss auf die Stirn. »Du hast recht.«

»Jetzt, Mama?«, fragte Maxine mit leuchtenden Augen.

»Was wird denn da getuschelt?« Hinter dem Paravent kam Lieutenant Lionel Burke hervor. Diesen Rang hatte er im Krieg bekleidet. Nachdem er verwundet, in italienische Gefangenschaft geraten und nach einer Odyssee über das Mittelmeer nach England zurückgekehrt war, quittierte er den Militärdienst. Nicht in Uniform, in einem schlichten Leinenanzug trat er zu ihnen.

»Lonny!«, rief Maxine, verließ das Bett, eine Fontäne Sand hinter sich lassend, hopste an Lionel hoch und umklammerte ihn wie ein Äffchen. »Wieso hast du dich versteckt?«

»Um dich zu erschrecken.« Er drehte sich mit ihr im Kreis.

»Ich bin aber nicht erschrocken!« Sie schlug ihre Fersen in sein Hinterteil.

»Schluss!«, rief Violet. »Lass den Lieutenant in Ruhe. – Sag doch auch etwas, Henry.«

Mit versonnenem Lächeln betrachtete der Weißhaarige die beiden. »Sie kann deinen Lionel eben gut leiden.«

Und auch dieser Umstand war ein Grund zur Freude für Violet. Maxine wuchs ohne Vater auf. Und obwohl

Lionel diese Stellung nicht einzunehmen versuchte, akzeptierte das Kind, dass die Liebe ihrer Mutter diesem Mann gehörte.

Violet ging zur Kommode, auf der zwei Päckchen bereitlagen. »Komm, Maxie, es ist so weit.«

Das Mädchen ließ den Lieutenant los und nahm das kleinere Paket entgegen. Die beiden traten auf Henry zu, der noch nicht ahnte, was ihm bevorstand.

»Los?«, fragte Maxine.

»Los«, nickte Violet.

»Was denn *los*?« Lionel kam dazu.

Das Päckchen vor der Brust haltend begann Maxine:

»*Der beste Onkel, den ich gern mag,*
der feiert heute den Geburtstag.
Ich wünsche dir zu deinem Feste
von Herzen nur das Allerbeste.«

Sie wurde über das ganze Gesicht rot, sprang auf den Großonkel zu und gab ihm das Päckchen. Als er sich zu ihr beugte, umarmte Maxine ihn so leidenschaftlich, dass Henry fast umgekippt wäre.

Violet schloss sich an. »Happy birthday, mein lieber Henry. Ich wünsche dir noch viele glückliche Jahre.«

»Danke … danke«, erwiderte er überrascht und sichtlich bewegt. »Ohne euch beide hätte ich diesen Tag nicht erlebt.« Er sah Nichte und Großnichte innig an. »Euch verdanke ich alles.«

»Was meint er damit, Mama?«, fragte Maxine.

»Er meint, dass er dich sehr lieb hat.« Violet umarmte beide gleichzeitig. So stand die kleine Familie Wilder beisammen, für Violet war es das schönste Gefühl von allen.

Plötzlich lächelte Henry verschmitzt. »Soll ich euch was sagen? Ich hätte den heutigen Tag am liebsten verschwitzt. Aber unsere Hausdame, Mrs Drake, die über die Ereignisse, die in diesem Hotel passieren, bestens Bescheid weiß, hat mich gefragt, wie mein Geburtstag begangen werden soll.«

»Mrs Drake hat mich ebenfalls darauf aufmerksam gemacht.« Violet nickte. »Seitdem haben Maxine und ich an deinen Geschenken gebastelt.« Auch sie gab ihm ein Päckchen.

»Das ist wirklich lieb von euch.«

»Ich hab es selbst gemacht!«, rief Maxine. »Aufmachen, Henny, los, mach es schon auf!«

Lionel trat zu ihnen. »Darf ich ebenfalls gratulieren, Mr Wilder? Die Damen haben ein Geheimnis daraus gemacht. Ich wusste nichts von Ihrem Geburtstag.«

Henry schüttelte die Hand des Lieutenants. »Mir wäre

es lieber gewesen, wenn er unbeachtet vorbeigeschlüpft wäre, aber nun freue ich mich doch.«

»Wir machen eine Party«, bestimmte Violet.

»Ach nein, lieber nicht«, wiegelte Henry ab. »Der Geburtstag ist doch schon fast vorbei.«

»Nicht heute. Wir legen einen Tag dafür fest. Du bekommst deine Party. Habe ich recht?«, fragte sie ihre Tochter.

»Party, Party!« Maxine hopste um den Großonkel herum.

»Damit ist es entschieden.« Violet klatschte in die Hände.

»Ist es in Ihrem Alter schicklich –«, begann Lionel. »Darf ich fragen, wie alt Sie sind, Mr Wilder?«

Henry legte den Kopf ein wenig schief. »Ich wurde in dem Jahr geboren, als Queen Victoria große Anteile am Suezkanal kaufte und dem britischen Empire damit die wichtige Handelsroute für immer sicherte.«

Lionel überlegte. »Der Suezkanal? Das war ... Aber das kann doch nicht ...«

»Die Zeit vergeht schneller, als man glaubt, Lieutenant.«

Maxines Ungeduld war nicht länger zu bändigen. »Jetzt mach es schon auf, Onkel Henny!«

Vorsichtig zog Henry an der Schleife.

Er kam nicht mehr dazu, Maxines Bastelarbeit zu bewundern, denn mit einem Mal stand der Hoteldetektiv in der Kuppelsuite.

»Ich störe ungern«, sagte Clarence Oppenheim, doch sein Ausdruck machte klar, dass die Störung nötig sei.

Vor dem korrekt gekleideten Mr Oppenheim kam sich Violet in ihrem aprikosenfarbenen Morgenmantel fast nackt vor. »Was gibt es denn, Clarence?«, fragte sie irritiert.

»Ich muss Sie bitten, mich zu begleiten, Miss Mason.«

Violet musterte Lionel und Oppenheim nebeneinander. Wieder einmal stellte sie fest, dass Männer wie Oppenheim den besten Anzug ruinieren konnten. Die Oberarme des Hoteldetektivs drohten die Nähte seiner Anzugjacke zu sprengen. Männer wie Lionel hingegen, die ein wenig schmächtiger und in nacktem Zustand zart und knabenhaft waren, wirkten in einem guten Anzug wendig, elegant und sportlich. Clarence Oppenheim hatte die Ausstrahlung einer Skulptur aus Eisen. Entweder er bewegte sich, oder er erstarrte. Es gab kein Mittelding, nichts Langsames, Geschmeidiges an ihm, ungewöhnlich für einen Detektiv, von dem man erwartete, dass er unauffällig durch Räume strich, alles sah und kaum gesehen wurde. Doch wo immer Oppenheim erschien, war es, als hätte ein Gladiator den Raum betreten.

»Was ist denn so dringend, Clarence?« Die Unterbrechung passte Violet nicht.

»Ein Juwelenraub im dritten Stock«, erwiderte er schlicht.

»In der dritten Etage? Aber doch hoffentlich nicht bei –?« Violet sah ihn fragend an.

»Ich fürchte doch.« Oppenheim biss die Kiefer aufeinander. »Die Herzogin von Londonderry wurde ausgeraubt.«

2

Der Mann von Lloyd's

Violet nickte den Pagen zu, die von Oppenheim beauftragt worden waren, das Treppenhaus zu sichern. Niemand durfte in den Trakt hinein oder ihn verlassen, solange Scotland Yard nicht eingetroffen war. Gäste wurden höflich ersucht, auf ihren Zimmern zu bleiben.

»Melden Sie mich bitte bei der Herzogin«, forderte Violet den Chefbutler auf. Er klopfte.

Zugleich kam Mrs Drake den Korridor entlang.

»Sie haben es schon gehört?«, fragte Violet.

»Ich war in der Küche. Entschuldigen Sie, dass ich erst jetzt komme, Miss Mason.« Die Hausdame gehörte dem

Savoy seit Ewigkeiten an und war eine Stütze des Betriebs. Im Hotel hielt sich hartnäckig der Witz, dass Mrs Drake in Wirklichkeit ein Mann sei. Sie überragte die meisten der Angestellten, ihre Haut hatte die Grobporigkeit eines Elefanten. Ein *Mr Drake* war im Hotel noch nie gesehen worden.

Der Chefbutler meldete: »Die Herzogin lässt bitten.«

»Bringen wir's hinter uns.« Violet nickte bekümmert. Als Oppenheim mit ihr zusammen eintreten wollte, hielt sie ihn sanft zurück. »Warten Sie besser draußen auf den Yard, Clarence. Ein Gespräch unter Frauen scheint mir im Moment richtiger.«

Lady Edith, die Herzogin von Londonderry, war eine Frau mit schwarzem Haar, hängenden Schultern und traurigen veilchenblauen Augen. Seit Jahren gehörte sie zu den Stammgästen des Savoy. Man durfte annehmen, dass sie ihrer Haarfarbe inzwischen ein wenig nachhalf, doch die Strahlkraft ihrer Augen war ungebrochen. Früher, wenn Lady Edith im Haus gewesen war, konnte man damit rechnen, dass noch am selben Tag der Wagen des Premierministers vorfuhr. Ramsey MacDonald hatte das Savoy durch den Seiteneingang betreten und sich zur Suite der Herzogin bringen lassen. Mit dem Erkerblick auf die Themse galt sie als die romantischste im ganzen

Haus. Auch diesmal bewohnte Lady Edith die Erkersuite, während MacDonald das Amt des Premierministers längst hatte abgeben müssen. Ihm waren Baldwin, Chamberlain und Churchill gefolgt. Seit 1945 stand nun Mr Clement Attlee der Regierung vor.

»Ich kann Ihnen gar nicht sagen, wie leid es mir tut, Mylady.« Als Violet auf ihren Gast zueilte, bemerkte sie, dass die Duchess nicht allein war. Ihr Besuch war zweifellos Engländer, sein akkurat gestutztes Bärtchen ließ auf eine Offizierskarriere schließen. Trotz der Wärme, die London in diesem Mai überraschte, trug er einen dreiteiligen Anzug aus wetterfestem Tweed.

»Danke, Miss Mason«, erwiderte die Herzogin. »Einer gewinnt, und einer verliert. Heute ist wohl der Juwelendieb der Gewinner.« Sie bat Violet zur Chaiselongue.

»Ich wusste nicht, dass Sie Besuch haben. Ich dachte, mein Personal hätte den Trakt abgeriegelt.« Die Frauen setzten sich.

Lady Edith lächelte. »Ich habe den guten Mr Asquith als Ersten zu mir gebeten, noch bevor ich Ihren Detektiv informierte. Er arbeitet für *Lloyd's*.«

»Die Versicherung?«, fragte Violet. »Haben Sie den Schmuck der Herzogin versichert?«

Der Mann im Tweed nickte bekümmert. »Ausgerechnet die wertvollsten Stücke. Die Versicherungssumme beläuft sich auf einen fünfstelligen Betrag.«

»Ich möchte mich auch bei Ihnen für das Verbrechen in meinem Haus entschuldigen, Mr Asquith. Es ist bestimmt keine Freude, Ihrer Direktion einen solchen Verlust zu melden.«

Mit einer Geste lud Lady Edith den Versicherungsvertreter ein, sich ebenfalls zu setzen.

»Wie Sie wissen, ist das nicht der erste Juwelenraub in Ihrem Haus«, sagte Asquith. »Der Einbrecher hat zunächst die Gattin eines Regierungsbeamten bestohlen, dann die Besitzerin eines Schweizer Pelzhauses und nun bedauerlicherweise Lady Edith.«

»Wollen Sie damit sagen, dass diese Juwelen sämtlich bei *Lloyd's* versichert sind?«, fragte Violet überrascht.

»Wir sind das weltweit größte Versicherungsunternehmen auf diesem Sektor. Gestatten Sie mir eine Bemerkung. Da die aktuellen Raubzüge so knapp hintereinander erfolgt sind, wäre es da nicht an der Zeit, Ihr Sicherheitssystem zu überprüfen, Miss Mason? Ich habe den Eindruck, der wackere Mr Oppenheim ist von dieser Aufgabe überfordert.«

Violet straffte den Rücken. »Clarence Oppenheim arbeitet seit Jahren für das Savoy. Er hat Giftmörder, Sexualtäter, Diebe und Männer entlarvt, die in meinem Haus mit käuflichen Frauen gehandelt haben. Oppenheim mag nicht so aussehen, aber er ist ein Fuchs.«

»Hatte Ihr *Fuchs* nie den Verdacht, dass der Täter hier im Haus wohnen könnte?«

»Einer meiner Gäste?«

»Die Vermutung wäre nicht abwegig. Wie gelingt es dem Einbrecher so leicht, in die Zimmer mit dem Schmuck zu kommen?«

»Oppenheim glaubt, der Dieb sei über den Balkon eingestiegen.«

»Ein Fassadenkletterer im Herzen Londons?« Asquith zog die Augenbrauen hoch. »Wissen Sie, wie viele Passanten hier vorbeikommen und das Savoy bestaunen?«

»Aber nicht um drei Uhr früh, Mr Asquith.« Violet war gekommen, um der Herzogin ihr Mitgefühl auszusprechen, nicht um sich vor einem Versicherungsmann zu verantworten. »Scotland Yard wird all diese Fragen bestimmt klären«, entgegnete sie dezidiert.

»Die Firma *Lloyd's* bietet Ihnen die Hilfe eines Experten auf dem Gebiet an, Miss Mason«, ließ Asquith nicht locker.

»Wer sollte das sein?«

»Ich selbst. Ich nehme an, dass der Dieb die Zimmer

mit einem Zweitschlüssel betritt. Das lässt eher auf jemanden vom Personal schließen.«

Der Herzogin war daran gelegen, den Konflikt beizulegen. »Warum warten wir nicht auf die Gentlemen von Scotland Yard?«, schlug sie vor. »Wollen wir solange einen Tee nehmen?«

Violet telefonierte mit dem Zimmerservice. Sie verstand Mr Asquiths Argument. Wenn diese Diebstähle nicht aufhörten, konnte sie der Firma *Lloyd's* nicht verbieten, eigene Untersuchungen anzustellen. Sie fasste den Versicherungsmann ins Auge. Der klassische Tweed und das Bärtchen waren seine Verkleidung. Anders als Oppenheim war dieser Mann vollständig unauffällig, zumindest solange er sich unter Briten aufhielt. Wer verbarg sich in Wirklichkeit hinter dem pflichtbewussten Mr Asquith? Gerade beugte er sich zu Lady Edith. »Sie hätten auf meinen Rat hören und den Schmuck im Hotelsafe deponieren sollen, Mylady.«

»Und was soll ich tun, wenn ich ausgehe? Mir den Safe um den Hals hängen?«

»Natürlich nicht, aber ...«

Die Herzogin machte eine abschließende Geste. »Sobald etwas gestohlen wird, denkt jede Versicherung nur an ihren Verlust. Warum haben Sie meine Wette angenommen, wenn Sie keinen Mumm haben, Mr Asquith? – Denn das war es doch wohl, eine *Wette.*«

»Da Ihre Juwelen gestohlen wurden, bezahlen wir natürlich, Mylady. Aber wir können Ihnen nicht die liebevollen Erinnerungen ersetzen, die Sie mit den Stücken verbinden.«

»Ach, ich hänge an meinem Schmuck nicht besonders. Er ist hübsch, manche Stücke erregen Aufsehen, aber vor allem ermöglichen sie es meinem Sohn, sich meiner in der Öffentlichkeit nicht zu sehr zu schämen.«

Die darauffolgende Stille war Ausdruck dafür, dass Lady Ediths Offenheit für beide überraschend kam.

Die Duchess lächelte. »Wir alle wissen, wovon ich spreche. Ich stehe im Verdacht, meinen Mann unterstützt zu haben, der mit den Nazis sympathisierte. Niemand glaubt mir, dass ich damals auf einen Betrüger hereingefallen bin, nicht einmal mein Sohn.« Sie ordnete die Spitze ihres Ärmels. »Von Zeit zu Zeit müssen Tyrone und ich zusammen auf einem Empfang erscheinen. Nur für meinen Sohn mache ich mich dann hübsch und behänge mich mit dem Christbaumschmuck. Ein persönlicheres Verhältnis habe ich zu den Steinen nie gehabt.«

Violet kannte die heikle politische Vergangenheit der

Duchess und versuchte, ein Gespräch darüber zu vermeiden. »Wie alt ist Ihr Sohn Tyrone inzwischen, Mylady?«

»Er wird neunzehn, schrecklich, stellen Sie sich das vor. Ich komme mir uralt vor.«

Es klopfte. Gemeinsam mit dem Zimmermädchen, das den Tee servierte, hatten die Herren von Scotland Yard ihren Auftritt. Detective Inspector Smythe machte eine korrekte Verbeugung vor der Herzogin. Jovial begrüßte er Violet.

»So sieht man sich wieder, Miss Mason.«

»Wäre der Anlass nicht so unerfreulich, würde auch ich mich freuen, Detective.«

3

Neuf à la Banque

Lionel verspätete sich nicht zum ersten Mal, auch nicht zum dritten Mal, und das ärgerte Violet. Gewöhnlich entschuldigte er sich hinterher mit Blumen. Wieso konnte er nicht einfach pünktlich sein und die Blumen sparen?

Um ihm eine Freude zu machen, hatte sie das leichte Kleid gewählt, das in zwei Blautönen changierte, und ihr Haar hochgesteckt. Violet wollte sich als junge Frau fühlen, der ein zauberhafter Abend im Mai bevorstand. Lionels Verspätung war es zuzuschreiben, dass sie sich von Minute zu Minute mehr wie eine Frau Ende dreißig fühlte, eine Frau mit Kind und einem Hotel, dessen Leitung ihr mit den Jahren nicht einfacher, sondern anstrengender erschien. Unwillig schüttelte sie den Kopf – das waren dumme Gedanken. Lionel kam eben ein bisschen zu spät. Seit er Abschied von der Armee genommen hatte, war er zu seiner alten Leidenschaft, der Mathematik zurückgekehrt. Er unterrichtete das Fach auf der *Secondary Kensington School*. Wenn es seine Zeit erlaubte, widmete er sich nebenbei quantenphysikalischen Phänomenen. Wahrscheinlich hatte er bei einer seiner Berechnungen die Zeit übersehen.

Es war keine besonders gute Idee gewesen, sich mit Lionel in der Hotellobby zu verabreden. In einem fort musste Violet Gäste begrüßen oder Fragen des Personals beantworten. Dabei liebte sie diese Halle. Im Krieg war eine Fliegerbombe vor dem Eingang eingeschlagen und hatte die gesamte Vorderfront zerstört. Bald darauf war im Keller ein Brand ausgebrochen und hatte das Foyer zum zweiten Mal stark beschädigt. Violet hatte die Lobby jedes Mal wieder in den Originalzustand versetzen lassen. Das besondere Flair des Savoy lag in seiner lässigen Eleganz. Poliertes Messing und geätztes Glas, dazu die dunkle Täfelung aus Mahagoni, abgelöst durch Marmor verkleidete Säulen, halb schwarz, halb Elfenbein. Die Goldblatt-Tapete war teuer gewesen, aber die Ausgabe hatte sich gelohnt. Über der Treppe zog sich das restaurierte Fries mit jugendlichen Gottheiten entlang, und über allem hing der Lüster, ein goldener Ring aus Licht.

Seit sie klein war, kannte Violet diese Halle. Nach dem Tod ihrer Mutter war sie vom Großvater im Savoy aufgenommen worden und hatte sich bald als Teil des Inventars gefühlt. War sie das nicht heute immer noch? Mit Haut und Haaren verschrieb sie sich diesem Haus.

Für einen Moment schloss Violet die Augen. Der Klang in diesem Raum erinnerte sie an einen Akkord, der sich in einem fort veränderte. Die vielen Stimmen, die sich zu einer einzigen Stimme vereinten, dazu gesellte sich das Gläserklirren, wenn die Kellner mit einem Brandy oder einer Flasche Wein durcheilten. Aus dem *Nightingale Room* schwoll das Jazztrio an und ab, je nachdem, ob eintretende Gäste die Schwingtür bedienten. Die Geigen aus dem Wintergarten hingen träge in der Luft. Violet hörte das zarte Singen von Seidenkleidern, das Rascheln der Abendanzüge und der Schals der Herren.

Sie betrat die Treppe. Dieses Haus, ihr Savoy, war eine Welt für sich, die jeden Tag ihren eigenen Sonnenauf- und untergang erlebte. Hier arbeiteten, bedienten, genossen und vergnügten sich Menschen, die nicht nur aus der ganzen Welt kamen, sondern auch für die ganze Welt standen. Das schottische Zimmermädchen, das in den französischen Baron verliebt war. Der bengalische Zigarettenverkäufer, der Liftboy, stets bemüht, seinen kleinen Hund zu verstecken, da Haustiere im Personaltrakt verboten waren. Dabei kannte jeder das Hündchen längst, und Mrs Drake drückte deswegen beide Augen zu. Die reichen italienischen Witwen, der argentinische Rinderzüchter, die belgische Gouvernante und der tschechische Tenor, der am Telefon so laut sprach, dass sich die Gäste im Nebenzimmer beschwerten. Der Major der Royal Army, der bedauerlicherweise einen Arm verloren hatte, und die wenigen deutschen Juden, die sich das Savoy leisten konnten – Violet kannte viele dieser Menschen persönlich. Das Savoy war ein Hotel, in das man wiederkam; für den, der es bezahlen konnte, war es ein Zuhause.

»Guten Abend, Miss Mason.« Wegen seines eleganten Stils wurde der Schriftsteller Mr Wallhead von den Damen gern gelesen. Er trat auf Violet zu. »Ich befinde mich in der größten Verlegenheit.«

»Was ist passiert, Mr Wallhead?«

»Man unterschlägt meine Wäsche.«

»Unterschlägt?«, erwiderte Violet lächelnd.

»Seit drei Tagen urgiere ich bei den Zimmermädchen.

Eine jede verweist mich an die nächste und keine weiß, was mit meiner Wäsche passiert ist.«

»Handelt es sich um Ihre Oberhemden, Mr Wallhead?«

»Wenn es nur so wäre. Hemden habe ich genügend dabei. Nein, es geht um Dinge, die man darunter trägt, zuunterst sozusagen. Kurz und gut, seit drei Tagen vermisse ich meine wollene Leibwäsche.«

»Die Wäsche ist aus Wolle, sagen Sie?«

»Macht das einen Unterschied?«

»Ich hoffe, dass Ihre Wollsachen nicht versehentlich mit der restlichen Unterbekleidung zur Kochwäsche gegeben wurden.«

Wallhead übernahm Violets düsteren Ton. »Das wäre furchtbar. Es würde alles einlaufen.«

»Ich werde Mrs Drake bitten, sich darum zu kümmern«, versprach Violet und entlockte dem Dichter einen Glanz von Dankbarkeit. Er entnahm seinem frühlingshaften Sakko ein Etui und schlenderte in den Zigarrensalon.

Violet hatte keine Lust, noch länger zu warten. Lionel wusste, wo er sie fand, im Kuppelzimmer, im Kinderzimmer oder im Büro. Doch in diesem Moment der Ungeduld fand sie diese Regelung ungerecht: Er wusste stets, wo sie war, dagegen hatte Violet nur eine ungefähre Vorstellung davon, wie sein Tag, seine Arbeit, seine Umgebung aussahen. Die kleine Wohnung in Pimlico sei zu schäbig, um Violet dort zu empfangen, behauptete er. Mit seinem Lehrergehalt könne er sich nichts Besseres leisten. Wie oft hatte sie ihm schon klar gemacht, dass auch sie nicht mit dem silbernen Löffel im Mund geboren worden war? Sie hatte als Autorin bei der BBC begonnen, ein mager bezahlter Job. Damals hauste sie in einem schmuddeligen Zimmer, wo man Münzen in den Automaten werfen musste, um die Gasheizung in Betrieb zu setzen. Durch die Erkrankung von Sir Laurence war Violet gewissermaßen ins Savoy zurückgeholt worden, gegen ihren Willen. Trotzdem war sie geblieben, bis heute.

Sie lief weder ins Büro noch zu Maxine, sie durcheilte die Lobby und steuerte auf einen tiefer liegenden Trakt zu, auf den sie besonders stolz war. Im Vereinigten Königreich war das Glücksspiel fast so alt wie Großbritannien selbst. King Charles II. hatte bereits 1539 einen eigenen Palast für seine Spielleidenschaft bauen lassen. Seit jeher war das englische Glücksspiel streng reguliert gewesen und wurde selbst von der Kirche nicht als unmoralisch verteufelt. Die Briten gehörten zu den leidenschaftlichsten Spielern der Welt.

So kurz nach dem Krieg eine Gambling-Konzession zu

bekommen, war von einigen Hürden begleitet gewesen, doch zuletzt hatte Violet die Genehmigung erhalten und ließ einen unbenützten Keller des Hauses in ein Spielcasino umbauen. Genau dort wollte sie jetzt hin. Ihr hübsches blaues Kleid sollte nicht nur in Maxines Kinderzimmer seine Wirkung verströmen.

Der Fahrstuhl brachte Violet in die Tiefe. Die marmornen Stufen, die Tapete im Stile Louis XVIII. und der enorme Kronleuchter legten Zeugnis davon ab, dass sie bei der Einrichtung dem britischen Understatement französischen Glamour entgegengesetzt hatte. Die mitternachtsblauen Vorhänge mit den zarten Voiles kaschierten, dass die Räume unter der Erde lagen. An den Tischen spielte man Roulette und *Chemin de fer*, die beliebte Abart des Baccara.

Sobald die Angestellten ihre Direktorin eintreten sahen, eilten sie noch geschäftiger zwischen den Tischen umher, servierten Sherry, Brandy oder Sauvignon Blanc. Auch die Croupiers taten ihre Arbeit um eine Spur engagierter.

»Zweitausend hält die Bank«, gab der Chefcroupier am Baccaratisch bekannt und nickte Violet höflich zu.

Sie wollte noch nicht an die Spieltische und beobachtete stattdessen die Nische, in der die Herzogin von Londonderry saß. Lady Edith schien sich über den Verlust ihrer Juwelen rasch hinweggetröstet zu haben. Sie trug ein malvenfarbenes Kleid und ein brillantbesetztes Halsband, das offenbar nicht unter dem Diebesgut gewesen war. Auch diesmal leistete ihr Mr Asquith Gesellschaft. Aber es war noch jemand an ihrer Seite, ein junger Mann, schmal, blass, mit ungewöhnlichen Augen. Sie strahlten die Unruhe eines scheuen Tieres aus.

Man befand sich bereits im Aufbruch, Lady Edith wollte an den Spieltisch. Der Kellner präsentierte die Getränkerechnung, Mr Asquith zückte die Brieftasche.

»Sparen Sie Ihr Geld und schwindeln Sie lieber bei Ihrer Spesenabrechnung«, sagte die Duchess.

Am Blick des jungen Mannes – es konnte nur ihr Sohn sein – erkannte Violet, dass er sich für die gönnerhafte Art seiner Mutter schämte.

»*Service compris*«, las die Duchess. Auch in diesem Punkt hatte Violet französische Sitten eingeführt; das Trinkgeld war im Preis inbegriffen. »Jeder, vom Küchenchef bis zum Chefbutler, bekommt hier Trinkgeld, ob er es verdient oder nicht.«

»Mutter, du beklagst dich überall über die Trinkgelder«, sagte der junge Mann. »Egal ob London, Monte Carlo oder St. Moritz.«

»Das ist der einzige Reiz am Trinkgeld«, konterte sie.

»Es bietet Gesprächsstoff. Gehen wir an den Roulettetisch, solange die Kugel noch warm ist. Vielleicht kann ich mein Trinkgeld zurückgewinnen. Hilfst du mir mal, Tyrone?«

Der junge Mann legte seiner Mutter die Nerzstola um. Zugleich schien die Duchess jemanden zu bemerken, einen Mann im Smoking, der soeben an Violet vorbeilief und auf den Baccaratisch zusteuerte.

»Sieh mal an«, lächelte Lady Edith.

»Kennen Sie ihn?«, fragte Mr Asquith.

»Nein. Aber so ein flotter Neuzugang im gediegenen Savoy ist doch eine Abwechslung.«

Violet schrieb das frivole Interesse der Duchess an dem attraktiven Fremden den leeren Champagnerflaschen auf ihrem Tisch zu.

»Ich möchte eigentlich nicht spielen«, sagte Tyrone.

»Du wirst in deinem Leben bestimmt noch oft spielen, Darling, sobald der Einsatz stimmt.«

Der Gentleman, über den sie gesprochen hatten, mochte Mitte vierzig sein. Er hatte kurz geschnittenes schwarzes Haar mit ergrauten Schläfen. Bevor er den Spieltisch erreichte, blieb er vor einer Vitrine stehen. Violet hatte dem Schmuckhaus Blauzwirn erlaubt, seine schönsten Kollektionen in den Räumen des Casinos auszustellen.

»Ist das eine Imitation?«, fragte der Gentleman.

»Allerdings, Sir.« Der Angestellte holte ein Collier aus dem Kasten und präsentierte es dem Gast.

»Erstaunlich«, lächelte der Fremde. »Ich könnte es von echten Steinen nicht unterscheiden.«

»Falls Sie interessiert sind, würden wir Ihnen natürlich das echte Collier präsentieren. Es ist nur wegen der Versicherung, Sie verstehen, wir dürfen die Originale nicht ausstellen.«

»Da haben Sie es, Asquith«, raunte die Herzogin. »Wegen Ihrer Vorsichtsmaßnahmen wird hier unechter Plunder gezeigt.«

»Der Einbruch letzte Nacht lässt unsere Maßnahmen sinnvoll erscheinen«, verteidigte sich der Mann von *Lloyd's*.

»Suchen Sie etwas für Ihre Frau?«, fragte der Vertreter der Firma *Blauzwirn*.

»Meine Frau ist gestorben«, antwortete der Gast.

»Das tut mir leid, Sir.«

Die Herzogin lächelte. »Auch noch ein Witwer, so viel Glück hat man selten.«

»Mutter, bitte«, ging Tyrone dazwischen.

»Hör schon auf mit deinem *Mutter, bitte.*«

Ein Stuhl wurde für sie zurückgezogen, Lady Edith

nahm am Baccaratisch Platz. Der Gentleman setzte sich ihr gegenüber und legte seine Jetons auf den Tisch.

»*Suivie*«, sagte der Spieler daneben und schob den Baccaraschlitten weiter.

»Acceptez vous la banque?«, fragte der Croupier den Gentleman.

»Bien sûr. Merci.« Der Unbekannte im Smoking zog den Kartenschlitten zu sich und begann auszuteilen.

»Mr Stewart hält die Bank«, gab der Croupier in die Runde bekannt.

Das also war der Name zu dem Gesicht, dachte Violet und näherte sich unauffällig, bis sie sowohl Mr Stewart als auch die Herzogin im Blick hatte.

Stewart servierte verdeckt, zwei Karten für jeden. Der Croupier schob Lady Edith ihr Blatt mit der Palette zu.

»Carte«, sagte sie unternehmungslustig.

Es wurde aufgedeckt. Die Duchess hatte überzogen.

»Sept à la banque«, gab der Croupier bekannt. Mr Stewart strich den Gewinn ein.

Ungeduldig wünschte die Duchess neue Karten und deckte sofort auf.

»Huit pour la duchesse«, erklärte der Croupier.

Auch Stewart drehte sein Blatt um.

»Neuf à la banque.«

Erstauntes Gemurmel, weil die Herzogin zweimal eine hohe Summe verloren hatte.

In diesem Moment entdeckte Lady Edith Violet unter den Umstehenden. »Miss Mason, ich hoffe, das Savoy gibt mir Kredit, falls dieser Gentleman mir weiterhin das Geld aus der Tasche zieht.«

Violet wäre lieber noch eine Weile unentdeckt geblieben. »Selbstverständlich, Mylady.« Die Gesellschaft drehte sich zu ihr um. In der Runde wurde gelacht. Nur Tyrone blieb todernst. Er musterte den Gegner seiner Mutter.

Mr Stewart erhob sich. »Ich freue mich, Ihre Bekanntschaft zu machen, Miss Mason. Mein Name ist Gary Stewart.«

»Angenehm.«

Die Herzogin setzte fünfhundert Pfund.

»Ich bewundere Ihre Courage, Hoheit.« Stewart teilte aus.

»Ihr Glück muss ja irgendwann mal enden.«

»Sind Sie mir etwa auf der Fährte?« Er lächelte.

»Ich kriege Sie schon noch, Mr Stewart.«

»Mutter –«, kam es leise von Tyrone.

Die Herzogin verlor abermals.

4

Tanqueray

Die Schulleitung der *Secondary Kensington School* erlaubte Lionel Burke, abends, wenn niemand mehr im Gebäude war, einen Raum für seine Forschungsarbeit zu benützen. Das biologische Archiv war ein Ort, an dem er von ausgestopften Mardern, sezierten Fröschen und den Nachbildungen menschlicher Organe umgeben war. Lionel ließ an der großen Tafel Gleichungen und mathematische Abläufe entstehen, wischte sie wieder aus, schrieb neue, löschte die gesamte Tafel und begann von vorn. Seit fast einem Jahr betrieb er das nun.

Die wichtigen Entscheidungen seines Lebens hatte er

auf Anregung seines Vaters getroffen. Sein alter Herr war Offizier in der Navy gewesen, also schlug auch Lionel die Militärlaufbahn ein. Früh entdeckte der Vater die mathematische Begabung des Jungen und förderte sie auf jede erdenkliche Weise. Nach den grausamen Erfahrungen des Weltkrieges hängte Lionel das Leutnantspatent an den Nagel und wurde Gymnasiallehrer. Tagsüber brachte er den Jungs Algebra und Infinitesimalrechnung bei, abends jedoch brach er zu größeren Abenteuern auf. In dem muffigen Zimmer, wo es nach Formaldehyd und Staub roch, lebte Lionel seine Leidenschaft zu dieser klaren, unbestechlichen Wissenschaft aus. Dabei hatte er sich nicht weniger vorgenommen, als das Problem der Materiewellen und der ungeklärten Atomspektren zu lösen. Es gab Stunden, in denen er glaubte, auf der rechten Spur zu sein. Dann hoffte er in Tagträumen, das Ergebnis seiner Arbeit in einem angesehenen Fachmagazin zu veröffentlichen und die gebührende Anerkennung dafür zu erhalten. In letzter Zeit mehrten sich aber die Abende, an denen er fürchtete, dass sein Vater Lionels Begabung überschätzt hatte. Malte er an der Tafel nicht nur die mathematischen Formeln anderer nach? Planck, Bohr, Schrödinger, das waren seine Götter, die er anbetete, deren Olymp er aber wohl nie erreichen würde.

Heute Abend gab Lionel den Versuch früher auf. Er war mit Violet verabredet. Er freute sich auf die gemeinsamen Stunden mit ihr. Da ihr Beruf von ihr verlangte, den ganzen Tag in Kontakt mit Menschen zu sein, war Abgeschiedenheit Violets Form der Entspannung. Sie trafen sich meistens in der Kuppelsuite, aßen zu Abend, plauderten, stiegen an schönen Abenden auf das Flachdach des Hotels und verbrachten schließlich die Nacht miteinander. Manchmal las Lionel der kleinen Maxine aus dem Märchenbuch vor. Mitunter, sobald die Nanny gekommen war, gingen Violet und Lionel noch auf einen Drink in den *Nightingale Room.* Das Hotel verließen sie an ihren gemeinsamen Abenden so gut wie nie.

Bevor er ins Savoy fuhr, hatte Lionel noch Zeit und beschloss, das zu tun, was Männer gemeinhin machten. Er besuchte den Pub um die Ecke. Es roch nach abgestandenem Bier, Pfefferminzsauce, Zigarrenrauch und Aftershave. Er fand einen freien Platz am Tresen, bestellte einen Pint und ließ seine Gedanken wandern. Hätte er seine Militärkarriere besser fortsetzen sollen? Ägypten, Indien, Burma – bei der Armee kam man in der Welt herum, es gab Kameradschaft und einen geregelten Tagesablauf. Natürlich gefiel Lionel auch sein Lehrerberuf, aber konnte man das schon ein *Leben* nennen?

Eine feste runde Hand stellte energisch ein Glas vor ihm ab, in dem das dunkle Gebräu schwankte.

»Vorsicht, Lady, ich wollte nicht darin baden.«

Ohne Kommentar wandte die Bedienung sich wieder dem Zapfhahn zu. Es tat ihm leid. Warum schnauzte er das Personal an? Lionel wollte kein schlecht gelaunter Gast sein, der seinen Überdruss mit Bier hinunterspülte. Er musterte die Kellnerin. Hübsch war sie, rundlich, vielleicht vierzig, vielleicht kurz davor. Blondes Haar, das ihre Stirn in lustigen Löckchen umspielte, verschmitzte Augen, die im Moment allerdings griesgrämig auf das Glas starrten, in das die braune Flüssigkeit lief. Wo hatte er gelesen, dass die Menschen des Mittelalters möglicherweise deshalb so gottergeben und lammfromm gewesen waren, weil ihr Hauptgetränk Bier gewesen sein sollte? Das Wasser in den Städten war damals ungenießbar und verursachte Krankheiten. Die Leute, sogar die Kinder, griffen daher zu der praktischen Erfindung der Mönche und betranken sich den ganzen Tag über. Doch kaum hatten die Europäer den Kaffee entdeckt, importierten sie ihn in Massen aus dem Morgenland. Kaffee schärfte die Sinne. In den Bürgern erwachte der Widerspruchsgeist. Sie fanden ihre Lebensumstände unwürdig und revoltierten gegen die Mächtigen. Sollte die Französische

Revolution eine Folge von gesteigertem Kaffeegenuss gewesen sein? Lächelnd schüttelte Lionel den Kopf.

»Entschuldigen Sie, ich wollte nicht unfreundlich zu Ihnen sein«, sagte er zur Kellnerin, die drei Pints auf den Tresen stellte.

»Jetzt bin ich endgültig sicher.« Mit dem Tuch wischte sie etwas auf.

»Wie bitte?«

»Ich wollte es nicht glauben.«

»Was denn?«

»Dass du mich nicht wiedererkennst.«

»Ich hätte ... Ich sollte ...?«

»Die Jahre gehen an keinem von uns spurlos vorüber, mein Guter«, sagte sie mit wehmütigem Lächeln.

Dieses Lächeln war wie ein Blitzschlag für Lionel. Im Lichte dieses Blitzes sah er sie an.

In Rangun, wo sein Vater stationiert gewesen war, hatte Lionel Mathematik studiert. Nach England zurückgekehrt, trat er jedoch in die Fußstapfen von Daddy und besuchte die Navy-Akademie in Cardiff. Irene Dermott lebte damals in der Nähe der Stadt und war die bezauberndste Frau, die ihm je begegnet war. Er glaubte, die Liebe seines Lebens gefunden zu haben. Dabei war Irene von mürrischer Wesensart, sie rauchte wie ein Schlot, aber er liebte sie. Irene schlief gern und häufig mit ihm, von einer festen Bindung wollte sie allerdings nichts wissen. Sie kam aus gut situiertem Haus, ihr Vater hatte Pläne mit ihr. Er besaß eine Konservenfabrik. Auf Wunsch der Eltern heiratete Irene einen walisischen Rinderzüchter.

Lionel nahm sich die Trennung zu Herzen und ließ sich als Fähnrich nach Southampton versetzen, um nicht länger im Bannkreis Irenes leben zu müssen. Seitdem hatte er sie aus den Augen verloren. Zu der Irene, wie er sie gekannt hatte, musste man heute vierzig Pfund dazurechnen, vielleicht auch den einen oder anderen Schicksalsschlag. Aber die süßen, frechen Augen waren noch da, auch der freundliche Mund, der von einem Moment zum anderen lüstern werden konnte. Ihr zartes Kinn versteckte sich mittlerweile gut gepolstert in den Ausläufen des Halses. Irene hatte sich von einer vollschlanken Versuchung in eine Fruchtbarkeitsgöttin verwandelt.

»Irene«, flüsterte er. »Du meine Güte, Irene.«

»Soll ich das als Ausdruck deiner Überraschung nehmen, oder müsste ich eher beleidigt sein?« Ihr freches Mundwerk hatte sie behalten.

»Was machst du hier?«, fragte er fassungslos.

»Ich helfe den Leuten, betrunken zu werden.«

»Ich meine, was machst du in London? Du und dein Mann, ihr habt euch in Cardiff niedergelassen.«

»Mein Ex-Mann lebt immer noch dort.«

»Du hast dich scheiden lassen?«

»Hätte ich es nicht getan, wäre ich heute bankrott.«

Überwältigt fasste er sich an die Stirn. »Meine Güte, Irene, ich begreife es immer noch nicht. Erzähl doch, was ist passiert?«

»Nicht während der Hauptgeschäftszeit.« Sie zeigte auf das volle Lokal. »Aber wenn du noch eine Viertelstunde Zeit hättest? Dann kommt die Spätschicht und löst mich ab.«

»Ja sicher, klar. Ich freue mich. Ich muss dir sagen, ich freue mich sehr, Irene.«

»Ich auch, Lionel.« Sie musterte ihn. »Wie ich sehe, gehen dir schon die Haare aus.«

»So ist das eben. Aber du bist immer noch so ... so hübsch«, setzte er nach einer winzigen Pause fort.

»Dick bin ich geworden. Nach dem, was ich durchgemacht habe, ist das kein Wunder.« Sie zuckte die Schultern.

Im Lokal wurde nach Bier gerufen. Irene kehrte an den Zapfhahn zurück.

Es war kurz nach zehn. Violet wandte sich zum Fahrstuhl, der sie ins Kuppelzimmer bringen sollte. Durch die Lobby näherte sich jemand, der ebenfalls zum Lift wollte.

»Ach, Mr Stewart.« Sie nickte ihm zu. »Ist das Glück Ihnen hold geblieben?«

»Ich wollte, es wäre so.« Gemeinsam sahen sie zu dem schmiedeeisernen Gitter hoch, hinter dem sich der Aufzug näherte. »Die Herzogin hat ihre Drohung wahr gemacht.«

»Sie hat Sie drangekriegt?«

»Sie hat mich nach Strich und Faden abgezockt.«

»Das tut mir leid.«

»Oben auf meinem Zimmer werde ich meine Blamage im Whisky ertränken.«

»Haben Sie schon einmal unseren berühmten *Tanqueray* probiert?«, entgegnete Violet.

»*Tanqueray* – das ist Gin, nicht wahr?«

»Ein ganz besonderer Gin. Den besten *Tanqueray* servieren wir hier im *Nightingale Room.*«

»Ich bin eigentlich ein Bourbon-Mann, aber es wäre eine Überlegung wert.« Sein Blick bekam etwas sympathisch Lauerndes. »Würden Sie mir eventuell Gesellschaft leisten, Miss Mason?«

»Ein andermal gern, aber ich bin müde und will noch nach meiner Tochter sehen.«

»Natürlich.«

»Miss Mason –« Hinter ihr hatte der Nachtportier die Rezeption verlassen und kam auf Violet zu. »Ein Anruf für Sie. Es ist schon der dritte in der letzten Stunde.«

»Warum haben Sie das Telefon nicht durchgestellt?« Sie wies zu den Spielsälen.

»Mein Dienst hat gerade erst begonnen. Ich wusste nicht, dass Sie im Casino sind«, erklärte er.

»Ich nehme das Gespräch gleich hier an. Wer ist es?«, fragte sie, als ob sie es nicht wüsste. Bestimmt war Lionel untröstlich, weil er über der Arbeit die Zeit vergessen hatte. Er würde sich entschuldigen und ankündigen, in zehn Minuten im Savoy zu sein. Sie wollte es ihm nicht besonders schwer machen, aber auch nicht zu leicht.

»Gute Nacht, Mr Stewart«, sagte sie, während der Fahrstuhl vor ihnen hielt.

»Angenehme Ruhe.«

Aus dem Augenwinkel bekam sie mit, wie ein südländisch wirkender Mann aus dem Lift stieg, der Stewart offenbar kannte.

Violet nahm den Hörer entgegen. »Hallo? Mason hier.«

»Hallo, Vi.« Lionels ernste, klare Stimme. »Ich kann heute nicht kommen.«

»Dass du nicht gekommen bist, habe ich allerdings bemerkt«, antwortete sie irritiert. Keine Spur von Zerknirschtheit, er entschuldigte sich nicht einmal. Das enttäuschte sie mehr, als sie sich erklären konnte.

»Mir ist etwas dazwischengekommen. Es ging einfach nicht.«

»Das ist alles? *Dir ist etwas dazwischengekommen*?«, fragte sie frostig. »Und was erwartest du jetzt von mir?«

»Ich erwarte gar nichts, Vi. So wie ich bisher nie etwas von dir erwartet habe.«

Hier lag das eigentliche Thema ihres Gesprächs, begriff Violet. Nachdem ihr Mentor und Geliebter Max Hammersmith bei jenem Bombenanschlag ums Leben gekommen war, der das Savoy erschütterte, hatte sie schrecklich um ihn getrauert. Lionel war damals ein respektvoller Freund gewesen, mit dem sie alles besprechen konnte. Es herrschte Krieg. Die Armee versetzte Lionel an die ägyptische Front. Er wurde verwundet und geriet in Gefangenschaft. Es war ungewiss, ob sie einander je wiedersehen würden. In dieser Lage hatte Lionel ihr in einem Brief seine Liebe gestanden. Violet empfand ebenfalls viel für den fernen Lieutenant und hoffte innig, ihn wiederzusehen. Ihr Wunsch ging in Erfüllung. Er kehrte aus dem Krieg zurück, seine Wunden heilten. Lionel und Violet wurden ein Paar. Mehrmals hatte er bereits von Heirat gesprochen, doch sie umging das Thema meistens. Maxine mochte Lionel von Herzen. Auch im Hotel kannten alle den sympathischen Lieutenant inzwischen als Violets Partner und wünschten ihr dieses Glück.

Ich erwarte nichts, so wie ich bisher nie etwas von dir erwartet habe. In Lionels Worten erkannte sie die wahre Erklärung, weshalb er sich heute verspätet hatte. Darin lag seine Revolte, sein Aufbegehren gegen die Zustände.

»Natürlich«, antwortete sie sanfter. »Du hattest bestimmt deine Gründe. Und es ist ja auch schon ziemlich spät.«

»Morgen vielleicht?«, fragte er verhalten.

Sie war kurz davor, ihre Standardausrede zu benützen: *Morgen ist ein ziemlich voller Tag.* Sie unterbrach sich. »Morgen, einverstanden.«

»Was machst du jetzt noch?«

»Ich gehe schlafen.«

»Hab einen schönen Abend, Vi.«

»Du auch.«

Sie legte auf. Als sie sich umdrehte, stand Gary Stewart noch immer im Foyer. Der Gentleman, mit dem er geplaudert hatte, ging gerade weiter.

»Hätten Sie vielleicht doch Lust auf einen Absacker?«,

fragte Stewart, als sie einander zum zweiten Mal gegenüberstanden.

So etwas machte man nicht. Man verabschiedete sich nicht von seinem Freund und ließ sich im nächsten Moment von einem Fremden in die Bar einladen. Doch statt Stewart die entsprechende Antwort zu geben, sagte Violet: »Ich prophezeie Ihnen, nach dem *Tanqueray* rühren Sie keinen Bourbon mehr an.« Sie tat den ersten Schritt in Richtung *Nightingale Room*.

5

Fenstersturz

July Gilbert war zwanzig Jahre alt und damit die Jüngste, die in der Küche des Savoy selbstständig arbeiten durfte. Die übrigen weiblichen Angestellten gingen lediglich einem männlichen Kollegen zur Hand. July war die Nichte von Mrs Drake. Die Verwandtschaft ließ sich nicht leugnen, auch July war groß gewachsen. Mrs Drake hatte sich dafür eingesetzt, dass der Küchenchef, Maître Dryden, das Mädchen unter seine Fittiche nahm. Dryden, der Herrscher der Gaumenfreuden, war ein strenger Lehrer, July hatte bei ihm von der Pieke auf gelernt. Er erkannte, dass sie ein feines Gespür für Gemüse, Kräuter,

Samen und Sprösslinge hatte. Sie legte Wert auf die Herkunft der Waren, spürte alte, in Vergessenheit geratene Gemüse auf und bereicherte den Speiseplan des Hotels damit. Vor einem Jahr hatte der Maître July ihre eigene Kochstation, die *Legumerie*, übergeben.

In ihrer weißen Uniform sah sie dem neuen Aushilfskoch beim Gemüseschneiden zu. Er hieß Reginald, war korpulent und von einer Selbstverliebtheit, die sie gleich am ersten Tag auf die Palme getrieben hatte. Er bildete sich nämlich etwas darauf ein, Abgänger des renommierten *Cooking Studio Under The Auspices Of His Majesty* zu sein. Für ihn schien es selbstverständlich zu sein, im Savoy beginnen zu dürfen; jeder andere hätte für diese Chance gemordet.

July beobachtete, wie er an einem Wirsingkopf schnippelte, als hätte er den ganzen Tag dafür Zeit.

»Alles in Ordnung, Reggie?«, fragte sie zuckersüß.

»Ja, alles klar.« Er ließ das Messer ruhen. »Hör mal, July, ich möchte, dass du weißt, ich habe kein Problem damit, unter einer Frau zu arbeiten.«

»Du hast *kein Problem* damit, wirklich?« Ihr Lächeln vereiste. Ohne Vorwarnung stieß sie das Chefmesser neben seine Hand in den Hackblock. »Wie viele Frauen siehst du als Chefs in dieser Küche?«

»Soweit ich weiß, bist das nur du.«

»Und warum, glaubst du, ist das so?« Sie trat dicht vor ihn. Seine Montur roch nach Schweiß.

»Ich nehme an …«

»Das ist deshalb so, weil die Haute Cuisine des Savoy einer veralteten Hierarchie unterliegt, die sich auf Regeln stützt, die von bornierten Männern gemacht wurden, um es Frauen unmöglich zu machen, die Welt der Cuisinerie zu erobern. Und trotzdem bin ich hier. Wie kommt das bloß?« Wenn sie sich aufregte, changierten Julys Augen von dunkelblau zu violett.

»Weil du hart gearbeitet hast, nehme ich an und …«

Sie zog das Messer heraus und richtete die Spitze auf ihn. »Weil ich die härteste und kompromissloseste Köchin im Savoy bin!« Er wich zurück, sie folgte ihm. »Ich habe zu lange zu hart gearbeitet, um mich von einem Schüler des Cooking Studio Under The Auspices Of His Majesty dumm anquatschen zu lassen.«

Reginald nickte eingeschüchtert. »Ist ja gut, schon gut, July.«

»Was machst du gerade?« Sie zeigte auf den Block.

»Ich schneide Wirsing.«

»Nein, das tust du nicht. Du vergeudest Energie und Zeit.« Sie griff sich das Gemüsemesser und häckselte den Wirsingkopf in einer Geschwindigkeit, dass man die

Klinge fast nicht mehr sah. »Du glaubst, Kochen sei ein appetitlicher Zeitvertreib? Du glaubst, hier geht es zu wie daheim bei deiner Mama in der Küche? Deine Mama hat aber nicht mit dem Wahnsinn im Savoy zu kämpfen, wenn die Bestellungen im Sekundentakt eingehen und jedes Gericht à la carte ist! Und jedes Gericht ist kompliziert, denn das Savoy hat einen Ruf zu verlieren.«

Mit Schwung wischte sie den Wirsing in eine Kasserolle und nahm sich den Lauch vor.

»Jedes Essen hat eine unterschiedliche Kochzeit, aber sie alle müssen zur exakt gleichen Zeit auf den Tisch des Gastes kommen, und zwar heiß!« Sie bedrohte Reginald mit der Lauchstange. »Hier zählt jede Sekunde, verstehst du? Hier kannst dich nicht hinter Mamas Schürzenzipfel verstecken.«

July betrachtete das schmutzige Besteck, die benützten Töpfe, die Gemüsereste auf dem Boden. »Was ist das überhaupt für eine Sauerei? Halte deine Station sauber, lautet die wichtigste Regel.« Sie packte das Geschirr mit einem Griff und warf es in die Spüle. »Wenn Stoßzeit herrscht, was passiert dann?«

»Ich weiß nicht«, murmelte Reginald, der mit einem Tornado wie July nicht gerechnet hatte.

»Dreckige Kochstellen verlangsamen den Prozess. Mit

anderen Worten: Das Essen geht nicht raus, die Bestellungen stapeln sich, und das ist ein Desaster.« Sie warf einen Blick auf sein Outfit. »Was ist das?«

»Was meinst du?«

»Deine Ärmel sehen aus, als ob du draufgekotzt hättest. Hat man dir in der royalen Kochschule nicht beigebracht, Hände und Arme dicht am Körper zu halten? Ein Koch macht blitzschnelle Bewegungen, er hat scharfe Werkzeuge in der Hand, heiße Töpfe, fettspritzende Pfannen. Halte deine Arme am Körper, dann verhinderst du Verletzungen, du verbrennst dich nicht, und deine Manschetten bleiben sauber.«

Ohne dass July sie bemerkt hatte, war Mrs Drake in der Küche erschienen. »Alles in Ordnung?« Durch ihre Brille mit den getönten Gläsern, die sie in letzter Zeit häufig trug, ging Mrs Drakes Blick zwischen der Nichte und dem jungen Mann hin und her.

»Kennst du Reginald schon, unseren Neuen?« July lächelte.

»Er hat sich mir vorgestellt.« Mrs Drake nickte dem überforderten jungen Mann zu. »Kann ich dich kurz sprechen, July?«

»Jetzt gleich?«

Mrs Drake zeigte zum Ausgang. »Wenn möglich.«

July nahm das Chefmesser an sich. »Lauch haben wir jetzt genug. Von dem Wirsing brauche ich noch sechsmal so viel.«

»Ja, Miss July. Danke für Ihre Ratschläge«, antwortete er. Reginald war krebsrot geworden. Erbsengroße Schweißperlen standen auf seiner Stirn.

»Danke dir, Reggie«, erwiderte July freundlicher.

»Wofür?«

»Dass du meine Ratschläge annimmst. Willkommen im Savoy.«

Sie folgte ihrer Tante. Zusammen erreichten sie einen Korridor im Zwielicht. Mrs Drake nahm die Brille ab. »Es gibt ein Problem.«

»Welches?«

»Der Sohn der Duchess of Londonderry isst kein Fleisch.«

»Kein Fleisch?« July sah ihre Tante zweifelnd an. »Wie alt ist dieser Sohn?«

»Zwanzig vielleicht.«

»Ein Vegetarier in so jungen Jahren, das ist selten. Ich werde mir fürs Dinner etwas ausdenken.«

»Danke.« Mrs Drake wollte gehen, drehte sich aber noch einmal um. »Ich erwarte übrigens eine Lieferung. Könntest du mir dabei helfen?«

»Du kannst auf mich zählen.«

»Gut.« Sie trennten sich an der Schwingtür, Mrs Drake setzte die Brille auf.

Violet frühstückte mit Maxine. Ohne Hast trank sie ihren Tee und hörte dem Geräusch zu, den das Kind beim Kauen der Cornflakes machte. An keinem Tag, unter keinen Umständen wollte Maxine etwas anderes zum Frühstück. Eine Schale Cornflakes, Milch darauf und eine geschnittene Banane. Wenn man ihr zusah, verstand man, was Glück bedeutete. Violet nahm meistens nur Toast und Earl Grey. In dieser dreiviertel Stunde blieb das Telefon abgeschaltet. Keiner störte, niemand klopfte, das Hotel wusste, diese Minuten waren Violet heilig. Kurz nach acht kam Onkel Henry, holte Maxine ab und begleitete sie in den Kindergarten.

Diesen Herbst würde Maxine schon eingeschult werden. Die Jahre zogen wie im Flug vorbei. Bei ihrer Geburt war sie Wochen zu früh entbunden worden und hatte tagelang zwischen Leben und Tod geschwebt. Und nun schnallte sie bald den Schulranzen um und sollte schreiben und lesen lernen.

Violet schüttelte die Packung mit den Cornflakes. »Noch ein Nachschlag?«

»Viel Nachschlag«, antwortete Maxine kauend.

Violet machte eine Portion zurecht. »Mit Banane?«

»Lieber mit Schokochips.« Sie guckte die Mutter keck an.

»In der Früh nicht so viel Zucker, sonst wirst du tagsüber zu hibbelig. Ich mach dir ein bisschen Banane rein.«

Die Kleine seufzte über ihr schweres Schicksal, beim Frühstück Diät halten zu müssen. Als sie sich über ihre zweite Portion hermachte, ging das Krachen und Knuspern wieder los.

Violet fiel die sonderbare Begegnung von letzter Nacht ein. Aus dem Drink mit Mr Stewart waren drei geworden. Er hatte Geschmack am *Tanqueray* gefunden.

»Schade, dass meine Frau nicht hier ist«, hatte er zu erzählen begonnen. »Dabei hätte sich Rachel auf meinen vielen Reisen wahrscheinlich gelangweilt. Vor einer Woche Philadelphia, heute London, zweimal im Jahr der Kongress in Baltimore, nein, das wäre nichts für sie gewesen. Einmal sagte sie zu mir: ›Ich würde lieber sterben, als ständig mit dir auf Reisen zu gehen.‹ – Na, jetzt hat sie ja ihren Willen«, setzte er leise hinzu.

Violet fand es einerseits rührend, wie innig dieser Mann an seine verstorbene Frau dachte, andererseits hatte es auch etwas Affektiertes, sein Innerstes vor einer Fremden auszubreiten.

»Was machen Sie beruflich, Mr Stewart?«, fragte Violet, um das schwermütige Thema zu wechseln.

»Spielwaren. Spielwaren aller Art. Ich bin Vizepräsident einer US-Firma, es handelt sich also vor allem um elektrisches Spielzeug. Springende Frösche, Roboter, die sprechen können, solche Sachen.«

»Aber kann das nicht jede bessere Puppe?« Violet dachte an die vielen Püppchen auf Maxines Bett.

»Mechanische Puppen können das seit dem 18. Jahrhundert, aber wenn ein Roboter aus Blech und Glas das Gleiche tut, wirkt es moderner.« Er starrte in seinen *Tanqueray*. »Rachel hätte Sie gemocht, Miss Mason«, sagte er übergangslos. »Frauen, die sich in der Berufswelt der Männer behaupten, fand sie bewundernswert.«

»Hatte Ihre Frau keinen Beruf?«

»Sie hat Klavier gespielt, eine großartige Pianistin. Sie besaß Ausdauer und Einsatz, manchmal übte sie fünf Stunden ohne Pause. Rachels Schwäche war ihr mangelndes Selbstvertrauen. Sie hielt ihre Begabung für mittelmäßig und hängte den Beruf daher an den Nagel. Manchmal hat sie den Kindern in der Nachbarschaft Unterricht gegeben. Ich fand das irgendwie traurig.«

»Von wo kommen Sie, Mr Stewart?«

»Ich bin ein waschechter New Yorker. Rachel dagegen ist in Texas geboren. Sie stand mit beiden Beinen auf dem Boden. Unglücklicherweise hat sie nie mehr erfahren, wie wertvoll der Boden in Wirklichkeit war, auf dem sie stand. Sie hatte die Ranch ihrer Eltern geerbt.« Plötzlich hob Stewart den Kopf. »Entschuldigen Sie, es ist schon spät, und ich halte Sie mit meiner Lebensgeschichte auf.«

»Ich finde es interessant«, beruhigte ihn Violet. »Und so spät ist es noch gar nicht.«

»Rachels Familie besaß diese Ranch. Sie war klein und heruntergekommen, hatte nicht mal ein modernes WC. Ich habe ihr empfohlen, das Anwesen zu verkaufen. Da wir damals schon in New York lebten, hätte sie sich ohnehin nicht um die Farm kümmern können.« Er trank aus. »Rachel hat nie erfahren, dass sie auf drei Millionen Tonnen Öl saß. Nach dem Verkauf hätte ich nie wieder zu arbeiten brauchen. Ich war damals Spielzeugvertreter und habe mir für meine Provision Tausende Meilen weit die Reifen abgefahren. Mit dem Geldsegen habe ich mich als Teilhaber in die Firma eingekauft. Meinen Aufstieg habe ich also Rachel zu verdanken.«

Es klopfte. »Verzeihung. Hallo?« Eine Männerstimme riss Violet aus ihrer Erinnerung.

Sie drehte sich zur Tür. »Henry, bist du das?«

Doch es war nicht ihr Onkel, sondern der Hoteldetektiv. »Clarence? Was gibt es denn?« Sie ärgerte sich, dass er schon wieder bei ihr hereinplatzte.

»Ich brauche Ihre Hilfe. Vielleicht wäre es besser …« Sein Blick machte klar, dass er in Gegenwart von Maxine nicht sprechen wollte.

»Hallo, Clarence!« Die Kleine ließ ihre Cornflakes stehen und sprang vom Stuhl. »Mach den Esel«, rief sie, als sei es selbstverständlich, dass der Riese zum Spielen gekommen war. Abwehrend hob er die Hände.

»Den Esel, den Esel, einmal nur!«

»Maxie, lass doch«, wollte Violet eingreifen, doch der Hoteldetektiv war auf die Knie gegangen und ließ es zu, dass Maxine sich rittlings auf ihn setzte.

»Wie heißt du, Esel?«, rief sie begeistert.

Der Mann im eng sitzenden Anzug bäumte sich auf und röhrte wie ein Esel. »Claaa – rence!«

Violet lief hin und hob das Kind von seinem Rücken. »Genug. Du spielst jetzt noch ein bisschen drüben, Maxie, dann bringt dich Onkel Henry in den Kindergarten.«

Während das Mädchen im Nebenzimmer verschwand, kam Oppenheim auf die Beine.

»Worum geht es, Clarence?«

»Es ist etwas passiert, im Hotel, Miss Mason.«

»Das kann ich mir denken«, erwiderte sie mit leichter Ungeduld. »Lassen Sie sich nicht alles aus der Nase ziehen.«

»Das Beste wäre, Sie sehen es sich selbst an.«

»Was denn?«

»Diesen Mann. Ich nehme an, dass er tot ist.«

»Tot?«

»Er bewegt sich nicht.«

Die Neuigkeit war schrecklich, aber nicht einmalig. In einem Hotel dieser Größe mit seinen zahllosen Zimmern kam immer mal wieder ein Todesfall vor. Violet hatte ein Procedere festgelegt, wie dann vorzugehen sei. Der Hotelarzt musste zunächst den Tod feststellen, worauf der Chefbutler die Polizei rief. Die Officers erschienen in Zivil, um keine Aufregung unter den Gästen zu verursachen. Obwohl es sich fast immer um eine natürliche Todesart handelte, wurde die vorläufige Todesursache festgestellt. Man legte den Leichnam in einen der Körbe, mit denen sonst die Wäsche abtransportiert wurde und brachte ihn zum Dienstbotenfahrstuhl. Im Keller wurde die Leiche in einen Blechsarg umgebettet und über einen Hinterausgang aus dem Savoy geschafft.

Violet legte die Serviette auf den Tisch. »Tot? Sind Sie sicher? Haben Sie seinen Puls gefühlt?«

»Das kann ich nicht.« Oppenheim wischte Staubflusen von den Knien.

»Warum?«

»Er ist schwer zu erreichen.«

»Verdammt, Clarence, was heißt das? Wieso ist dieser Tote *schwer zu erreichen?*«

»Er ist aus dem Fenster gefallen.«

6

Angelo Sciapiarelli

Oppenheim schloss Zimmer 347 auf.

Violet sah den Detektiv verwundert an. »Sagten Sie nicht, der Mann sei aus dem Fenster gefallen?«

»Das ist richtig. Gewohnt hat Mr Sciapiarelli aber in drei vier sieben.«

»Haben Sie den Chefbutler verständigt?«

»Ich wollte erst, dass Sie sich … ein Bild machen.«

»Ein Bild?«

Oppenheim ließ die Direktorin eintreten. Einander widersprechende Gedanken schossen Violet durch den Kopf. Wenn jemand aus dem Fenster des Savoy auf die Straße stürzte, erregte das Aufsehen. Von bestimmten Zimmern aus würde derjenige sogar auf dem Vordach landen. Wieso hatte bis jetzt niemand das Unglück bemerkt?

Auf dem Bett befand sich ein Koffer. Die Bettwäsche wirkte zerwühlt. Der Stuhl lag quer, die Stehlampe war umgefallen.

»Was ist passiert?«

»Es sieht nach einem Kampf aus.«

»Wo ist der Mann geblieben?«

»Im Lichthof.«

Violet entdeckte das angelehnte Fenster. Der Vorhang bauschte sich. »Aber wenn er dort hinausgefallen ist, müsste ihn jemand entdeckt haben.«

Oppenheim zog den Vorhang beiseite. »Nicht unbedingt. Mr Sciapiarelli liegt im Taubenhof.«

Wie überall in London waren auch im Savoy die Tauben ein Problem. Wo der Mensch sie nicht verjagte, verrichteten sie ihr zerstörerisches Werk. Taubenkot griff die Hotelfassade an.

Vorsichtig, als ob ihr gleich ein Vogel ins Gesicht fliegen könnte, beugte sich Violet aus dem Fenster. Der Lichthof war so eng, dass er seinen Zweck, Tageslicht zu schaffen, kaum erfüllte. Nur jedes zweite Stockwerk hatte ein Fenster zum Hof. Unten entdeckte sie eine Tür. Daneben lag ein Mann mit unschön verdrehten Gliedmaßen. Er lag auf dem Bauch, doch den Kopf hatte er nach hinten gedreht, als starrte er nach oben.

Sie richtete sich auf. »Wie ist das passiert, Clarence? Wie haben Sie überhaupt Kenntnis davon erhalten?«

Oppenheim steckte die Hände in die Taschen. »Auf dem Korridor dieser Etage ist das Licht ausgefallen. Der Hauselektriker war nicht erreichbar, also hat sich Mrs Drake der Sache angenommen. Es war eine Kleinigkeit. Sie hat die Sicherungen im Schaltkasten ausgetauscht. Dabei kam sie an Zimmer 347 vorbei und hat Lärm gehört. Mrs Drake hat geklopft. Die Schreie verstummten. Sie klopfte energischer. *Alles in Ordnung*, hat eine Männerstimme geantwortet. Als sie weiterging, hörte sie einen erstickten Schrei. Mrs Drake glaubt, *Hilfe!* verstanden zu haben. Sie vermutete einen Vorfall sexueller Gewalt und hat mich gerufen.«

»Dann weiß also auch Mrs Drake, was hier passiert ist?«

»Noch nicht.«

»Ich dachte, sie hat Sie verständigt.« Violet wollte die Stehlampe aufheben.

»Besser nicht, Miss Mason«, ging Oppenheim dazwischen. »Ich muss gleich die Polizei rufen, und da sollten wir …«

»Nichts anrühren«, vervollständigte Violet. »Was war mit Mrs Drake?«

»Sie wurde zu einem Notfall in die Küche gerufen. Angeblich ein Streit zwischen Mrs Drakes Nichte und einem Koch.«

»July Gilbert? Was ist denn heute nur bei uns los?« Violet wollte sich setzen, erinnerte sich, dass sie nichts verändern sollte und lehnte sich gegen die Wand. »Weiter, Clarence.«

»Ich habe an die Tür geklopft und gerufen, es kam keine Antwort. Mit dem Generalschlüssel habe ich die Tür geöffnet. Es war niemand hier.«

»Wieso hat Mrs Drake die Zimmertür aus den Augen gelassen?«

»Sie hat mich vom Flurtelefon angerufen und hatte die Tür die ganze Zeit im Blick.«

Violet überlegte laut: »Mrs Drake hörte Schreie. Jemand rief um Hilfe. Also müssen wenigstens zwei Menschen im Zimmer gewesen sein. Einer ist aus dem Fenster gestürzt. Wo ist der andere?«

»Niemand war im Bad oder unter dem Bett. Ich habe nicht gleich aus dem Fenster gesehen. Erst als ich den Koffer öffnete ...« Oppenheim kratzte sich an der Stirn.

»Ja?«

Wortlos trat er ans Bett und hob den Deckel. »Sehen Sie.«

Im Inneren befand sich eine Schaumstoffeinlage mit speziellen Aussparungen. Einige Gegenstände waren entnommen worden. Es befanden sich noch ein Glasschneider, ein Stativ, eine Metallspreize und ein zusammengerolltes Seil im Koffer.

»Ach, du lieber Himmel«, entfuhr es Violet. »Ist das nicht –?«

»Die Ausrüstung eines Diebes.« Oppenheim nickte.

»Demnach wäre Mr Sciapiarelli der gesuchte Juwelendieb?«

»Das kann ich noch nicht mit Sicherheit sagen.«

Sie trat noch einmal ans Fenster. »Der Mann hatte sein Werkzeug dabei. Er steigt aus dem Fenster, will in ein anderes Stockwerk klettern und stürzt ab.«

»So könnte es passiert sein. Wären da nicht der Kampf und die Hilfeschreie aus dem Zimmer. Es muss eine zweite Person hier gewesen sein.«

Violet blickte den Lichtschacht hinauf. »Wenn Mrs Drake niemanden herauskommen sah, muss die zweite Person auch durch das Fenster geflohen sein.«

Oppenheim trat hinter sie. »Wie gehen wir weiter vor,

Miss Mason? Ich informiere den Chefbutler, den Hotelarzt und Scotland Yard?«

»Ja, das sollten wir tun. Allerdings –«

»Miss Mason?«

»Ich möchte mir den toten Mr Sciapiarelli zunächst ansehen.«

»Ist das klug?«

»Natürlich nicht. Aber das ist mein Hotel. Der Mann beraubt meine Gäste. Die Tür dort unten führt in einen der Waschräume. Unsere Zimmermädchen benützen den Lichthof, um zwischendurch eine zu rauchen. Ich möchte nicht, dass sie auf einen toten Mann stoßen, wenn sie sich eine Zigarette anstecken.«

»Das gäbe einen ziemlichen Schock«, pflichtete Oppenheim bei.

»Schließen Sie hier ab, Clarence. Wir gehen runter.« Sie wandte sich zur Tür. »Vielleicht hatte Mr Sciapiarelli den Einbruch bereits begangen und trägt das Diebesgut noch bei sich.«

Das Telefon klingelte.

Sie sahen einander an.

Es klingelte zum zweiten Mal.

»Wer weiß noch, dass Sie hier sind?«

»Keiner außer Ihnen und Mrs Drake.«

Violet legte den Finger auf den Mund, nahm ab und horchte.

»Hallo?«, sagte eine Männerstimme.

»Wer ist da?«, fragte Violet.

Eine Sekunde verstrich. Die Leitung wurde unterbrochen. Der Mann am anderen Ende hatte aufgelegt.

Violet sah sich umringt von der Küchenbelegschaft. Obwohl noch Frühstückszeit war, herrschte bereits Hochbetrieb für das Mittagessen. Rund um sie dampfte und brodelte es, Gasflammen blitzten zwischen blankem Chrom und weißen Fliesen. Der Geruch von Butter und Zwiebeln umschwebte sie, von Eischaum und Kräutern, Fleischbrühe und Mehlschwitze. Nirgendwo sonst umgab einen jene verwirrende Mischung aus Düften und Gerüchen wie in der Küche eines großen Hotels. Maître Dryden, der das Restaurant vom Makel eigenwilliger britischer Kochkunst befreit und internationalisiert hatte, brachte zwei Gläschen Kräuterschnaps und reichte das eine der Direktorin.

»Selbst angesetzt.« Der Engländer mit dem Aussehen eines Sizilianers hielt ein Glas gegen das Licht. »Der Geist von Wacholder und Heidelbeere schwebt darin.«

Violet bedankte sich. Das zweite Glas bekam July Gilbert. Sie saß auf einem Blechstuhl in der Ecke. Mit unsicheren Fingern nahm sie den Schnaps, zitterte dabei aber so stark, dass sie die zweite Hand als Stütze brauchte.

»Vorsicht.« Dryden half ihr. »Danach geht es dir gleich besser.«

»Danke, Sir, Mr Dryden«, flüsterte July.

Violet beobachtete die beiden. Von Anfang an hatte der Maître eine besondere Fürsorge für die Anfängerin an den Tag gelegt. Sie wurde in der Küche »das Kräutermädchen« genannt. Tatsächlich war es erstaunlich, welchen Geschmacksreichtum July mit ihren Gemüsekreationen entfaltete.

Violet trank vom Wacholderschnaps. Schon als kleines Mädchen hatte sie empfunden, dass diese Küche ein magisches Reich voll Kreativität war, eine hektische, erfinderische Welt, deren Quintessenz dem Hotelgast serviert wurde. Innerhalb seines Reiches fand Maître Dryden manchmal Begabungen wie July Gilbert, die nicht nur zu kochen verstanden, sondern aus ihrem Beruf eine Kunst machten. Umso mehr tat es Violet leid, dass man July den schrecklichen Anblick nicht hatte ersparen können.

Als sich Violet und Oppenheim dem Waschraum genähert hatten, hörten sie einen markerschütternden Schrei. July hatte dort Gesicht und Hände gewaschen und wollte ein wenig frische Luft schnappen. Sonderbarerweise ließ sich die Tür zum Taubenhof nicht öffnen. Sie stemmte sich dagegen und schob einen schweren Gegenstand dahinter beiseite. Schreiend prallte July zurück. Dort lag ein Mensch. In diesem Moment waren Oppenheim und Violet dazugekommen, hatten sie von der Leiche weggezogen und die Weinende in die Küche gebracht.

»Armes Mädchen«, sagte der Maître. »Das ist wirklich ein harter Tag für dich.«

Violet beobachtete, wie July in kleinen Schlucken trank. »Was ist denn sonst noch geschehen?«

»Nichts Dramatisches. Es gab Streit zwischen July und unserem Neuen«, versuchte Dryden abzuwiegeln. »Die beiden sind einander nicht besonders grün. Ich habe Reginald nach Hause geschickt.«

»Tut mir leid, Miss Mason«, flüsterte July. »Aber dieser Reggie macht mich bei der Arbeit wahnsinnig. Ich werde mich ab jetzt zusammenreißen.«

»Falls der Junge nicht ins Team passt, überlege ich mir eine andere Lösung.« Der Maître legte July die Hand auf die Schulter.

Für einen Moment hatte Violet den Verdacht, hier

könnte mehr im Spiel sein als väterliche Fürsorge. Sie verdrängte den Gedanken gleich wieder. »Was ist mit Doktor Garrisson? Wieso ist er noch nicht hier?«

»Der Hotelarzt kümmert sich um eine Verdauungsstörung im vierten Stock«, antwortete Oppenheim.

»Er soll den Leuten ein Abführmittel geben und augenblicklich kommen.«

Oppenheim ging ans Telefon.

»Weiß man schon, um wen es sich bei dem Toten handelt?«, fragte Maître Dryden. »Wie ist er dorthin gekommen?«

»Die Polizei wird das alles bald klären.« Violet stellte ihr Glas ab. »Tut mir leid, dass der tragische Vorfall Ihren Rhythmus durcheinanderbringt«, sagte sie in die Runde. »Unser bedauernswerter Gast wird so rasch und unauffällig wie möglich aus dem Haus geschafft. Den Waschraum können Sie allerdings fürs Erste nicht benützen. Ich danke Ihnen allen für Ihre Ruhe.« Sie beugte sich zu July. »Ihnen ganz besonders, Miss Gilbert. Wenn Maître Dryden es zulässt, können Sie auf Ihr Zimmer gehen und sich ausruhen.«

»Das möchte ich nicht«, widersprach July. »Ich bereite gerade geröstete Zucchiniblüten vor. Da kann ich nicht einfach weglaufen ...« Ein plötzlicher Weinkrampf verzerrte ihr Gesicht. »Der Mann hatte die Augen offen. Er hat mich angestarrt.«

Dryden half ihr auf die Beine. »Kommen Sie, July, legen Sie sich eine halbe Stunde hin. Die Zucchiniblüten können warten.«

Violet hob den Kopf und schnupperte. »Riecht hier nicht irgendetwas ... angebrannt?«

»Auf eure Plätze!«, rief der Maître. »Charles, die Butter. Emile, das Kaninchen! Weitermachen!«

Alle eilten an die Batterie aus Herden und Öfen.

»Barry, du übernimmst für July.« Dryden inspizierte jede einzelne Station. »Das muss umgerührt werden. – Das Fleisch war zu lange drin. Wir brauchen frisches Roastbeef. – Der Teig ist so weit. Mehr Rosinen.«

Die Maschine des Küchenbetriebs kam erst langsam wieder auf Touren. Oppenheim bahnte sich einen Weg zwischen den weißgekleideten Köchen durch zu Violet. »Doktor Garrisson ist unterwegs. Die Polizei dürfte auch in ein paar Minuten hier sein.«

»Ein schrecklicher Morgen«, sagte sie. »Gehen wir jetzt in den Taubenhof, Clarence.«

»Sie wollen ihn sehen?«

»Mr Sciapiarelli war mein Gast. Haben Sie Ihre Handschuhe dabei?«

Er zog ein Paar weiße Gummihandschuhe hervor. »Sie wollen nachsehen …?«

»Ob das der Mann ist, der meine Gäste beraubt.« Violet verabschiedete sich von der Küchenmannschaft. Oppenheim folgte ihr in den Waschraum. Die Tür zum Hof stand offen. Ein rhythmisches Geräusch war zu hören. Violet trat in den Türausschnitt. Eine Taube hatte sich auf die Schulter des toten Mr Sciapiarelli gesetzt und gurrte voll Inbrunst. Der Anblick hatte etwas Friedliches.

7

Ich war ihm treu

»Ich kannte Mr Sciapiarelli nicht persönlich«, sagte Oppenheim. »Inzwischen habe ich aber Erkundigungen über ihn eingeholt.«

»So schnell?« Detective Inspector Smythe setzte sich in den Sessel vor Violets Schreibtisch und merkte zu spät, wie tief er in dem Möbel versank. »Die Leiche wurde erst vor einer Stunde entdeckt.«

»Wir haben einen Gast im Haus, der Mr Sciapiarelli kennt«, erwiderte Oppenheim.

»Wer ist das?«

»Gary Stewart«, las Oppenheim von einem Zettel ab.

»Ein Amerikaner. Beide arbeiten in der Spielzeugbranche.«

Violet schwieg. Sie konnte sich keinen Reim darauf machen. Hunderte Gäste gab es in ihrem Hotel; wieso musste ausgerechnet Gary Stewart die Kontaktperson sein, die Sciapiarelli kannte? Den Juwelenräuber Sciapiarelli, der das Werkzeug für seinen wahren Beruf im Musterkoffer der Spielwarenkollektion ins Hotel geschleust hatte. Sofern Oppenheims Information stimmte, hatte Gary Stewart dem mutmaßlichen Hoteldieb das Savoy empfohlen. Etwa, weil es hier die besten Stücke abzuräumen gab? Woher kannte der charmante Mr Stewart Angelo Sciapiarelli? Vor Violet stand eine Tasse Kamillentee. Der Morgen war ihr auf den Magen geschlagen.

»Bei uns ist Mr Sciapiarelli mit einer anderen Tätigkeit registriert«, sagte Smythe. »Der Mann war Makler, er hat den Leuten Informationen verkauft. Es existiert bei uns eine Akte über ihn.«

»Weshalb führt Scotland Yard eine Akte über Sciapiarelli?«

»Weil die Informationen, mit denen er gemakelt hat, nicht immer legal waren.«

»Ich verstehe das nicht, Detective.« Violet nahm das

Tee-Ei aus der Kanne. »Offiziell war Mr Sciapiarelli Spielwarenhändler, handelte aber zugleich mit Informationen und war in Wahrheit der Juwelendieb, den wir suchen. Wie passt das zusammen?«

Smythe hielt die unwürdige Position in dem tiefen Sessel nicht länger aus und kam auf die Beine. »Mit der Tarnung des Spielzeugvertreters konnte er unverdächtig große Koffer ins Hotel bringen. Der Schritt vom Makler zum Hehler ist nicht groß. Mr Sciapiarelli scheint Dieb und Hehler in einer Person gewesen zu sein.«

Violet nickte zu Smythes Schlussfolgerungen, hielt sie im Übrigen aber für blanken Unsinn. Ein Dieb war ein Dieb, ein Makler ein Makler, und ein Makler kletterte nicht nachts an der Hotelfassade umher. Was sie an Smythes Theorie aber besonders störte, war die Verbindung des Toten zu Gary Stewart. Violet hatte den Abend mit dem Witwer in angenehmer Erinnerung. Ein ruhiger, offener Mann ohne Imponiergehabe. Sie wollte einfach nicht wahrhaben, dass Mr Stewart irgendwie in die Diebstahlserie des Savoy verwickelt war. Der Zusammenhang konnte in Wahrheit ganz harmlos sein. Mr Sciapiarelli gab sich als Spielzeugvertreter aus, und Gary Stewart empfahl dem Kollegen aus der Branche ein gutes Hotel. Allerdings hatte Violet nicht vergessen, wie Stewart sich im Casino vor der Schmuckvitrine über echte und unechte Juwelen informierte. Ein Zufall, oder nicht? Wenn jeder, der Fragen über Schmuck stellte, gleich ein Dieb war, wäre die Welt voll davon.

»Miss Mason –«, setzte der Detective zum zweiten Mal an.

»Ja?« Sie hatte seine letzte Frage überhört. »Was meinten Sie?«

»Ich sagte, dass ich mit Mr Stewart sprechen werde.« Ein Blick zum Constable, der sich Notizen machte. »Officer, fragen Sie doch mal nach, ob die Kriminaltechnik in Sciapiarellis Zimmer fertig ist.«

Oppenheim griff zum Telefon. »Ich verbinde Sie gleich von hier, Detective.«

Der Inspector führte ein kurzes Telefonat. »Keine Juwelen«, sagte er anschließend. »Weder an der Leiche noch im Zimmer des Toten haben wir irgendwelchen Schmuck gefunden. Im Gegenteil.«

»Was ist das Gegenteil von Schmuck?«, fragte Violet überrascht.

»Schulden, Miss Mason. Mr Sciapiarelli trug mehrere Schuldscheine eines Pfandleihers in der Tasche.«

Begleitet vom rhythmischen Klopfen, Schaben und Schleifen der Kreide an der Tafel setzte Lionel Zeichen, Zahlen und Symbole.

»Bei Bruchgleichungen müssen wir zunächst ausschließen, dass die Nenner der auftretenden Terme gleich null werden. Für diese Gleichung gilt also –«

Er hätte die Aufgaben im Kopf lösen können, ohne die Kreide auch nur zu berühren, ohne das Klassenzimmer zu betreten. Doch er musste die Rechenbeispiele wieder und wieder an die Tafel schreiben, damit die Jungs in seinem Rücken die Chance hatten, ihren Sinn zu erfassen. Mathematik besaß eine nüchterne Schönheit. Die klassische Mathematik war das Einzige, das für Lionel Ewigkeitswert hatte. Indem er dieses Wissen täglich repetierte, befand er sich gewissermaßen in einer Möbiusschleife, ohne Anfang und Ende. Besser noch ließ sich seine Tätigkeit mit der eines Hamsters im Laufrad beschreiben.

»Zweimal X plus vier ist ungleich null«, dozierte er im Rhythmus des Schreibens. »Um die Gleichung zu lösen, müssen wir beiden Seiten mit dem Hauptnenner multiplizieren.« Er drehte sich zur Klasse. »Welches ist in diesem Fall der Hauptnenner, Herrschaften?«

Lionel sah in die ausdruckslosen Gesichter von Teenagern, die sich mit allem anderen lieber beschäftigt hätten als mit Bruchgleichungen. Sie wollten Spiele spielen, rumpöbeln, über Mädchen quatschen und sich von ihrer ersten Zigarette übergeben. Sie wollten hinaus in die verheißungsvolle Stadt im verheißungsvollen Monat Mai. Sie mochten Lionel, den Ex-Lieutenant, der im Krieg seinen Mann gestanden hatte, sie respektierten ihn. Manchmal fragten sie ihn, wie das sei, einen Menschen zu erschießen. Sie waren wach und interessiert am Leben, nur Algebra ließ sie völlig kalt.

»Wir haben vier minus zweimal X in Klammern, mal dreimal X plus dreizehn. Übrig bleibt eine lineare Gleichung mit folgender Lösung –«, fuhr Lionel fort, als niemand aus der Klasse antwortete.

Die Lösung, dachte er. Im Bereich der Algebra ließ sich eine Lösung einfach darstellen. In Lionels Fall würde die Lösung ungleich komplexer ausfallen. Keine Beispielrechnung aus dem Lehrbuch reichte an die Gleichung heran, die er zu bewältigen hatte.

Als Lionel sich als junger Kadett nach Cardiff hatte versetzen lassen, war er keinem Hirngespinst gefolgt. Irene Dermott war ein Mädchen, um das es sich zu kämpfen lohnte, sie war die Liebe seines Lebens. Er hatte sich das nicht eingebildet. Doch ohne Vorwarnung hatte Irene damals Schluss mit ihm gemacht. Zwischen ihrem Vater, dem Konservenfabrikanten, und dem walisischen Rinderzüchter war alles abgesprochen gewesen. In einer regnerischen Nacht gab Irene Lionel den Laufpass. Nach seinem verzweifelten Versuch, sie umzustimmen, schlief sie noch einmal mit ihm auf dem Küchentisch. Das war das Ende. Lionel trauerte Irene lange nach, doch irgendwann konnte er wieder an sie denken, ohne traurig zu werden. Jahre verstrichen, ein Krieg kam und wurde geschlagen, und heute liebte Lionel Violet Mason. Alles schien in Ordnung zu sein, bis zu dem Abend, als Irenes runde, feste Hand einen Pint Bier auf den Tresen gestellt hatte.

Er hatte Irene seitdem noch einmal wiedergesehen. Die ganze Zeit über, als sie beisammen saßen, hatte er ein schlechtes Gewissen gehabt und zugleich jede Minute genossen. Sie trafen sich wieder im Pub. Diesmal kam Irene nicht zum Dienst, sondern privat. Sie trug ein getupftes Kleid, ein wenig gewagt bei ihrer Figur, aber Lionel hätte sich nichts Hübscheres vorstellen können.

»Er war ein gedankenloses Schwein, mein Daryl«, erzählte sie. »Er war verlogen, feige und ein Idiot, wenn es um Geschäfte ging.«

Sie saßen in einer Nische. Rundum versank die Welt im Bierdusel.

»Mein Vater ist gestorben, auch sein Vater starb«, fuhr sie fort. »Daryl erbte die Rinderzucht, ich die Konservenfabrik. Doch da wir in einer beschissenen Männerwelt leben, hat sich Daryl meine Konservenfabrik einfach unter den Nagel gerissen. ›Geschäfte sind Männersache‹, sagte er und ignorierte die Tatsache, dass ich für Daddy in den letzten Jahren die Bücher geführt habe.« Irene nahm einen Schluck Gin. »Ich war Daryl treu, Gott sei es geklagt. Ich hätte Möglichkeiten gehabt, aber ich bin dem Idioten all die Jahre treu geblieben.« Scheinbar beiläufig fasste sie nach Lionels Hand. »Manchmal habe ich an uns beide gedacht, mein Bester. Auch an deine Schwüre, dass ich die große Liebe deines Lebens bin, und so. Aber das waren süße Träumereien. In Wirklichkeit lebte ich zwischen unseren Rindern, dem Schlachthaus und den Konserven, in die sich die Viecher schließlich verwandelt haben.«

»Und Daryl?«, fragte Lionel.

»Was ist mit ihm?«

»War er dir treu?«

»Das hat mich nicht besonders interessiert. Er war keine Kanone im Bett. Klein, weißhäutig, die Haare sind ihm bald ausgegangen. Übriggeblieben ist ein Glatzkopf mit Knollennase. Ich war froh, wenn er mich nicht berührt hat, und er tat es immer seltener. Stattdessen hat er sich in eine Quasselstrippe verwandelt. Hat ständig geredet und seine dämlichen Witze gemacht. Ich hätte schreien können. Einmal hatte ich das Schlachtermesser schon in der Hand und hätte es ihm am liebsten in den Hals gerammt.« Irene lachte. »Aber am Ende macht man so was dann doch nicht.«

»Und eure Scheidung?«

»Das ist schnell erzählt. Durch Daryls *Geschäftsgenie* ging alles den Bach runter. Die Rinder erkrankten an einer Seuche, die meisten mussten notgeschlachtet werden. In seinem Wahn wollte Daryl die Konservenfabrik vergrößern. Er hat sich natürlich verkalkuliert. Es drohte der Konkurs.« Sie lehnte sich zurück und schloss die Augen. »Gerettet hat mich mein Anwalt. Ein netter Bursche. Er hat Daryl eine Falle gestellt.«

»Eine Falle?«

»Hat ihm eine junge Nutte auf den Hals gehetzt. Daryl war so blöd, darauf reinzufallen. Der Anwalt hat ihn in flagranti erwischt. Der Rest war einfach. Nach Vollzug der Scheidung habe ich aus der Fabrik rausgeholt, was noch zu kriegen war, bin nach London gezogen und habe mir dieses Haus gekauft.«

»Dieses ...?«, rief Lionel überrascht. »Der Pub gehört dir?«

»So wie auch die Stockwerke darüber. Ich habe ein geregeltes Einkommen. Kein Mann kann mir noch blöd kommen. Das ist meine Lebensgeschichte, Lionel. Ein Lehrstück, wie man es besser nicht machen sollte.«

»Ach, Irene. Das tut mir so leid. Andererseits tut es mir natürlich nicht leid, denn sonst wären wir uns nie wiederbegegnet.«

Lächelnd spielte sie mit seinen Fingern. »Was soll das werden? Ein spätes Liebesbekenntnis für eine dicke Frau, die Bier ausschenkt?«

»Rede nicht so. Du bist immer noch eine Augenweide.«

»Wenn du Absichten bei mir hast –« Ihr Lächeln wurde breiter. »Meine Wohnung liegt direkt hier drüber.«

»Ich sollte dir sagen, ich bin nicht frei, Irene«, antwortete er nach einer Pause.

»Das hab ich mir schon gedacht, dass so ein Sahnestückchen wie mein Fähnrich kein Freiwild mehr ist.«

Seine Hand blieb in ihrer Hand. Irene spielte mit seinen Fingern.

8

Der Vegetarier

Violet freute sich auf den Lammrücken, den Maître Dryden auf die Karte gesetzt hatte. Noch mehr freute sie sich aber auf Lionel. Seit der verpatzten Verabredung hatten sie keine Gelegenheit für ein weiteres Treffen gehabt. Es tat ihr leid, was an jenem Abend passiert war. Violet nahm in ihrer Nische im *Golden Pavillon* Platz, die abgeschieden genug lag, damit sie nicht beim Essen gestört wurde, aber doch entsprechend präsent, dass die Hotelgäste sahen, Miss Mason speiste in ihrem eigenen Haus.

Lionel war ein aufmerksamer, integrer Mann, ein liebevoller Mensch und ein zärtlicher Liebhaber. Sie konnte sich glücklich schätzen, mit ihm zusammen zu sein. Nur manchmal sagte eine Stimme tief in ihrem Inneren, dass etwas zwischen ihnen nicht stimmte. Sie war überzeugt, dass es an ihr lag. Was Beziehungen betraf, war Violets Biographie eine Folge von Niederlagen. John, der Hausmechaniker, mit dem sie ein tiefes Gefühl verband, hatte sich das Leben genommen. Der Zweifel nagte an ihr, dass sie Mitschuld daran trug. Max Hammersmith, der Intellektuelle, der ihr das Tor zum Journalismus aufstieß, hatte Violet zwar geliebt, aber eine andere geheiratet. Schuld daran war Violets dummer Stolz gewesen: Sie wollte Max seine berufliche Unterstützung nicht mit Liebe zurückzahlen müssen. Nach mehreren Affären mit ihm, nachdem Violet den Journalismus an den Nagel gehängt und das Savoy übernommen hatte, kündigte Max an, sich endlich von seiner Frau zu trennen und mit Violet ein neues Leben zu beginnen. Am selben Tag wurde er durch die Explosion einer deutschen Fliegerbombe getötet.

Violet war mittlerweile fast vierzig. Sie wünschte sich, endlich zur Ruhe zu kommen und gestand sich ein, diese Ruhe an Lionels Seite noch nicht gefunden zu haben.

Sie schlug eine Mappe auf. In zwei Tagen sollte sie eine

Eröffnungsrede halten und wollte sich vor dem Lunch noch Notizen machen. Den Stift in der Hand, beobachtete sie, wie die Herzogin von Londonderry und ihr Sohn ein paar Tische weiter Platz nahmen. Tyrone wählte den Wein auf der Karte, die beiden lachten. Violet konnte kein Anzeichen dessen erkennen, was Lady Edith neulich behauptet hatte, nämlich dass Tyrone sich in der Öffentlichkeit seiner Mutter angeblich schämte. Sie hatten wohl vorreserviert, was zu Spitzenzeiten, wenn die Küche mit den vielen À-la-carte-Bestellungen kämpfte, sinnvoll war. Die Duchess bekam ihren Lammrücken noch vor Violet.

Tyrone hatte eine andere Wahl getroffen. Der Kellner servierte ihm eine Art Auflauf. Stand heute eine Quiche auf der Menükarte? Violet sah nach, konnte aber nichts Überbackenes entdecken.

Der junge Lord begann zu essen. In den nächsten Sekunden wurde Violet Zeuge einer faszinierenden Verwandlung. Überraschung, Hingabe, Lust, Begeisterung, all das entdeckte sie in den Zügen des jungen Mannes. War ihr Sir Tyrone bis jetzt respektvoll und zurückhaltend erschienen, öffnete er sich in diesen Minuten auf unvorhersehbare Weise. Nach den ersten Bissen wurden seine Augen groß, größer, er hielt inne, kaute, schmeckte, und gab seinem Genuss durch angehobene Brauen und zitternde Nasenflügel Ausdruck.

Seine Mutter fragte ihn, was los sei. Tyrone wies auf den Teller. Amüsiert wandte Lady Edith sich ihrem Lamm zu. Tyrone begann schneller und schneller zu essen, warf den Kopf zurück, kaute in höchster Konzentration, lächelte, trank einen Schluck Wasser, tupfte den Mund mit der Serviette ab und aß mit einer Hingabe weiter, als wäre es das letzte Gericht seines Lebens. Er war lange vor der Duchess fertig. Mit verhangenen Augen spürte er der Geschmackssensation eine Weile nach.

Violet wollte nun doch wissen, welches Gericht Sir Tyrone begeistert hatte. Sie war drauf und dran, den Kellner zu sich zu bitten, doch der Lord kam ihr zuvor. Er winkte dem Oberkellner, der sich vor ihm verbeugte. Sir Tyrone äußerte eine Bitte, die der andere sich sofort anschickte zu erfüllen.

Violet lehnte sich zurück. Keine Zeile hatte sie noch an ihrer Rede geschrieben. Nach wenigen Minuten kehrte der Kellner mit einem Mitglied der Küchenmannschaft zurück, es war July Gilbert. Sie hatte keine Zeit gehabt, sich umzuziehen. Mit fleckiger Schürze, weißer Mütze und Schweiß auf der Stirn trat sie vor den Gast. Als der Herzogssohn aufstand und July die Hand reichte, musste sie die ihre erst an der Schürze abwischen. Ein Ausdruck der Begeisterung spiegelte sich in seinem Gesicht, während er ihr sein Lob aussprach, die Freude über einen Genuss, den er der jungen Köchin wortreich mitteilte.

Da July für die *Legumerie* zuständig war, war Sir Tyrone offenbar ein vegetarisches Gericht serviert worden. July hatte offenbar all seine Erwartungen übertroffen. Violet freute sich an der kleinen Szene, es begeisterte sie, wenn jemand durch Hingabe in seinem Beruf andere glücklich machte.

July war rot geworden, sie knickste vor dem jungen Mann. Andere Gäste drehten sich um. Als sie den Speisesaal verließ, erhob sich ein kleiner Applaus. Die ungewohnte Aufmerksamkeit ihrer Person gegenüber war July peinlich, die letzten Schritte rannte sie fast. Während Tyrone Platz nahm, sah ihn seine Mutter staunend, herzlich, nachdenklich an. Lady Edith gefiel, was ihr Junge gerade getan hatte.

Umsonst setzte Violet den Stift auf das Papier. Von zwei Seiten näherten sich Personen, die es in der Hand hatten, sie von ihrem Vorhaben abzubringen. Von links kam der Kellner mit dem Lammrücken, rechts näherte sich Lionel. Violet entdeckte eine sonderbare Düsternis an ihm.

»Hallo, mein Lieber«, begrüßte sie ihn. »Was machst du denn für ein Gesicht?«

Der frühe Nachmittag war nicht Lionels bevorzugte Stunde, um mit Violet zu schlafen. Er schätzte eher die Absichtslosigkeit des späten Abends, wenn nichts mehr zu tun war und er seine Gedanken abschalten konnte. Dann hielt die Erotik bei ihm Einzug. Dabei war Lionel kein Ausbund an Phantasie, und das fand Violet schade. Sie hätte es manchmal genossen, mit ihm in einem freien Gästezimmer zu verschwinden und dort, sozusagen als anonymer Hotelgast, Liebe zu machen. Mit Max hatte sie das getan, es war schön und abenteuerlich gewesen.

Der Grund für solche Träumereien lag in Violets Sehnsucht, das Leben manchmal aus einer anderen Perspektive zu betrachten und Wege abseits der ewig gleichen Pfade zu gehen. Die ungezählten Stunden, Tage und Jahre, in denen sie nichts weiter war als Hoteldirektorin und Mutter, lasteten manchmal auf ihr. Das Leben tickte einfach so dahin. Sie war zufrieden an dem Platz, wo sie stand, doch mitunter wünschte sie sich eine kleine Hintertür in das *Land of might have been*, jenes verheißungsvolle Land der anderen Möglichkeiten. Hegte nicht jeder mitunter Phantasien, wie sein Leben verlaufen wäre, hätte er nicht diese und jene Entscheidung getroffen?

Lionel schien solche Auswege des Geistes, Fluchtwege des Herzens nicht zu kennen. Er lebte, wie man als Ex-Lieutenant und Mathematikprofessor zu leben hatte, korrekt und bescheiden. Und weil die Liebe zu einem gesunden Gefühlshaushalt dazugehörte, liebte er Violet. Er hatte Spaß am Sex mit ihr, kehrte danach aber sofort wieder in die Haut des korrekten Lionel zurück.

Violet hatte nicht immer so über ihn gedacht. Während der Kriegsjahre schätzte sie Lionels nüchternen realistischen Charakter. Der Irrsinn einer Welt in Waffen, die Angst einer Schwangeren, Gebärenden, einer Mutter, die nicht wusste, ob ihr Kind überleben würde, hatte Violet fast zerrissen. Damals war Lionel der Anker gewesen, der ihr schwankendes Schiff hinderte, auf hoher See zu zerschellen.

Nun war der Krieg vorbei, die Nation, die Welt atmete auf. Man wollte wieder fröhlich, sorglos und ausgelassen sein. In diesem Punkt konnte Lionel nicht mithalten. Er blieb, der er war, und das machte Violets Herz manchmal schwer. Umso einmaliger fand sie, was gerade passiert war. Sie lagen im Bett unter dem Kuppeldach und hatten miteinander geschlafen. Es war fünfzehn Uhr, das bedeutete, sie hatten anderthalb Stunden ununterbrochen Liebe miteinander gemacht. Lionel hatte sich gebärdet wie ein Urwaldmensch, enthemmt, wie sie ihn noch nie erlebt hatte. Er war laut geworden, was ihm sonst nie unterlief, doch vorhin war der Gesang seiner Ekstase bis in die Kuppel gestiegen. Violet war froh, dass Maxine erst nach vier Uhr aus dem Kindergarten geholt wurde und auch sonst niemand die Suite betreten hatte.

Sie war erschöpft, befriedigt, nur vollkommen glücklich war sie nicht. Ein Mann wie Lionel tat niemals etwas ohne Motiv. Wenn sich der Mathematikprofessor in einen brüllenden Faun verwandelte, gab es dafür einen Grund. Beim Mittagessen hatte er ihr keine Erklärung für seine mürrische Laune gegeben. Einsilbig bis an die Grenze der Unhöflichkeit war er gewesen, bis sie vorgeschlagen hatte, bei seiner Laune sollten sie nach dem Essen besser auseinandergehen. Das hatte seinen männlichen Widerspruchsgeist geweckt. Lionel wollte sich nicht aus dem Savoy hinauskomplimentieren lassen.

»Gehen wir hinauf?«, fragte er.

»Damit du mich weiter anschweigst und ich die ganze Unterhaltung allein stemmen muss?«

»Ich war in Gedanken, verzeih. Der Schulkram, mein

Sisyphos-Job, meine gelangweilten Schüler, das hat mir heute zu schaffen gemacht. Lass uns hochgehen. Ich war ein Stinkstiefel. Ich mache es wieder gut.«

An seinem Lächeln erkannte sie, dass der freundliche Lionel über den Miesepeter wieder die Oberhand gewann. Violet ging voraus. Im Fahrstuhl küsste er ihr Ohrläppchen. Im Korridor streichelte er ihren Nacken. Kaum in der Suite angekommen, küsste er sie leidenschaftlich, zog sie aus, er liebte sie, er ließ sich lieben, wieder und wieder.

Nun war Lionel eingeschlafen. Er atmete mächtig, manchmal war auch ein kurzes Schnarchen dabei. Violet betrachtete ihn im Bett sitzend. Es war schön und unverhofft gewesen, so spontan, wie sie es sich wünschte. Doch irgendetwas gefiel ihr nicht daran. Wenn sie nur wüsste, was es sein könnte. Vorsichtig schob sie die Decke zurück und glitt aus dem Bett.

Ein Mathematiklehrer konnte es sich vielleicht leisten, den Nachmittag zu verschlafen, Violet hatte dieses Privileg nicht. Sie nahm ihre Kleider, schlüpfte ins Bad und zog sich an.

9

Ein vergilbtes Foto

»Bei dieser eindeutigen Beweislage habe ich so etwas noch nie erlebt«, sagte Detective Inspector Smythe.

Der burleske Nachmittag war vorbei. Zurück in ihrem Büro, hatte Violet dort die Polizei erwartet.

»Ich verstehe noch nicht ganz, was Sie meinen.« Violet und der Detective nahmen zusammen Tee. »Mr Sciapiarelli ist also *nicht* der Juwelendieb?«

»Indem ich es zugebe, komme mir recht stümperhaft vor, Miss Mason«, nickte Smythe. »Es wäre mir lieb, wenn Sie es nicht publik machen.«

»Aus diesem Grund habe ich Mr Oppenheim nicht zu

unserem Gespräch dazugebeten.« Sie beobachtete, wie Smythe die Zitronenscheibe im Tee nicht schwenkte, sondern mit dem Löffel zerquetschte.

»Mr Sciapiarelli ist, wie sich herausstellt, ohne jeden Zweifel ein Vertreter für Spielwaren gewesen«, fuhr der Detective fort. »Er ist gebürtiger Neapolitaner, lebt seit zwanzig Jahren in England und bereist das Königreich mit seinen Waren.«

»Und was ist mit dem Koffer in seinem Zimmer? Dem verräterischen Koffer?«

»An diesem Koffer fanden sich die Fingerabdrücke von zwei Personen. Aber keiner davon stimmt mit denen von Sciapiarelli überein.«

»Er könnte sie abgewischt haben.«

»Man kann an einem Koffer nicht bestimmte Abdrücke abwischen und andere übrig lassen«, erklärte Smythe.

»Sciapiarelli wird wahrscheinlich Handschuhe getragen haben.«

»Die Antwort ist einfacher, Miss Mason.« Der Detective stellte die Tasse ab. »Dieser Koffer gehörte gar nicht Angelo Sciapiarelli. Er wurde nur in seinem Zimmer abgestellt, vielleicht um ihn zu kompromittieren. Vielleicht wurde der wahre Besitzer des Koffers auch überrascht und war gezwungen, ihn dort zu lassen.«

»Aber weshalb ausgerechnet in Zimmer 347?«

»Das wissen wir noch nicht.«

»Wenn Sciapiarelli nicht der Dieb ist, wie ist er dann zu Tode gekommen?«

»Das allerdings wissen wir.«

»Ich höre.«

»Dieser Mann hätte unmöglich an der Hotelfassade klettern können.«

»Wieso?«

»Weil Mr Sciapiarelli im Krieg ein Bein abwärts des Knies verloren hat. Er trug eine Prothese. Sie wurde erst bei der Obduktion entdeckt.«

»Demnach wollte er gar nicht aus dem Fenster steigen?«, fragte Violet ungläubig.

»Er hat sich sogar dagegen gewehrt. Wir haben unter seinen Fingernägeln Lackspuren gefunden. Sciapiarelli wurde aus dem Fenster gestoßen. Bis zuletzt hat er versucht, sich festzukrallen.«

»Wer hat ihn umgebracht?«

Smythe hob die Schultern. »Die Ermittlungen sind im Gang.«

Violet stand nachdenklich auf. »Sagten Sie nicht, Sciapiarelli wäre ein zweifelhafter Makler gewesen, über den Scotland Yard eine Akte führte?«

»In diesem Punkt sind wir immerhin einen Schritt weitergekommen. Sciapiarelli hatte Geldsorgen. Er hat gewettet und verloren.«

»Pferderennen?«

»So ist es. Seine Gläubiger saßen ihm im Nacken. Als er nicht zahlen konnte, haben sie ihn erpresst.«

»Womit?« Violet stand auf.

»Vor dem Krieg arbeitete Sciapiarelli bei der britischen Handelskammer. 1940 wurde er eingezogen, in Frankreich verwundet und fand nach 1945, auch wegen seiner Behinderung, nicht mehr in sein altes Leben zurück. Sein letzter Ausweg war der Job als Spielzeugvertreter. Die Gläubiger, die ihn am Haken hatten, zwangen ihn, seine alten Kontakte anzuzapfen.«

»Kontakte bei der Handelskammer?«

Smythe nickte. »Das brachte Sciapiarelli auf die schiefe Bahn.«

Violet machte ein paar Schritte. »Sie sind also überzeugt, Sciapiarelli hatte mit den Juwelendiebstählen nichts zu tun?«

»So würde ich das nicht sehen, Miss Mason. Es bleibt die Frage, wie sich ein Mann wie er ein Hotel wie das Savoy leisten konnte. Vielleicht hat er uns, ohne es zu wollen, auf eine interessante Spur gebracht.« Der Inspektor zog ein Kuvert aus der Tasche und entnahm ihm eine Fotografie. »Das hier ist eine alte Aufnahme, ziemlich unscharf und verschwommen. Man kann daraus keinen eindeutigen Rückschluss ziehen. Und doch finde ich das Foto interessant.«

Violet betrachtete die Schwarz-Weiß-Fotografie. Das Bild zeigte einen Mann mit dunklem Haar, der finster über seine Schulter blickte. Er wollte offenbar nicht fotografiert werden.

»Wer ist das?«

»Das ist die einzige existierende Fotografie des meistgesuchten Juwelendiebs Europas. Haben Sie jemals von Antoine Descoyne gehört?«

»Nein.«

»Man nannte ihn auch den ›Gecko‹. Dieser Mann war imstande, jede Hausfassade zu erklimmen, er gelangte in jeden Raum und verschwand genauso spektakulär wieder. Seine Raubzüge brachten ihm Millionen ein.«

»Was wurde aus diesem Mr ...?«

»Descoyne. Er ist Belgier. Irgendwann verschwand er und hat seine kriminelle Karriere offenbar an den Nagel gehängt. Auf vier Kontinenten sucht ihn die Polizei, aber niemand weiß, wo er sich aufhält. Eine Fahndung ist unmöglich, da es kein Bild von Descoyne gibt. Bis auf dieses hier.«

Violet legte die Aufnahme auf den Teetisch. »Wie sind Sie auf Descoyne gekommen?«

»Zufällig.«

»Das verstehe ich nicht.«

»Als ich Mr Stewart, Ihren Hotelgast, über seine Verbindung zu Sciapiarelli befragte, hat etwas in meinem Kopf klick gemacht. Gary Stewart hat mich an jemanden erinnert. Ich konnte das zuerst nicht einordnen, bis mir der Juwelenräuber Descoyne einfiel. Darauf habe ich mir einen Abzug des Bildes schicken lassen und ... sehen Sie selbst.« Er schob ihr das Foto nochmals hin. »Die Ähnlichkeit wird nicht gleich offensichtlich, weil das Bild alt ist, aber mit etwas Phantasie könnten Mr Stewart und Antoine Descoyne ein und dieselbe Person sein. Wenn das so wäre, hätten Sciapiarelli und Stewart unter einer Decke gesteckt. Damit wäre auch zu erklären, wie sich ein verschuldeter Spielwarenvertreter das Savoy leisten konnte.«

Violet hob die Fotografie vor ihre Augen. »Ich kann absolut keine Ähnlichkeit feststellen, Detective.«

Sie log. Sie log schlecht, und sie hasste es zu lügen. Sie brachte es nicht über sich, dem Polizisten einzugestehen, dass der Mann auf dem Bild tatsächlich Gary Stewart sein könnte.

July Gilbert probierte ein neues Rezept aus, mit Paprikaschoten, Schalotten, Fenchel und Hirse. Sie kochte Brühe auf, ließ die Hirse quellen, dünstete das Gemüse in Butter, gab Pfeffer, Thymian und geriebenen Cheddar zu. Das Ergebnis brachte sie ins Büro von Maître Dryden.

»Vielleicht als Vorspeise«, erklärte sie.

Er prüfte das Gericht, schmeckte den Zutaten hinterher und stellte den Teller beiseite. »Möglicherweise als Zwischengang«, sagte er nach einer Pause. »Als Vorspeise ist es nicht raffinert genug.« Er machte sich eine Notiz für den Menüplan. »Morgen bleiben wir beim Krabbencocktail.«

»Wie Sie meinen. Es war ja nur ein Vorschlag, Mr Dryden.«

»Ich bin froh, dass du es mir gezeigt hast. Jetzt wissen wir es wenigstens.«

»Was denn, Sir?«

»Dass Hirse und Cheddar nicht zusammenpassen.« Er gab ihr den Teller. »Sei nicht traurig.«

»Ach wo, Sir.«

»Wer etwas ausprobiert, entdeckt neue Gaumenfreuden. Habe ich recht?«

»Eindeutig, Sir.« July verließ das Büro des Maître.

An ihre Kochstation zurückgekehrt, fand sie die schönen frischen Zutaten, die sie erst diesen Morgen aus den Gemüsehallen bestellt hatte, lächerlich, welk, uninspirierend. Was sie tat, erschien ihr sinnlos, wer sie war, unwichtig. Als sie in die spiegelnde Metallplatte hinter dem Herd blickte, schaute ihr ein unbegabtes, verschrecktes Wesen entgegen, mit strähnig verschwitztem Haar, einer dreckigen Bluse und geröteten Händen. Sie wollte nicht diese July sein, sie wollte sich nicht länger ansehen müssen.

July schob einen großen Kochtopf vor ihr Spiegelbild. Sie fettete eine runde Kuchenform ein, schnitt vom Sandwichbrot die Kruste ab und und belegte den Kuchenboden damit. Sie bestrich das Brot mit Kräuterquark, bedeckte diesen mit dünn geschnittenen Gurkenscheiben, darauf kam eine Schicht gebratener Auberginenstreifen. Dann wieder eine Lage Quark, gekochte Eier, Brot und Möhren. Schicht um Schicht wuchs Julys Torte empor. Obenauf verzierte sie das Ergebnis mit geschnitzten Radieschen und ließ einen Wald von Schnittlauchhalmen rundum emporwachsen. July wusste nicht, was es war oder werden sollte, sie wusste nur, das war ihre Kreation für diesen Tag. Sie fragte den Maître nicht um seine Meinung. Auf die schwarze Tafel, wo die Souschefs ihre Vorschläge machten, schrieb July in Großbuchstaben: TORTE À LA LORD SANDWICH.

Bis zum abendlichen Ansturm blieb ihr noch Zeit. sie warf Schürze und Montur ab, wusch sich, steckte ihr Haar hoch, schlüpfte in ein rotes Kleid mit weißen Streifen und verließ ihren Arbeitsplatz.

Es war einerlei, wie oft man sich während der Arbeit wusch, ob man Parfum benützte oder Salmiakgeist, jeder, der aus einer Großküche kam, roch nach Zwiebeln. July hasste das. Deshalb wollte sie an die Luft und den Zwiebelgeruch auslüften.

Eine kräftige Brise zog von der Themse durch die Stadt. July lief geradewegs ans Ufer und reihte sich in die Promenade der Spaziergänger ein, der Gentlemen mit Melone und dem unvermeidlichen Regenschirm, den Müttern mit den Kinderwagen, den Hundebesitzern und Liebespaaren. Schon nach ein paar Minuten kam sie sich wieder wie ein normaler Mensch vor, kein Zwiebelwesen aus Drydens Reich. July fror in dem leichten Kleid, aber Rot stand ihr; um nichts in der Welt hätte sie etwas übergezogen. Der Wind griff in ihr Haar, optimistisch schritt sie aus. Vielleicht würde sie unterwegs irgendwo einen Kaffee trinken, einen italienischen, denn das englische Gebräu verdiente den Namen nicht. Immer heiterer ging sie voran, die Demütigung über das Hirse-Debakel war verflogen.

»Da kommt die Zauberin aus dem Savoy«, sagte eine angenehme Männerstimme.

Sie fuhr herum, kein Mensch stand am Geländer, das den Fluss vom Uferweg trennte. Sie drehte sich im Kreis. Da saß er, eingehüllt in einen Mantel aus Tweed. Er trug einen schwarzen Bowler auf dem Kopf und Sonnenbrille, als müsste er sich vor der bleichen englischen Sonne schützen.

»Euer Gnaden.« Mehr fiel July im ersten Moment nicht ein.

»Guten Tag, Miss Gilbert.«

»Euer Gnaden haben mich gleich wiedererkannt?« July sah darin zwar ein Kompliment, da der junge Duke sich an jemanden erinnerte, der ihm ein Soufflé zubereitet hatte, andererseits war sie enttäuscht, weil ihre Verwandlung zur Frau nicht perfekt genug ausfiel und man sie immer noch als Köchin erkannte.

»Wollen wir das *Euer Gnaden* nicht lieber lassen?« Sir Tyrone nahm vor July den Hut ab. »Ich bin nichts als ein frierender Nordire auf einer Bank. Sie sind eine junge Lady, die, wenn ich die aufgestellten Härchen an ihren Armen richtig deute, zu kühl angezogen ist.«

July lächelte, weil seine Rede so kompliziert war, weil er mit dem Hut in der Hand dasaß, weil er sie so nett behandelte. »Das hat man uns als Erstes beigebracht«, antwortete sie.

»Was denn?«

»Wie man unsere Gäste nach ihrem Adelsstand anzusprechen hat.«

»Wieso? In der Küche haben sie doch nie direkt mit den Gästen zu tun«, gab er zu bedenken. »Obwohl es natürlich in Ihrer Macht liegt, die Laune der Gäste zu heben. Sie irren übrigens, Miss Gilbert. Ich bin nicht mit ›Euer Gnaden‹ anzusprechen, da ich den Herzogtitel erst von meinem Vater erben werde. Und ich hoffe, dieser Tag ist noch fern.«

Nebeneinander kamen zwei Kinderwagen angerollt. July trat einen Schritt näher. »Wie darf ich Sie denn nennen?«

»Sir Tyrone wäre angemessen, aber am liebsten sagen Sie einfach Tyrone zu mir.«

»Das darf ich mir nicht erlauben.« Sie verschränkte die Arme, weil ihr so kalt war.

»Dürften Sie sich erlauben, sich für ein paar Minuten zu mir zu setzen?«

»Ich muss das Dinner vorbereiten, Sir.«

Er zog seine Taschenuhr. »Es ist viertel nach drei, Miss Gilbert. Ich befürchte, wenn Sie jetzt schon damit anfangen, wird Ihre Kreation bis zum Abend verkocht sein.« Ein Lächeln hinter Sonnengläsern.

»Das ist möglich, Sir.«

»Warum setzen Sie sich nicht einfach, nennen mich Tyrone, und alles Weitere ergibt sich dann ganz von selbst?«

July sah keinen Grund, der netten Einladung nicht zu folgen und nahm neben dem designierten Herzog Platz.

10

Das Halstuch

Manchmal offenbarte ein Traum dem Träumenden eine Wahrheit. Mitunter wies ein Traum sogar in die Zukunft und benannte Befürchtungen, die sich der Träumer im wachen Zustand nicht eingestand. Meistens blieben Träume aber nur Hirngespinste, unerklärliche Brückenschläge des Gehirns, das sich den Spaß machte, im Schlaf Ereignisse zu erfinden, die über die Realität hinauswiesen.

Violet sah Gary Stewart an der Fassade des Hotels hochklettern. Er war ganz in Schwarz, ein glänzendes Gewebe, Seide wohl, das seine schmale Gestalt umschloss. Um den Hals trug er ein rotes Halstuch keck umgeschlungen, ungeeignet für einen Raubzug, da das Rot ihn sogar bei schwachem Licht verriet. Er trug Schuhe mit Kreppsohlen, die ihm selbst auf dem schmalsten Gesims Halt boten.

Mr Stewart schaute nach unten. Die Tiefe schreckte ihn nicht. Er legte drei Finger in eine Spalte des Mauerwerks, zog sich daran hoch, setzte den Fuß nach, presste Gesicht und Oberkörper an die Hauswand, beruhigte seinen Atem und kletterte weiter.

Es war Mai und bei Gott, es war ein ungewöhnlich warmer Mai für London. Selbstverständlich schlief Frau Gudrun Flack bei gekipptem Fenster. Frau Flack war die Gattin von Oberlandesgerichtsrat Flack, der nach einem Entnazifizierungsverfahren zwar in Haft saß, jedoch bald wieder ins Privatleben entlassen werden würde und nach angemessener Frist sogar erneut im Staatsdienst angestellt werden sollte. Die Alliierten konnten es sich nicht leisten, sämtliche früheren Nazis aus dem Verkehr zu ziehen. Am Ende wäre niemand mehr übrig geblieben, der Deutschland hätte verwalten können. Die Engländer konnten es sich nicht leisten, riesige Truppeneinheiten in Germany stationiert zu lassen; sie benötigten ihre Männer zu Hause. Außerdem brauchte man Deutschland als

Puffer gegen die Sowjetunion, denn es war absehbar, dass dort der nächste Feind und die wahre ideologische Bedrohung lauerte. Um sich mit den Deutschen gutzustellen, schickten die Briten jeden, der an den Nazi-Verbrechen nicht direkt beteiligt gewesen war, in seinen früheren Beruf zurück. Auch Oberlandesgerichtsrat Flack.

Da die Freilassung von Richter Flack noch auf sich warten ließ und die Flacks ihr Vermögen rechtzeitig vor dem Untergang sicher in die Schweiz gebracht hatten, vertrieb sich Frau Flack die Zeit damit, an Orte zu reisen, die während der NS-Diktatur als Feindgebiet eingestuft gewesen waren. Frau Flack liebte London und die Londoner und genoss ihre Gesellschaft seit drei Wochen.

Der Krieg lag gerade mal ein Jahr zurück. Deutsche waren in London noch nicht gern gesehen. Deshalb sprach Frau Flack ihren deutschen Namen englisch aus, nannte sich Mrs Flack und war bisher von britischen Anfeindungen verschont geblieben.

Nicht verschont blieb Mrs Flack allerdings vor dem Überfall eines erfahrenen Diebes, der das Fenster ihres Zimmers lautlos aufdrückte, sich hineinschwang und über den Teppich unhörbar an die viktorianische Kommode heranschlich, in der Mrs Flack ihren Schmuck aufbewahrte. Der Hoteldetektiv hatte ihr geraten, das Geschmeide im Hotelsafe aufzubewahren, aber die Nazi-Gattin traute den Engländern nicht so weit, dass sie ihnen ihren Schmuck anvertraute. Immerhin wohnte Frau Flack in der vierten Etage. Wer wäre so kühn, sich bis hier herauf zu versteigen? Die Vordertür hatte sie zwei Mal versperrt.

Gary Stewart hatte die Kühnheit, die Ruhe und Gelassenheit, die Schublade der Kommode aufzuziehen und die Schatulle zu öffnen, die sich darin befand. All das geschah lautlos. Ein feines Geräusch konnte er allerdings nicht vermeiden, als die Diamanten mit den Rubinen und der Perlenkette zusammenstießen, während er sie in einen Beutel steckte und in seiner Innentasche verschwinden ließ.

»Wer ist da?«, hörte Gary Stewart von nebenan.

Furchtlos trat er ins Schlafzimmer der Oberlandesrichtersgattin.

»Wer sind Sie?«, flüsterte Frau Flack.

»Guten Abend«, antwortete Stewart freundlich. »Tut mir leid, dass ich Sie geweckt habe, Mrs Flack.«

»Sind Sie ein Einbrecher?«

Er ließ das unbeantwortet. »Sie kommen aus Deutschland, wie ich Ihrem Akzent entnehme.«

»Nahe der österreichischen Grenze«, gab sie zurück.

»Eigentlich hatten wir mit dem ganzen dummen Krieg nichts zu tun, mein Mann und ich.« Frau Flack tastete auf dem Nachttisch nach ihrer Brille und setzte sie auf. »Und Sie sind –?« Jetzt sah sie den Eindringling deutlich vor sich. Groß und schlank war er, die schwarze Kleidung gab ihm etwas von einem verwunschenen Prinzen. Frau Flack fand das rote Tuch verwegen. Als dieser Mann nun mit blitzenden Zähnen lächelte, war sie sicher, einen feurigen Eroberer vor sich zu haben, der die Gefahr nicht scheute, in ihr Schlafzimmer einzubrechen. »Ja, bitte?«, säuselte Frau Flack. »Was kann ich für Sie tun?«

»Naaa?«, entgegnete Stewart mit gurrendem Unterton, setzte sich an den Bettrand der Oberlandesgerichtsgattin, nahm sie in seine Arme und küsste sie mit einem Kuss, wie sie noch nie geküsst worden war.

»Jetzt reicht es aber!« Violet fuhr aus dem Schlaf hoch. »Verdammter Blödsinn.« Benommen wischte sie sich über die Augen und strich das Haar zurück. »Weißt du, was ich gerade geträumt habe?«, fragte sie zur rechten Seite hin und erinnerte sich im selben Moment, dass Lionel nicht über Nacht geblieben war. Sie hatten miteinander zu Abend gegessen, doch da noch Arbeit auf ihn wartete, war er aufgebrochen.

Violet schwang die Beine aus dem Bett, lief barfuß ins Bad und trank ein Glas Wasser. »So ein Schwachsinn«, sagte sie mehrmals hintereinander.

Sie schlüpfte ins Zimmer von Maxine. Das Kind hatte die Decke von sich gestrampelt. Im Zimmer war es stickig. Violet öffnete das Fenster, deckte ihre Tochter zu und gab ihr einen Kuss. Als sie gehen wollte, fiel ihr Blick auf den Fensterflügel. Wie leicht wäre es, dort hereinzuklettern?, überlegte ihr vom Schlaf benommener Geist. In diesem Moment kam es ihr geradezu fahrlässig vor. Sie lief zurück, beugte sich hinaus und blickte nach unten. Maxines Zimmer ging zum Innenhof hinaus, der vier Stockwerke unter ihnen im Halbdunkel lag.

»Absolut ausgeschlossen«, flüsterte sie. Hier konnte unmöglich jemand eindringen. Andererseits, nur zwei Yards entfernt zog sich die Regenrinne vom Dach aus in die Tiefe. Das Gesims, das jenes Rohr im rechten Winkel durchbrach, war breit genug, um darauf zu balancieren. Wenn jemand dafür trainiert war, konnte er es schaffen. Violet schloss das Fenster wieder.

Es war halb fünf Uhr früh. In einer Stunde musste sie aufstehen, schlüpfte aber noch einmal unter die Decke. Sie verschränkte die Arme im Nacken und starrte zur

Glaskuppel hoch, wo der Himmel von Minute zu Minute heller wurde.

In ihrem Traum hatte sie zwei Tatsachen miteinander vermengt, einerseits den gut aussehenden Mr Stewart, dem sie bisher nur im Smoking begegnet war, andererseits den Juwelendieb, der sein Unwesen im Savoy trieb. Die vergilbte Fotografie und der Verdacht von Detective Smythe hatten Violet einen Streich gespielt: Im Traum hatte sie Stewart in einen Juwelendieb verwandelt. Einen Einbrecher, der imstande war, die Bestohlene zu bezaubern.

Violet hätte ihren Traum einfach vergessen, sich zur Seite drehen und weiterschlafen können. Seltsamerweise hatten die Bilder aber eine Suggestion, die ihr das Traumgeschehen weiterhin plastisch vor Augen führte. Sollte dieser Traum eine Aufforderung gewesen sein, die Dinge nicht auf sich beruhen zu lassen?

Clarence Oppenheim war ein solider Detektiv, der über die Sicherheit des Savoy wachte. Seine beeindruckende körperliche Erscheinung trug dazu bei, dass man sich mit dem Hoteldetektiv besser nicht anlegte. Detective Smythe war ein erfahrener Ermittler von Scotland Yard. Auch ihm war zuzutrauen, dass er den Dieb mit den Mitteln der Kriminalistik früher oder später stellen würde. Doch beiden fehlte etwas, das Violet auszeichnete: Sie besaß die Aufmerksamkeit von Gary Stewart. Wenn dieser Mann, Vizepräsident einer Spielwarenfabrik, Witwer, New Yorker, tatsächlich etwas mit den Diebstählen zu tun hatte, besaß Violet die Möglichkeit, es herauszufinden. Seine Bekanntschaft mit Mr Sciapiarelli, das Foto, das einen Dieb zeigte, der Stewart ähnelte – Violet wollte diesen Anhaltspunkten auf den Grund gehen.

Ohne noch einmal eingeschlafen zu sein, stand sie auf, machte sich zurecht und frühstückte mit Maxine. Pünktlich erschien Onkel Henry und trank noch eine Tasse Tee mit ihnen. Maxine verabschiedete sich von der Mama und hopste an Henrys Seite dem Kindergarten entgegen.

Violet trank aus und machte sich auf den Weg in den *Golden Pavillon*, wo die Frühaufsteher beim Frühstück saßen. Unter ihnen auch Frau Flack. Während Violet mit dem Oberkellner Details für den Lunch besprach, musterte sie die Deutsche. Nichts an ihrem Verhalten deutete darauf hin, dass sie heute Nacht tatsächlich Opfer eines Einbruchs geworden war. Mrs Flack trug eine auffallende Brosche zum fliederfarbenen Kostüm, außerdem eine Halskette. Ihr Schmuck war also genau dort, wo er hingehörte. Es war ein Traum gewesen, weiter nichts.

Beruhigt drehte sich Violet um und wollte ins Büro, als Gary Stewart den *Golden Pavillon* betrat. Er trug helle

Hosen und einen cremefarbenen Pullover. Um den Hals hatte er ein rotes Tuch geschlungen. Sein Aufzug deutete darauf hin, dass er Sport treiben wollte.

Ein rotes Tuch, wieso trägt er ausgerechnet ein rotes Halstuch?, überlegte Violet. Stewart begrüßte sie und meinte, dass heute wieder ein sonniger Tag werden würde.

»Was ist nur aus dem nebeligen, verregneten London geworden?« Er lächelte.

»Haben Sie heute etwas Bestimmtes vor?«, entgegnete Violet mit Blick auf seinen sportlichen Aufzug.

»Wie ist Ihr Verhältnis zu Pferden, Miss Mason?«

»Ich halte mich in gehörigem Abstand von ihnen.«

»Als Engländerin sind sie keine passionierte Reiterin?«

»Vierzig Millionen Menschen leben im Vereinigten Königreich, aber nicht jeder von ihnen kann reiten. Für einen Reitausflug sind Sie allerdings nicht adjustiert, Mr Stewart.«

»Ich bin ein passionierter Kutschenfahrer.« Er ließ sich von ihr an den Tisch begleiten. »Auf der Ranch war das meine liebste Fortbewegungsart. Ein Pferd und eine Kutsche. Deshalb habe ich heute eine gemietet.«

»Wo denn?«

»In Henley-on-Thames. In einer guten Stunde.«

»Henley liegt in der Nähe von Maidenhead. Wenn Sie in einer Stunde dort sein wollen, müssen Sie sich beeilen.«

Ein Schwall von Gedanken durchzuckte Violet. Wäre eine Kutschenfahrt nicht das Richtige, um mit dem Amerikaner ins Gespräch zu kommen? Aber konnte sie sich ihm einfach als Begleiterin anbieten? Müsste er nicht glauben, sie hätte Interesse an ihm als Mann? Ganz abgesehen davon, dass sie für die Ausfahrt einige Termine absagen müsste.

»Ich hätte gut Lust, Sie einzuladen, mich zu begleiten«, sagte Gary Stewart. »Befürchte aber, dass Ihre Zeit das nicht zulässt.« Abwartend sah er sie an.

»Eine Kutschenfahrt?« Violet legte den Finger an den Mund. »Lassen Sie mich mal überlegen.«

11

Weatherby's

Henry Wilder hatte Angst. Die Angst war sein ständiger, vertrauter Begleiter. Viele Entscheidungen in seinem Leben hatte die Angst geprägt. Henry sah es schon als Erfolg an, wenn er sich nicht durch die Angst vor der Angst überwältigen ließ. Der Zustand war mit vorrückendem Alter nicht besser geworden, im Gegenteil, Henrys Kräfte, sich vor der Angst zu wappnen, hatten nachgelassen. Vor einiger Zeit hatte er versucht, sich aus diesem angstvollen Leben davonzustehlen, nur die Liebe zu Maxine hatte ihn zurückgehalten. Doch dass er in der Fürsorge um sie einen neuen Lebenssinn gefunden hatte, bedeutete noch nicht, dass seine Angst verschwunden war. Sie trat nur ein wenig in den Hintergrund.

Heute beschäftigte sich seine Angst damit, dass jenes Ereignis näher rückte, das er so fürchtete. Er konnte offenbar nichts dagegen unternehmen, dass er mit einem Fest geehrt werden sollte. Violet hatte den Termin für die Geburtstagsparty festgelegt, und auch wenn sich das Hotel Mühe gab, die Vorbereitungen vor ihm zu verheimlichen, bekam Henry doch einiges mit. Neulich waren glitzernde Buchstaben aus Pappmaché an ihm vorbeigetragen worden, er hatte ein H und ein Y entziffert. Als er vorhin am *Golden Pavillon* vorbeigekommen war, wurde er Zeuge einer Probe des Hotelorchesters unter der Leitung von Maestro Benedetti. Sie stimmten das Lied »*There'll always be an England*« an, jene wunderbare Liebeserklärung an seine Heimat, die Henry manche Bombennacht in London überstehen hatte lassen. Gerade wollte er weitergehen, als das Dreißig-Mann-Orchester ein schmetterndes »*Happy Birthday*« anstimmte.

Kopfschüttelnd war Henry weitergelaufen. Warum taten sie ihm das an? Wusste Violet nicht, wie unangenehm es ihm war, wenn die allgemeine Aufmerksamkeit sich auf seine Person richtete? Henry ertrug es nicht, im Mittelpunkt zu stehen, das war schon immer so gewesen.

Darin lag auch der Grund, weshalb nicht er, der Sohn von Sir Laurence, in dessen Fußstapfen getreten war, sondern Violet, die Enkelin. Mit Schaudern erinnerte sich Henrys eines Vorfalls, als während eines Banketts im Savoy eine der royalen Prinzessinnen abgesagt hatte und Onkel Henry neben seiner Majestät dem König platziert worden war. Vor Angst hatte er während des Dinners kein Wort herausgebracht. Eine schwere Bürde für den König, der wegen seiner Sprachstörung ebenfalls nicht für seine flüssige Konversation berühmt war. Ein stummer Hotel-Vizedirektor und ein stotternder König, welch eine Kombination!

Henry hielt es nicht länger aus, im Hotel auf Schritt und Tritt mit Partyvorbereitungen konfrontiert zu werden und trat die Flucht ins Freie an. Ihm blieb noch eine Stunde Zeit, bevor er Maxine vom Kindergarten abholen musste. Er wollte einen Spaziergang machen und das Kind auf dem Rückweg mitnehmen. Als der Chefbutler die Absicht des stellvertretenden Hoteldirektors bemerkte, wollte er ihm Hut und Regenschirm bringen. Henry winkte ab, holte sich beides selbst, stülpte die Melone über, hängte den Schirm über den Arm und warf sich in den Trubel eines Londoner Maitages.

Er entschied sich für seinen Lieblingsspazierweg, entlang des *Strand*, der geschäftigen Verkehrsader, die parallel zur Themse und gleichzeitig an einigen Theatern vorbeiführte. Aufmerksam las Henry die Ankündigung der Premiere von *Lady Windermere's Fächer* im Adelphi Theatre. Er liebte das Stück von Oscar Wilde und nahm sich vor, eine Aufführung zu besuchen. Vor ihm erhob sich die Statue von Samuel Johnson, dahinter wurde der Royal Court of Justice sichtbar. Henry ließ die ehrfurchteinflößenden Mauern hinter sich und kam in eine kleine Gasse, in der alltägliches Leben herrschte. Hier ließ es sich gut flanieren. Er atmete freier und war im Begriff seine Geburtstagsparty zu vergessen.

Bei *Weatherby's*, dem Tearoom, saß ein Paar in der Sonne. Nichts hätte alltäglicher sein können als zwei Leute, die das schöne Wetter für einen Besuch bei *Weatherby's* nützten und schon nachmittags ein Gläschen Sherry tranken. Henry vertraute auf ein Phänomen, das ihn sein Leben lang begleitete, seine Unauffälligkeit. Er hatte die Aura eines Unsichtbaren. Man bemerkte ihn einfach nicht. Wenn andere danach gierten, in den Focus der Aufmerksamkeit zu rücken, war Henry ein Meister darin, mit dem Hintergrund zu verschmelzen. So auch jetzt. Das Paar an jenem Tisch hatte ihn nicht wahrgenommen. Die beiden plauderten angeregt, mehrmals vernahm Henry das Wort »Cardiff«. Es hätte nicht den geringsten Grund gegeben, dieses Paar zu belauschen, wäre der eine von ihnen nicht Lieutenant Lionel Burke gewesen.

Henry schätzte Lionel. Der nette Offizier hatte Violet während des Krieges die nötige Ruhe gegeben, die Dinge im Griff zu behalten. Lieutenant Burke liebte Violet ganz offensichtlich. Für Henry bedeutete es eine Erleichterung, dass seine Nichte endlich einen Mann gefunden hatte, der nicht wie seine Vorgänger Kraft aus ihr heraussaugten, sondern ihr vielmehr Kraft schenkte.

Das Alter der Frau an Lionels Tisch war schwer zu schätzen. Sie war eine rundliche Dame, die sowohl Ende zwanzig als auch Mitte vierzig sein konnte. Die Sherrygläser waren leer, ihr Gespräch drehte sich immer noch um Cardiff. Henry begriff, dass er kein Recht hatte, dieses harmlose Gespräch zu belauschen und wollte gerade weitergehen, als die Frau den Lieutenant auf die Wange küsste. Sie drückte seine Hand, strich ihm über den Dreitagebart und lachte auf eine Weise, wie Frauen lachten, wenn sie große Vertrautheit zum Ausdruck brachten.

Henrys Wunsch, die Szene unerkannt zu verlassen, wurde so dringend, dass er sich nach einem Gegenstand umsah, hinter dem er sich verstecken konnte. Die Tafel mit der Liste aktuell eingetroffener Teesorten war dafür zu niedrig, der Erker des Nachbarhauses zu weit entfernt.

Henry erwog, die Melone abzunehmen, vor sein Gesicht zu halten und weiterzugehen. Besser noch, er spannte den Regenschirm als Schutzschild auf! Henry bediente den Mechanismus, doch genau jene Bewegung war es, die ihn seine Unsichtbarkeit verlieren ließ. Das Pärchen blickte auf. Lionel erkannte Violets Onkel.

Den Lieutenant erfasste so namenloses Staunen, eine so existenzielle Verwirrung, dass er nach Luft schnappte, sich mit der Hand an die Augenbrauen fasste und stammelte: »Na, das ist ja eine Überraschung.«

Henry stand mit aufgespanntem Regenschirm vor strahlend blauem Himmel und starrte den Liebsten seiner Nichte an, dem alle Farbe aus dem Gesicht wich. Die Frau dagegen schien der Vorfall zu amüsieren.

»Willst du uns nicht vorstellen?«, schlug sie vor.

»Sicher – natürlich. Darf ich vorstellen: Mr Henry Wilder, und das ist Mrs Irene Dermott.«

Henry machte eine korrekte Verbeugung, Irene neigte den Kopf. »Wollen Sie sich nicht zu uns setzen, Mr Wilder?« Sie wies auf den freien Stuhl.

»Wir sollten Mr Wilder nicht aufhalten«, ging Lionel dazwischen und erntete einen überraschten Blick seiner Begleiterin.

Henry war die Szene unendlich peinlich. Er wollte

nicht wie ein Spanner wirken, der einer pikanten Situation auf der Spur war, die wahrscheinlich nur in seinem Kopf existierte. Er wollte nicht wie jemand wirken, der in eine harmlose Szene etwas Anrüchiges hineindeutete, wollte sich in Luft auflösen oder, noch besser, getragen von seinem Regenschirm, davonfliegen. Er hätte Lionels Bemerkung aufgreifen und sich verabschieden können, aber so war Onkel Henry nicht gestrickt. Er stellte einen Mann voller Komplexe und Schuldgefühle dar und hatte Angst, Mrs Dermott zu beleidigen, sofern er ihre Einladung ablehnte.

»Danke, ein paar Minuten bleibe ich gerne.« Während er sich setzte, fiel ihm eine französische Redewendung ein: *Honi soit qui mal y pense.* Eine unpassende Phrase, da es nichts Übles über die beiden zu denken gab. Sie tranken zusammen Sherry – was konnte harmloser sein?

Irene winkte dem Kellner. »Wir nehmen noch dreimal dasselbe.«

Henry hatte Angst. Angst, dass er etwas aufgedeckt hatte, das ihn nichts anging, Angst, er könnte dem Lieutenant mit seiner Vermutung unrecht tun, Angst, dass der Sherry seiner chronischen Gastritis nicht bekommen würde. Erstarrt vor Angst, blieb er sitzen und erfuhr, dass Lionel und Mrs Dermott alte Bekannte seien.

12

Oxfordshire

Henley-on-Thames war ein *verträumter Ort*. Verträumt schmiegte sich das Städtchen an der milde dahinfließenden Themse entlang, verträumt verband die alte Bogenbrücke die Ufer. Die Häuser wirkten in die Jahre gekommen und doch frisch herausgeputzt, der mächtige Kirchturm überragte alles, dahinter erhoben sich die Hügel von Oxfordshire. Henley-on-Thames galt als Zentrum des Rudersports. Jeden Sommer fand hier die *Henley Royal Regatta* statt, ein gesellschaftlicher Höhepunkt für die Oberschicht. Auch die Ruderwettbewerbe der Olympischen Sommerspiele 1908 waren auf der traditionsreichen Strecke auf der Themse ausgetragen worden.

Als Zentrum des Kutschensports galt Henley-on-Thames dagegen nicht. Dabei verfügte man hier über alles, was gebraucht wurde. Man hatte Pferde, man hatte Kutschen. Gary Stewart, der New Yorker mit ehemaliger Farm in Texas, wollte in Henley eine Zweispännerfahrt unternehmen.

Der Zug hatte Violet und ihn in die Ortschaft westlich von London gebracht. Man erwartete den Gast auf dem Pferdehof, die kaffeebraunen Halbblüter waren bereits angespannt worden. Der Halter erkundigte sich nach den Erfahrungen des Amerikaners, beobachtete, wie routiniert Stewart die Zügel ergriff, schlug eine Route über Peppard Common, Highmoor und Middle Assendon vor, von wo sie in knapp zwei Stunden wieder zurückgekehrt sein sollten und überließ Stewart und seine Begleiterin dem Vergnügen.

»Ich warte schon die ganze Zeit darauf, wann Sie mich fragen, wieso ich Sie begleite, Mr Stewart«, begann Violet, nachdem sie die letzten Häuser Henleys hinter sich gelassen hatten.

»Liegt das nicht auf der Hand?« Er hielt die Zügel gelassen zwischen Mittelfinger und Daumen. »Ich habe Sie eingeladen.«

»Und Sie sind selbstverständlich davon ausgegangen, dass ich einwillige?«

»Als New Yorker hätte ich mein Angebot vielleicht galanter vortragen sollen, aber in Texas hält man es immer noch so, dass die Männer die Frauen nicht lange fragen.«

»Sie setzen die Frauen also einfach in eine Kutsche und brausen mit ihnen davon?«

»So macht man das in Texas.«

»Wo in Texas, Mr Stewart? Ich meine in welcher Gegend.«

»Kennen Sie sich in Texas denn aus?« Eines der Pferde wollte aus dem Tritt ausbrechen. Stewart parierte mit dem Zügel. »Wo sind Sie eigentlich geboren, Miss Mason?«

Er hatte ihre Frage nicht beantwortet. Doch Violet wollte nicht gleich mit der Tür ins Haus fallen. »Im Savoy natürlich.« Auf sein ungläubiges Lächeln nickte sie. »Die Wehen sind so schnell gekommen, dass meine Mutter keine Zeit mehr hatte, ins Krankenhaus zu fahren.«

Er lenkte die Pferde in eine Kurve, hinter der die gepflasterte Straße endete. Über einen Feldweg ging es in die Hügel. »Was machen Ihre Eltern heute? Im Savoy hört man immer nur von Ihrem legendären Großvater.«

»Meine Mutter starb, als ich sechs war. Und mein

Vater ...« Sie seufzte. »Er ist wahrscheinlich immer noch auf Achse.«

»Was bedeutet das, auf Achse?«

»Daddy ist Komiker und Conferencier. Schmierenschauspieler trifft es wahrscheinlich besser. Er tingelt mit einer Theatertruppe durch das Königreich. Ich habe ewig nichts mehr von ihm gehört.«

»In Amerika heißt es, wenn jemand zu einem Tourneetheater geht, ist die Polizei hinter ihm her.«

»Das könnte bei meinem Vater durchaus zutreffen.« Violet nahm die Sonnenbrille ab. »Ist man auch hinter Ihnen her, Mr Stewart?«

»Wie kommen Sie darauf?«, fragte er mit offenem Lächeln.

»Sie tingeln gewissermaßen auch durch die Welt, bewaffnet mit Ihrem Musterkoffer und Ihrem *Spielzeug.*«

»Sie sagen das irgendwie so, dass ich annehmen könnte, Sie meinen etwas anderes damit.«

»Was könnte ich denn in Wirklichkeit meinen?« Sie fuhren in ein tiefes Schlagloch. Die Kutsche schwankte, Violet musste sich festhalten. »Wollen Sie mir Ihre Musterkollektion einmal zeigen?«

»Als Vizepräsident schleppe ich doch keine Musterkoffer mit mir herum.«

»Wirklich nicht?«

Stewart zog die Zügel an. Nach ein paar Yards standen die Pferde still. »Was wollen Sie mir mit diesen Andeutungen sagen, Miss Mason?«

»Wieso Andeutungen, wenn ich über Spielzeug in Koffern spreche?«, entgegnete sie harmlos.

»Sie verabreden sich mit einem Mann, den Sie kaum kennen und fahren mit ihm im Pferdewagen durch Oxfordshire.« Er ließ die Halbblüter antraben. »Ich sollte mich geschmeichelt fühlen, dass eine Frau wie Sie einem Witwer wie mir so viel Aufmerksamkeit schenkt.«

»Stört Sie das?«

»Im Gegenteil, ich habe Freude an unserem Ausflug.« Er wandte sich nach hinten. »Wir könnten sogar ein Picknick machen. Der Pferdebesitzer hat uns einen Korb eingepackt, in dem es nach frisch gebratenem Hähnchen duftet.«

»Eine glänzende Idee, ich habe seit dem Frühstück nichts mehr gegessen.« Violets Hand umkrampfte noch den Haltegriff des Wagens. Sie ließ los und lehnte sich zurück.

Eine Weile schaute Stewart auf den staubigen Weg. »Was versprechen Sie sich davon, so nett zu mir zu sein, Miss Mason?«

»Bestimmt etwas anderes, als Sie vermuten.«

»Sie glauben wahrscheinlich, dass ich nach Europa gereist bin, um über den Tod meiner Frau hinwegzukommen. Vielleicht nehmen Sie sogar an, ich sei hier, um mir eine neue Frau zu suchen.«

»An diese Möglichkeit habe ich ehrlich gestanden zuletzt gedacht.« Sie schmunzelte. »Weshalb sind Sie denn wirklich hier, Gary? Stört es Sie, wenn ich Sie Gary nenne?«

Die Kutsche tauchte aus dem Licht des Feldweges in den Schatten eines Ulmenwaldes ein.

Stewarts Ausdruck wechselte ebenso überraschend. »Sie sind eine Frau, die ihre Wirkung auf Männer kennt, Miss Mason. Sie wissen allerdings nie, ob Sie selbst auf die Männer wirken oder nur Ihre Position.« Ein herausfordernder Blick. »Violet Mason, die Herrin des schönsten und elegantesten Hotels der Welt. Die Frau, um die sich die Gesellschaft schart und die die Mächtigen der Erde in ihrem Haus beherbergt. Sie sind auf Du und Du mit der Regierung und vertraut mit dem Königshaus. Jeder Künstler, der seine Karriere ankurbeln möchte, gibt seine Interviews im renommierten Savoy. Sie sind zu beneiden und zugleich zu bedauern, Miss Mason, weil Sie nie herausfinden werden, ob ein Mann es ehrlich mit Ihnen meint.«

Mitten im Wald wurde es dämmerig und kühl. Violet fragte sich, was Gary Stewart zu dieser Provokation veranlasst hatte. »Nur weil ich eine Ausfahrt mit Ihnen mache, heißt das nicht, dass ich an Ihnen als Mann interessiert bin.«

Zum zweiten Mal hielt er den Wagen an. Die Pferde begannen, von den Zweigen der Ulmen zu fressen. »Was wollen Sie dann von mir?« Schärfer, gläserner klang seine Stimme.

Sie war allein im Wald mit einem Mann, der möglicherweise unter einem Decknamen im Savoy abgestiegen war. Vielleicht hieß dieser Mann in Wirklichkeit Descoyne, war kein New Yorker, sondern Belgier und ein international gesuchter Juwelendieb. Vielleicht hatte er sich in Violets Haus eingeschlichen, um seine Laufbahn als Einbrecher wieder aufzunehmen. Vielleicht war er sogar der Mörder des bedauernswerten Mr Sciapiarelli. Violet verfluchte ihre Idee, auf eigene Faust Detektiv spielen zu wollen.

»Vor allem möchte ich wieder in die Sonne«, sagte sie leise. »Ich friere, Mr Stewart.«

»Und ich habe einen Bärenhunger.« So überraschend, wie seine Kälte gekommen war, so schnell verflog sie wieder. Er schnalzte mit der Zunge, die Pferde setzten sich in Gang.

»Wo wollen wir picknicken?«, fragte sie.

»Ich habe schon einen Platz dafür ausgesucht.« Durch das Blätterdach fiel Licht und sprenkelte ihren Weg.

»Ich dachte, Sie waren noch nie in Oxfordshire.«

»Ich habe mich unklar ausgedrückt. Der Reitstallbesitzer sagte mir, dass wir gleich hinter dem Ulmenwald auf eine Anhöhe kommen, von wo man einen wunderbaren Blick über die Landschaft hat.«

Das pralle Mittagslicht traf sie wie ein Schlag. Die Kutsche schoss aus dem Wald, Stewart schien es mit einem Mal eilig zu haben. Er feuerte die Pferde an, ließ sogar einmal die Peitsche schnalzen. Der Weg führte steil bergauf. Nach ein paar Minuten hielten sie auf einer Kuppe. Im Schatten einer ausladenden Eiche brachte Stewart das Fuhrwerk zum Stehen. Er sprang ab und half Violet herunter.

Die Frühlingsfarben ließen sie für einen Augenblick den sonderbaren Umstand ihrer Unternehmung vergessen. Ein zarter, weicher, zugleich befreiender Blick breitete sich vor ihnen aus. Die Grüntöne der Felder, eingerahmt durch Baumspaliere und Weidemauern, von den Bauern aus den Steinen errichtet, die sie mühsam von den Feldern gesammelt hatten, die Waldstücke, die sich an die Ausläufer der Hügel schmiegten, die hübschen alten Häuser mit ihren roten, meist jedoch schwarzen Schieferdächern, die Themse, die sich als unaufhörliches Band durch die Landschaft wand, bis sie irgendwann auf die Hauptstadt treffen und von dort ihren Weg ins Meer fortsetzen würde – all das erschien Violet so beruhigend, dass sie jegliche Angst verlor und auch ihre Scheu, den Stier bei den Hörnern zu packen.

Während Stewart den Korb öffnete, fragte sie: »Ist das nicht wunderschön, Antoine?«

Er hielt einen Moment lang inne, dann breitete er eine Decke auf die Wiese und stellte den Korb darauf. »Wie haben Sie mich gerade genannt?«

»Da es Ihnen scheinbar nicht gefallen hat, als ich Sie Gary nannte, versuche ich es diesmal mit Antoine.« Sie setzte sich.

»Wer soll das sein, dieser Antoine?« Er klappte den Deckel auf.

»Antoine Descoyne, der gesuchte Juwelendieb.«

Er brachte zwei Flaschen Holunderwein zum Vorschein. »Ein Juwelendieb? Ach, richtig, ich habe davon gehört, im Hotel soll es Einbrüche gegeben haben. Sehr bedauerlich für das Savoy und seine Gäste. Aber was habe ich damit zu tun?«

Der Blick zwischen ihnen dauerte eine ganze Weile. Schließlich wandte Violet den Kopf. »Wollen wir jetzt essen?«

»Gern.« Er hob einen Korb heraus, in dem ein Brathuhn appetitlich angerichtet war.

»Ich hoffe, Sie geben nicht gleich zu, dass Sie Antoine Descoyne sind, sonst fehlt unserem Lunch die Würze.« Ihr Lachen klang angestrengt.

»Da ich nun einmal Gary Stewart bin, bin ich gespannt, wie Sie mich vom Gegenteil überzeugen wollen.« Er machte es sich auf der Decke bequem und wickelte die Hühnerkeule aus der Serviette.

Violet hatte die Wahl. Sie konnte sich jetzt bei ihm entschuldigen, aber wenn sie weitermachte, musste sie handfestere Argumente präsentieren. Ihren Hotelgast grundlos mit einem schwerwiegenden Verdacht zu konfrontieren war unmöglich.

»Vor zwei Tagen hat es einen Todesfall im Hotel gegeben«, begann sie.

»Wirklich?« Er biss kräftig ab.

»Wissen Sie, wer gestorben ist?«

»Woher sollte ich? Ich nehme an, dass das Savoy Ereignisse dieser Art vor seinen Gästen geheim hält.«

»Sie kannten diesen Toten.«

Er hielt im Kauen inne. »Niemand, den ich kenne, ist in den letzten Tagen gestorben.«

»Der Mann ist aus dem Fenster seines Zimmers gestürzt.«

»Ein Unfall?«

»Es war Mord.«

Stewart legte das Hühnerbein beiseite und hob die Flasche an den Mund.

»Wollen Sie gar nichts dazu sagen?«

»Wie hieß dieser Mann?«

»Sciapiarelli, Angelo Sciapiarelli. Er hat in der Spielzeugbranche gearbeitet, genau wie Sie.«

»In London findet gerade eine große Messe statt. Wissen Sie, wie viele unseres Gewerbes sich dort tummeln?«

»Hören Sie auf, Gary oder Antoine, oder wie immer Sie heißen«, ging Violet dazwischen. »Scotland Yard hat Sie über diesen Mann verhört.«

Stewarts Blick hellte sich auf. »Ach, das meinen Sie.« Er nahm einen kräftigen Schluck. »Die Polizei hat mich gefragt, ob ich einen bestimmten Spielzeugvertreter kenne. Dass der Mann gestorben ist, hat man mir allerdings verschwiegen.«

»Das glaube ich Ihnen nicht. Sie waren es, der Mr Sciapiarelli das Savoy empfohlen hat. Das haben Sie dem Detective von Scotland Yard gesagt.«

Stewart seufzte. »Na schön, da Sie ja sonst keine Ruhe geben, erzähle ich es Ihnen. Aber bitte essen Sie doch auch etwas. Es wäre schade um das Hühnchen.«

Violet ließ den Picknickkorb unberührt.

»Vor der Londoner Messe gab es eine Konferenz der Spielzeugfirmen in Dublin. Ich kam dort ins Gespräch mit einem Kollegen, ich kannte seinen Namen nicht. Er hatte vor, in London abzusteigen und fragte mich nach einem preisgünstigen Hotel. Ich konnte ihm nicht helfen, da ich selbst im Savoy gebucht hatte, das ja nun nicht für seine günstigen Preise bekannt ist. Der Gentleman machte auf mich nicht den Eindruck, als ob er sich Ihr Haus leisten könnte. Danach haben wir uns aus den Augen verloren.«

»Woher wussten Sie dann, dass die Polizei diesen Mann meinte, als sie Sie verhört hat?«

»Ich wurde nicht *verhört.* Man hat Erkundigungen eingezogen und mir eine Fotografie von Mr Sciapiarelli gezeigt. Mir fiel unsere harmlose Begegnung in Irland wieder ein. Ich war überrascht, dass er schließlich doch im Savoy abgestiegen war.«

Stewart hatte auf alles eine Antwort. Mühelos verwandelte er Violets Theorie in das, was sie möglicherweise war, ein Hirngespinst. Mit ihrem Frage- und Antwortspiel kam sie sich plötzlich lächerlich und hilflos vor. Dieser Mann sprach einen breiten amerikanischen Akzent. Er war braungebrannt wie jemand, der sich viel im Freien aufhielt. Eine solche Bräune war in Belgien kaum zu kriegen. Violets Anschuldigungen ließen ihn völlig kalt, im Gegenteil, sie regten sogar seinen Appetit an. Nach der Keule griff er zu einem Bruststück. Violet ärgerte sich, dem Ausflug zugestimmt zu haben. Im Hotel gab es eine Unmenge an Arbeit, sie aber saß unter einer Korkeiche und redete dummes Zeug.

»Haben Sie die Herzogin von Londonderry beraubt, Mr Stewart?«, fragte sie mit wachsender Hilflosigkeit.

»Nein«, sagte er ohne Nachdruck.

»Sie haben sich neulich im Casino nach einer Juwelenkollektion erkundigt.«

»Haben Sie die Schmuckvitrine nicht extra dort aufstellen lassen, damit Ihre Gäste etwas kaufen?«

»Sie interessieren sich für Schmuck.«

»Ist das ein Verbrechen?«

»Für wen wollten Sie denn etwas kaufen?«

»Jetzt hören Sie mir mal zu, Miss Mason.« Mit entschlossenem Griff packte er Violets Unterarm.

»Wer steht als Nächstes auf Ihrer Liste? Die Juwelen der Deutschen, Frau Flack, sollen außergewöhnlich sein. Wäre das nicht das Richtige für Sie, über die Fassade bei Mrs Flack einzusteigen?«

Ohne Violet loszulassen, kniete er sich vor sie hin. »Mein Name ist Stewart. Ich bin Witwer. Ich lebe in New York. Meine Frau hat mir ihre Farm hinterlassen, auf der zwanzig Ölbohrtürme stehen. Ich bin ein wohlhabender Mann. Ich bin reich. Ich habe es nicht nötig, durch Ihr Hotel zu schleichen und die Klunker von alten Damen abzuräumen.«

»Sie haben einen harten Griff, Mr Descoyne. Der Griff eines Einbrechers.«

»Ich bin nicht Descoyne.«

»Weshalb sind Sie mit mir hier herausgefahren, Mr Descoyne?«

Mit einer mühelosen Bewegung drehte er sie zu sich herum, fasste Violet im Rücken und küsste sie leidenschaftlich.

»Mein Name ist Gary Stewart«, sagte er lächelnd. »Bitte vergessen Sie das nicht.«

DER MEISTERDIEB

13

Kleine Ewigkeit

»Guten Abend.«

July hatte ihr bescheidenes Zimmer so nett zurechtgemacht, wie es ging. »Guten Abend«, begrüßte sie ihn. »Ich hatte schon gedacht, Sie kommen nicht mehr.«

Mit Hut und Mantel trat er ein. »Ich habe es nicht gleich gefunden.«

Sie nahm ihm den Hut ab. »Die Korridore in diesem Trakt sind verwirrend.«

»Ich habe eigentlich erwartet, dass Sie ein wenig erschrecken werden, wenn ich plötzlich bei Ihnen auftauche.«

»Erschrecken?« Ihr Lachen klang unsicher. »Ich freue mich über Ihren Besuch.«

»Haben Sie lange gewartet?«

»Gerade lange genug, damit der Tee fertig ist.«

»Tee?« Ein wenig unbeholfen stand er in Julys Zimmer. »Ich hatte gehofft, wir würden vielleicht ein Glas Wein zusammen trinken. Ich kann den dreimal verfluchten englischen Tee nicht mehr sehen.«

»Ich habe leider keinen Wein hier.« Sie drehte sich zu der winzigen Kochgelegenheit unter dem Fenster. »Dafür müsste ich nach oben gehen und einen der Zimmerkellner fragen.«

»Zu viele Umstände«, antwortete Sir Tyrone. »Ich bin ja eigentlich hier, um Ihr freundliches Gesicht zu sehen, Miss July.«

Ohne rechten Sinn hantierte sie mit dem Teegeschirr. »Wirklich?«

»Ich wollte auch sehen, wie Sie wohnen.« Er zeigte zur offenen Tür. »Ich glaube, es hat mich niemand kommen sehen.«

»Ob Sie jemand bei mir sieht, kümmert mich nicht.« Sie begriff, dass sie ihn falsch verstanden hatte. »Aber es ist natürlich besser, dass Sie niemand gesehen hat, Euer Gnaden.«

»Fangen Sie schon wieder damit an?«

Entschlossen trat July an die Tür und machte sie leise zu.

»Das ist also Ihr Zimmer. Sehr hübsch.«

»Hier wohnte früher einmal meine Tante, Mrs Drake. Als Hausdame hat sie ein Anrecht auf ein größeres Quartier, mit eigenem Fenster und einer Kochnische. Ich habe also Glück gehabt.«

»Stimmt, es ist ziemlich feudal.« Sie lachten. »Wieso wohnt Ihre Tante nicht mehr hier? Mrs Drake arbeitet doch noch im Savoy, nicht wahr?«

»Ohne sie würde der alte Kasten bestimmt zusammenbrechen. Aber Tante Mildred ist in den Keller umgezogen.«

»Freiwillig?«

»Das ist eine sonderbare Geschichte.« Sie lehnte sich an die Anrichte. »Im Savoy gab es früher einen geheimnisvollen Keller, der im Krieg vom britischen Geheimdienst benützt wurde. Das hat Tante Mildred mir jedenfalls erzählt. Während der Luftangriffe brach dort ein Feuer aus. Alles, was unter der Erde lag, ist verbrannt. Miss Mason hat die Räume nach Kriegsende renovieren lassen. Wissen Sie, was sich jetzt dort befindet?«

Er schüttelte den Kopf.

»Das Spielcasino.«

Er folgte ihrer Geste und setzte sich auf den einzigen Stuhl. »Ich bin schon dort gewesen.«

»Neben dem Casino war aber noch genügend Platz übrig. Außerdem gibt es einen zweiten Eingang. Mrs Drake hat darum gebeten, dort wohnen zu dürfen.«

»Ich verstehe es noch nicht ganz. Niemand würde freiwillig unter die Erde ziehen.«

»Tante Mildred hat eine seltene Allergie«, antwortete July nach kurzer Pause. »Es wird von Jahr zu Jahr schlimmer. Das Tageslicht tut ihr in den Augen weh.«

»Das muss fürchterlich für jemanden in ihrem Beruf sein. Jetzt erinnere ich mich, Ihre Tante meistens mit einer dunklen Brille gesehen zu haben.«

»Es ist schlimm. Tante Mildred hat schon überlegt, die Stelle eines Nachtportiers zu übernehmen.«

»Das wäre immerhin eine Lösung.« Da ihm nichts weiter einfiel, blickte er sich ein zweites Mal um.

»Aber Sie sehen ja gar nichts.« July drehte das Deckenlicht an.

»Nein, bitte, lassen Sie. Ich fand es vorher netter.« Er stand auf und trat ans Fenster. »Was ist das für ein Gebäude, das man dort drüben sieht?«

»Die Wäscherei.«

»So, ach ja. Kein schlechter Ausblick.«

»Ach herrje!« Sie lachte. »Verglichen mit Ihrem Blick aus der Erkersuite?«

»Von uns aus sieht man den Fluss, das stimmt. Aber mich macht die Themse meistens traurig.«

»Ich finde den Fluss immer schön, zu jeder Jahreszeit.«

»Das liegt nicht am Fluss, July, dass Sie das so sehen.«

»Sondern?« Sie trat näher.

»Es liegt an Ihnen. Sie strömen ein Glück aus, eine Offenheit, einen Optimismus, der ... der mir nicht gegeben ist. Für mich ist die Themse ein brackiges Wasser, verunreinigt durch Fabriken, die ihren Dreck in den Fluss leiten. Er fließt träge dahin, so träge wie das Leben selbst.«

»Das Leben, träge?« Da musste sie aber lachen. »Das Leben ist ein Rennen, Sir Tyrone! Man wird mit der Arbeit nie rechtzeitig fertig. Das bisschen Freizeit muss erkämpft werden. Die ständige Konkurrenz, die ständigen Ideen, die einem durch den Kopf schießen. Das will alles gelebt werden, Tyrone, alles!« Durch die Hitze ihrer Rede war sie rot geworden.

»Ihr Leben mag tatsächlich so sein, reizende July«, erwiderte er versonnen. »Ich kann Ihnen gar nicht sagen, wie sehr ich Sie darum beneide. Sie stehen in Ihrer Küche und machen aus den alltäglichen Dingen, Tomaten, Roten Rüben und Kohlköpfen kleine Kunstwerke.« Für einen Moment berührte er ihre Schulter. »Mein Leben sieht anders aus. Daran kann leider auch die Erkersuite im Savoy nichts ändern.«

»Wie sieht denn Ihr Leben aus, Tyrone?« Als er seine Hand zurückziehen wollte, hielt sie ihn fest.

»Mein Leben ist leise. Der Herzschlag ist kaum noch zu spüren. Das Blut hat keine Kraft. Es zirkuliert nicht wie bei Ihnen, kraftvoll, voller Lebenslust. Ich will mich nicht beklagen ...« Er schüttelte den Kopf. »Und tue es doch ständig. Ich beklage mich sogar bei Ihnen. Das ist erbärmlich.«

»Nein, Tyrone. Wenn man unglücklich ist, ist das nicht erbärmlich.«

»Sondern?«

»Traurig. Aber gegen Traurigkeit kann man etwas tun.«

Voll Wärme sah er sie an. »Wenn du das sagst, klingt es einfach.«

»Das ist es auch.«

»So still ist es bei dir.« Er setzte sich wieder.

»Oh, tagsüber ist es laut genug. Die Wäscherei macht einen gehörigen Lärm.«

»Jetzt am Abend –« Er nahm ein Zigarettenetui aus der

Tasche. »Möchte ich nirgendwo lieber sein als in diesem Zimmer mit Blick auf die Wäscherei.« Er ließ das Etui aufschnappen. »Stört es dich?«

»Nein. – Da fällt mir etwas ein.« Sie bückte sich und öffnete den Unterschrank. »Manchmal habe ich Lust, mir meinen Tee ein wenig *abzukühlen.*«

»Womit?«

Grinsend kam sie hoch. »Damit.«

»Rum?«

»Sie glauben jetzt natürlich, das sei billiger Fusel. Es ist der beste Rum der Welt. Ich habe …« Sie legte den Finger an den Mund. »Ich habe ihn geklaut.«

»Was?«, rief er mit gespielter Entrüstung.

»Wir hatten einen Gast aus Havanna hier. Der hat meiner Tante Rum aus seiner Heimat geschenkt. Mrs Drake rührt grundsätzlich keinen Alkohol an. Monat für Monat stand die Flasche bei ihr im Schrank. Da habe ich mich irgendwann bedient. Wollen Sie mal probieren?«

»Das wäre die Krönung dieses zauberhaften Besuchs. Gerne, July.«

Sie goss zwei Wassergläser halb voll. »Wohl bekomm's, Tyrone.«

Er stieß mit ihr an. »Wenn du wüsstest, wie froh ich bin, dich kennengelernt zu haben.«

Sie tranken, er hustete, sie lachte.

»Das ist ...« Er räusperte sich. »Ein ungewöhnlich starkes Zeug.«

»Zweiundfünfzig Prozent. Verzeihen Sie, das hätte ich Ihnen sagen sollen.«

Tyrone lehnte sich zurück. »Bin ich tatsächlich zum ersten Mal hier? Mir kommt irgendwie alles so vertraut vor. Was ist das für ein Bild?«

»Es heißt *Katze.*«

Er betrachtete es genauer. »Es ist aber keine Katze darauf zu sehen.«

»Sehen Sie genauer hin. Nein, ich muss es anders sagen. Wenn Sie das Bild mit halb geschlossenen Augen betrachten, wird aus der sommerlichen Landschaft plötzlich ...«

»Eine Katze«, rief er überrascht. »Ja, ich sehe den Schwanz, die Schnurrbarthaare, die geheimnisvollen Augen. Wo hast du es her?«

»Tante Mildred hat es mir geschenkt, als ich eingezogen bin. Es ist kein Meisterwerk, aber für mich sagt es etwas aus.«

»Wer ist der grimmig dreinschauende Herr daneben?« Er zeigte auf eine Fotografie, die an die Wand gepinnt war.

»Erkennen Sie ihn nicht? Das ist Houdini.«

»Der Entfesselungskünstler?«

»Ich habe eine Theatervorstellung von ihm gesehen.«

»Wirklich?« Er überlegte. »Das ist unmöglich, July. Houdini ist in den zwanziger Jahren gestorben. Da dürftest du gerade erst geboren worden sein.«

»Natürlich nicht in Wirklichkeit«, klärte sie ihn auf. »Im Kino. Dort haben sie Filme über seine unglaublichen Fähigkeiten gezeigt. Er konnte sich unter Wasser entfesseln. Einmal hat er einen Elefanten auf dem Times Square in New York verschwinden lassen.«

Tyrone lächelte über ihre Begeisterung. »Warum hängst du dir Harry Houdini ins Zimmer?«

»Tante Mildred behauptet ...« Sie trank vom Rum. »Er soll meinem Vater ähnlich gesehen haben.«

»Was ist mit deinen Eltern? Sind sie –?«

»Tot. Beide.«

»Das tut mir leid.« Taktvoll fragte er nicht weiter. »Houdini ist an Appendizitis gestorben, glaube ich.«

Das Thema begeisterte sie sichtlich. »Das war kein gewöhnlicher Blinddarmdurchbruch. Houdini hat behauptet, dass er jeden Schlag gegen seinen Unterleib durch Anspannung der Bauchmuskeln unversehrt überstehen kann. Er hat es auch bewiesen, jahrelang. Bis ihm eines Tages ein Student vor einer Vorstellung mehrere

Hiebe in den Bauch versetzt hat. Houdini konnte sich darauf nicht vorbereiten. Er hat die Vorstellung trotzdem gespielt. Kurz darauf ist er im Krankenhaus gestorben.«

»Der Mann scheint dich nicht nur zu faszinieren, weil er deinem Vater ähnlich sieht.« Tyrone richtete sich auf. »Weißt du, was hier drin fehlt? Ein paar Blumen.«

»Blumen wären schön, aber sinnlos.«

»Wieso?«

»Weil ich praktisch nur zum Schlafen hier bin. Im Restaurant des Savoy zu kochen, ist ein Rund-um-die-Uhr-Job.«

»Ich werde dir trotzdem ein paar Blumen ...« Er unterbrach sich.

»Was wollten Sie sagen?«

»Dass ich dir morgen frische Blumen schicken würde.«

Sie sah ihn forschend an. »Und jetzt tut Ihnen die Idee schon wieder leid?«

»Nein, es würde mich freuen. Ich weiß nur nicht, ob ich morgen noch in London sein werde.«

»Sie reisen ab? Mit Ihrer Mutter?«

»Mama bleibt hier. Sie hat noch Angelegenheiten wegen ihrer gestohlenen Juwelen zu regeln.«

»Weshalb reisen Sie ab?«

Er stand auf. Die Stimmung war plötzlich verflogen. Auf eine Geste Tyrones gab sie ihm seinen Hut.

»Wie schön und einfach das hier ist – bei dir«, sagte er mit Blick aus dem Fenster.

»Sie machen sich über mich lustig.«

Sein Gesicht wurde mit einem Mal ganz ernst. »Nein, gewiss nicht. Es gibt Augenblicke, die so etwas wie Ewigkeit in sich tragen, July. Es ist die einzige Ewigkeit, die wir verstehen können. Gerade habe ich sie erlebt. Hier bei dir.«

14

Die Gemme

Frau Gudrun Flack hatte bei *Shelley's,* dem königlichen Damenausstatter, eine Bluse gekauft, weiß, mit einem zarten lindgrünen Flammenmuster über der Brust. Sie war in der Milford Street eingekehrt, um eine Kleinigkeit zu essen, verfluchte die Idee aber nach ein paar Bissen. Die Briten waren imstande, selbst eine simple Kartoffelsuppe mit Lauch und Rindfleisch praktisch ungenießbar zu machen.

Frau Flack spazierte durch die City. Ihr Schuhschrank war überfüllt, sie nahm sich daher vor, nicht noch ein weiteres Paar hinzuzufügen. Ihre Selbstbeherrschung erlahmte schon vor dem dritten Schaufenster. Sie trat ein und ließ sich beraten.

Im Taxi kehrte Frau Flack ins Savoy zurück. Der Fahrer brachte ihre Einkäufe die Stufen zum Eingang hoch und übergab sie dem Doorman. Der Doorman geleitete Frau Flack in die Lobby und reichte die Einkäufe an einen Valet weiter. Der Valet rief den Fahrstuhl und fuhr mit dem Hotelgast in die vierte Etage. Frau Flack gab ihm den Zimmerschlüssel, er sperrte auf und trug ihre Einkäufe in die Suite. Sie steckte ihm ein Trinkgeld zu, er verbeugte sich, lief zur Tür und schloss sie von außen.

Frau Flack zog sich aus. Nach dem stundenlangen Flanieren durch London transpirierte sie unverhältnismäßig. Die Jahre, die verfluchten Jahre, dachte die Richtersgattin, während sie sich auszog und ein Bad einließ.

In Unterwäsche verspürte sie plötzlich Lust, die neuen Schuhe nochmals anzuziehen, nahm sie aus dem Karton und schlüpfte hinein. Sie machten einen schmalen Fuß, waren allerdings um eine Winzigkeit zu groß. Frau Flack wollte sich Einlagen anpassen lassen. Getragen von den Pumps, lief sie mit wiegenden Hüften ins Bad. So sollte mein Eberhard mich mal sehen, dachte Frau Flack, entkleidete sich vollends und stieg ins Wasser.

Eingehüllt in Badeschaum sinnierte sie über das Ende

des Tages, der vor dem Fenster allmählich erlosch und einem Frühlingsabend Platz machte. Sie philosophierte, wie sonderbar es doch sei, dass sich ihre Welt zu Hause vollkommen verwandelt hatte. Gedemütigt stand der deutsche Mensch nach dem Krieg da, während sie von dieser Verelendung verschont geblieben war. Ihr Mann büßte für die Sünde, an eine großartige Idee geglaubt zu haben. Natürlich hatte auch Frau Flack daran geglaubt, ihre Haltung zum Nationalsozialismus war jedoch nie überprüft worden. Wahrscheinlich hatte sie Hitler noch mehr verehrt als der gute Eberhard. Nach der Totgeburt der deutschen Demokratie, die jahrelang erfolglos vor sich hingedümpelt hatte, war Hitler ein wahrer Heilsbringer gewesen. Mit ihm hatte das Leben wieder zu strahlen begonnen. Die schönen Jahre, dachte Frau Flack im Bad. Ihre wunderbare Villa in Heidelberg, ihr Mann ein Geachteter unter den Honoratioren, sie selbst die Initiatorin von allerlei Komitees, Gründerin eines Lesezirkels, Vorsitzende der »Freunde des Stadttheaters«. Auf jeder Opernpremiere war Gudrun mit Eberhard gewesen. *Lohengrin* oder *Tiefland,* Hitlers Lieblingsoper – was für einmalige Abende waren das, genussreich, sorgenfrei.

Hitler hätte nicht unbedingt einen Krieg anzetteln müssen, dachte sie im Bad. Niemand in Deutschland wollte den Krieg, der Führer hätte besser auf die Stimmung im Volk hören sollen. Eberhard hatte einrücken müssen, nicht an vorderster Front, man brauchte ihn für die Militärgerichte. Entschlossen und sachlich hatte er in Griechenland zweihundert Partisanenkämpfer zum Tode verurteilt. Das Kriegsrecht verlangte, dass der federführende Richter bei den Vollstreckungen dabei war. Selbst heute noch fuhr Eberhard manchmal aus dem Schlaf hoch, wenn ihn das viele Blut in Träumen quälte, das Soldaten mit Schläuchen vom weißen Fliesenboden gespült hatten. Blut auf weißen Fliesen, Frau Flack versuchte es sich vorzustellen und schüttelte den schrecklichen Gedanken gleich wieder ab.

Als ihre Haut runzelig zu werden begann, stieg sie aus dem Bad und machte sich sorgfältig zurecht. Während sie ihr Kleid für das Dinner wählte, fiel ihr Blick auf das Kostüm, das sie sich hatte machen lassen, ganz aus Goldlamé, darunter eine Krinoline, die so breit war, dass sie wahrscheinlich nur seitlich durch die Türen kommen würde. Eine gepuderte Perücke und eine verzierte goldene Maske rundeten das Ensemble ab. Der Frühlingsball im Savoy sollte in diesem Jahr ein Kostümfest sein. Frau Flack hatte ihren Londoner Aufenthalt bis zu diesem Termin verlängert. Champagnerlaune überkam sie, wenn sie an das Fest dachte. Mit etwas Glück würden sogar Mitglieder des britischen Königshauses teilnehmen. Sie hätte den englischen König als Feind der Deutschen hassen müssen, aber es gelang ihr nicht. Wie gut es die Briten doch hatten, dachte sie, sie durften das Königshaus und ihren uralten Adel behalten, und warum? Weil sie den Krieg gewonnen hatten. Was blieb Deutschland? Ein greisenhafter Bundeskanzler aus dem Rheinland, schrecklich, beschämend.

Frau Flack nahm das moosgrüne Kleid aus dem Schrank, nicht sehr frühlingshaft, aber sie hatte heute nichts weiter vor und würde nach dem Essen bald zu Bett gehen. Sie trat vor die viktorianische Kommode und klappte die Schmuckschatulle auf. Gudrun wählte eine Gemme aus geschnitztem Elfenbein, die ihre Brust zieren sollte, außerdem die Perlenkette und den Diamantring, den sie in den letzten Kriegstagen aus Deutschland in die Schweiz gerettet hatte. Sie nahm ihre Tasche und verließ die Suite.

Der Endiviensalat hätte mehr Essig und weniger Öl vertragen, die Rinderlende verspeiste sie ohne Sauce. Was Saucen betraf, traute sie den Briten nicht. Der Küchenchef des Savoy gab sich Mühe, aber Frau Flack hatte schon Dinge vorgesetzt bekommen, die in Heidelberg unmöglich gewesen wären. Immerhin, das Kartoffelgratin schmeckte ihr.

Wie jeden Abend plauderte sie mit einem rumänischen Bierbrauer am Nebentisch. Auch die Rumänen gehörten zu den Kriegsverlierern, bedauerlicherweise waren sie nun unter die Knute von Stalin geraten. Der Konversation mit dem Bierbrauer fehlte die Würze, doch auf diese Weise konnte Frau Flack den Anschein vermeiden, sie sei eine einsame Frau an einem einsamen Einzeltisch. Ihr fiel auf, dass die Kellner heute häufig in den Salon neben dem *Golden Pavillon* eilten und Champagner servierten. Dort war wohl eine Feier in Gang. Während die Tür auf- und zuschwang, hörte sie schwungvolle Musik. Sie fragte sich, was nebenan gefeiert wurde und gab sich der Wehmut hin, wie sehr ihr die gesellschaftlichen Höhepunkte Heidelbergs fehlten.

Gudrun Flack ließ den Nachtisch aus, trank noch eine Tasse Kaffee, gestattete dem Oberkellner, sie zur Tür des *Golden Pavillon* zu begleiten und fuhr auf ihr Zimmer.

Jüngst hatte sie zwei Bücher zu lesen begonnen, eine Biographie Karl des Großen und einen Liebesroman. Sie war sicher, dass Karl der Große heute Nacht unberührt bleiben würde. Frau Flack ließ sich Weinbrand und eine Wärmflasche aufs Zimmer bringen, genehmigte sich zwei

Gläschen, schlüpfte in ihr Nachthemd, packte den Gummibeutel auf den Bauch, kuschelte sich zurecht und begann mit dem sechzehnten Kapitel des Liebesromans. Kurz nach halb elf löschte sie das Licht.

Die Gestalt trug Schwarz, ein glänzendes Gewebe. Die Person trug Schuhe mit Kreppsohlen. Lautlos bewegte sie sich auf dem Teppich der Suite auf die reich verzierte viktorianische Kommode zu. Mit Fingerspitzengefühl zog der Einbrecher die Schublade auf und entnahm ihr die Schatulle. Zielsicher wählte er den Diamantring, die Perlenkette, das Smaragddiadem und die Ohrringe mit den schweren Rubinen. Die Elfenbeingemme interessierte ihn nicht. Als er seine Beute in einen Samtbeutel gleiten ließ, verursachten die Edelsteine ein klickendes Geräusch.

»Wer ist da?«, hörte der Einbrecher von nebenan.

Der einzige Weg aus der Suite führte durch das Schlafzimmer des Hotelgastes. Rasch näherte sich die Gestalt dem Durchgang, als plötzlich das Licht anging. Der Einbrecher zuckte zurück.

»Wer sind Sie?« Die Oberlandesrichtersgattin saß aufrecht im Bett.

Der Dieb verschwand blitzschnell ins Ankleidezimmer.

Er war unmaskiert. Hektisch sah er sich um. Von drüben hörte er die Stimme Frau Flacks. Sie telefonierte.

»Rezeption? Flack hier, Suite vier drei drei. Der Einbrecher ist in meinem Zimmer. – Danke, mir geht es gut. Der Mann versteckt sich im Ankleideraum. – Machen Sie sich um mich mal keine Sorgen. Ich bin bewaffnet. Schicken Sie lieber jemanden hoch. Rufen Sie die Polizei. – Ich *bin* vollkommen ruhig«, setzte sie mit einiger Schärfe hinzu. »Beeilen Sie sich.«

Der Dieb hörte, dass sie auflegte. Jetzt vernahm er das Geräusch, mit dem eine Schublade aufgezogen wurde. Leise Schritte.

»Sie kommen sofort da raus«, befahl die Gattin des Oberlandesgerichtsrates. »Dann geschieht Ihnen nichts.«

Gudrun Flack hatte im Krieg mehrere Freunde verloren. Als das Kriegsglück für Deutschland umschlug und immer mehr Züge mit Verwundeten in Heidelberg eintrafen, war sie dem Komitee »zur Betreuung unserer Helden im Kampfe« beigetreten. Zweimal die Woche hatte sie ehrenamtlich im Krankenhaus gearbeitet. Frau Flack hatte Männer gesehen, deren halbe Gesichter fortgerissen worden waren, Amputierte, denen weder Arme noch Beine blieben. Sie kümmerte sich um Soldaten, die tagelang im Trommelfeuer gelegen hatten, in Zitterneurosen verfielen und nicht aufhören konnten zu weinen. Auch wenn Frau Flack die Jahre unbeschadet überstanden hatte, wusste sie, dass der Dämon Krieg jegliche Menschlichkeit zerstörte. Als die Amerikaner in Heidelberg einrückten, hatte Gudrun Flack mehrmals in die Gewehrläufe des Feindes geblickt. Sie kannte keine Furcht, wenigstens nicht vor einem englischen Schweinehund, der es auf ihre Juwelen abgesehen hatte.

Frau Flack lud die Pistole durch. Ein hartes Geräusch, wenn Metall gegen Metall rieb. »Das ist eine Walther P38, die Dienstwaffe meines Mannes«, erklärte sie. »Er hat sie während des Krieges ein einziges Mal abgefeuert, als er eine Ratte erschoss. Auf diese Distanz habe ich keine Mühe, Sie zu treffen. Also machen Sie keinen Unsinn.«

Mit erhobenen Armen kam der Dieb aus dem Ankleidezimmer.

»Das ist brav.« Frau Flack verengte die Augen. Im schwachen Licht konnte sie sein Gesicht nicht erkennen. »Was haben Sie da auf?«

Die Gestalt stand wie erstarrt.

»Haben Sie etwa meine Maske geklaut?« Ein Schritt näher. »Sie tragen ja meine Maske für das Kostümfest! Das ist doch wirklich die Höhe.« In ihrer Entrüstung ließ

Frau Flack die Wehrmachtspistole einen Moment sinken. »Sie geben jetzt augenblicklich meine Maske ...«

Weiter kam sie nicht. Die schlanke Gestalt nützte den Augenblick, sprang auf Frau Flack zu, stieß sie gegen die Brust, dass sie taumelte und über einen Hocker fiel.

»Halt!«, schrie sie. »Stehenbleiben!«

Der Dieb rannte ins Schlafzimmer.

»Stehenbleiben oder ich schieße!«

Der Dieb floh weiter.

Drei Schüsse gellten durch die Suite 433 des Savoy. Verputz barst von der Wand, Holz splitterte. Die Schüsse aus der Wehrmachtspistole waren sagenhaft laut. Eine Tür klappte auf und zu, Schritte verloren sich auf dem Korridor.

»Schweinehund, verdammter.« Frau Flack kam auf die Beine. »So eine Gemeinheit. Verfluchte englische Schweinehunde!« Die Waffe in der Hand trat sie vor ihre Schmuckschatulle. Bis auf die Elfenbeingemme war sie leer.

15

Der Mann, den sie suchen

Obwohl sein Haar weiß war, wirkte Onkel Henry wie ein großer Junge. Strubbelig stand es zu Berge, sein Vatermörderkragen war aufgesprungen, die Krawatte saß schief. Violet freute sich, weil ihr Onkel so fröhlich und entspannt war. Er wirkte glücklich, was man über ihn nicht oft sagen konnte. Er hatte wohl schon eine ganze Menge getrunken. Der scheue Henry ertränkte seine Panik vor einem Abend, der ihm zu Ehren stattfand, in Champagner.

Es war die Party zu seinem siebzigsten Geburtstag. Wo waren die Jahre geblieben? Als Violet mit Mitte zwanzig gegen ihren Willen im Savoy die Verantwortung übernommen hatte, lebte Henry mit seiner Frau Judy friedlich unter dem gleichen Dach. Er wusste nicht, welche kriminelle Energie Judy besaß; sie war zur Komplizin eines internationalen Betrügers geworden. Judy Wilder wurde angeklagt und wegen Landesverrats zu lebenslangem Zuchthaus verurteilt, verschärft durch Besuchsverbot. Henry hatte seine Gattin seitdem nicht wiedergesehen. Er flüchtete in sein Lieblingshobby, das Sammeln von Uhren. Keine Uhr auf der Welt, die Henry nicht reparieren konnte. Eines Tages tauchte eine Frau namens Myrtle auf, eine tatkräftige Frau, die von Violet zum ersten weiblichen Chefbutler Londons ernannt wurde. Myrtle war die zweite Frau, die Henry betrogen hatte.

Nachdenklich betrachtete Violet ihren Onkel. Wie wunderbar er die Schicksalsschläge seines Lebens doch gemeistert hatte! Dort saß er, plauderte mit Lionel, hatte rote Wangen, und sein Haar war noch unordentlicher als sonst. Violet warf einen Blick zur Wanduhr, kurz vor halb elf. Sie war hundemüde. Wegen ihres gestrigen Ausflugs nach Oxfordshire hatte sich viel Arbeit angesammelt.

Gary Stewart hatte sie heute noch nicht zu Gesicht bekommen. Versteckte er sich vor ihr? Vermutlich war ihre ganze Aufregung, in ihm einem internationalen Juwelendieb auf der Spur zu sein, Einbildung gewesen. Was blieb, war die irritierende Erinnerung an einen Mann, der trotz Violets Anschuldigungen gelassen geblieben war und sich die Freiheit nahm, sie zu küssen. War das seine Art von Rache? War es männliches Imponiergehabe, oder hatte er bloß einen Versuchsballon steigen lassen, wie weit er bei der Hoteldirektorin gehen konnte?

Für Sekunden nur hatte sie seinen Kuss erwidert, doch gerade das verunsicherte Violet. Wieso war sie in ihrem Gefühl nicht eindeutig gewesen? Die Rückfahrt hatten sie schweigend zurückgelegt. Im Zug nach London war Violet eingeschlafen. An der Victoria Station hatten sie sich gesittet voneinander verabschiedet. Heute war Stewart weder beim Lunch noch im Tea Room noch beim Dinner aufgetaucht.

»Und das Komischste –!«, rief Onkel Henry gerade über die Musik hinweg. »Das Komischste war, dass ich Sie erst gar nicht erkannt habe!«

Violet wandte den Kopf. Henry und Lionel führten eine lebhafte Unterhaltung, wobei ihr Onkel den Zunder zu dem Gespräch beitrug. Lionel saß mit verkniffenem Lächeln zwei Stühle weiter.

»Was für ein Zufall!« Selten sprach Henry mehr als ein paar Worte, der Champagner löste ihm die Zunge. »Da streune ich durch das Theaterviertel, schaue mir Plakate an, und wen sehe ich bei *Weatherby's*, wen habe ich dort gesehen?«

Lionel lächelte bemüht. »Wir wissen inzwischen, wen Sie gesehen haben.«

»Aber ich weiß es noch nicht«, mischte sich Violet ein. »Wen hast du denn gesehen, Onkel?«

»Na, ihn! Und seine Bekannte«, rief Henry.

»Aha?«

Violet sagte nichts weiter als *aha*. Sie hatte keinen besonderen Unterton dabei, zog die Augenbrauen nicht hoch, warf keinen prüfenden Blick zu Lionel. Ihre Reaktion hätte nicht unverfänglicher sein können.

»Ich wollte es dir eigentlich gleich erzählen«, sagte er.

»Was denn?«

»Von meinem Treffen.«

»Mit wem?«

»Mit …« Lionel zögerte.

»Mit der Waliserin!«, half Henry weiter. »Das müssen Sie doch noch wissen, Lieutenant.«

»Natürlich weiß ich es.« Er sah Violet an.

Wann begann ein Verdacht? Wie begann ein Verdacht? Mit einem Blick, einer Bemerkung, dem Eingeständnis einer Sache, bei der es nichts zu gestehen gab? Natürlich traf Lionel auch andere Leute, wenn er nicht mit Violet zusammen war. Er sah Kameraden von der Navy, Kollegen aus dem Lehrkörper, auch weibliche Bekanntschaften von früher waren darunter. Es gab nicht den geringsten Grund, argwöhnisch zu sein. Es gab nur Lionels Blick, diesen langen, schuldbewussten, diesen unerklärlich traurigen Blick.

»Eine Waliserin?«, fragte Violet schließlich.

»Ihr habt euch über Cardiff unterhalten«, mischte sich Henry wieder ein.

»Cardiff?« Sie bemühte sich um einen freundlichen Gesichtsausdruck.

Lionel und Violet waren seit drei Jahren zusammen und hatten einander einiges aus ihrem Leben erzählt. Von der Familie, den Trauerfällen, den Liebesgeschichten. Lionel wusste von John und Max. Violet hatte erfahren, dass eine Frau aus Wales seine große Liebe gewesen war. Sie wusste von dem Rinderzüchter und dem Konservenfabrikanten. Irene hatte Lionel verlassen und den Rinderzüchtersohn geheiratet.

»Hast du deine frühere Freundin wiedergesehen?«, fragte sie harmlos. »Wie hieß sie noch, Irene?« Violet hatte den Namen nicht vergessen, aber sie wollte es ihm leicht machen. Er sollte ihr die Geschichte erzählen, und alles wäre wieder gut.

»Irene, ja. Ich habe Irene wiedergesehen.« Lionels Gesicht erzählte von einem Unglück, das über ihn hereingebrochen war und von dem er nicht wusste, wie er es abwenden sollte.

Von diesem Moment an wusste Violet, dass die Wahrheit ein Abgrund war. Heute Abend jedoch wollte sie in keinen Abgrund schauen. Sie wollte Henry hochleben lassen, den guten alten Onkel, der keine Ahnung hatte, dass er soeben jenen Abgrund vor Violet und Lionel geöffnet hatte.

In seiner Hilflosigkeit, der Situation zu begegnen, stand Lionel auf und kam zu Violet um den Tisch. »Willst du tanzen?«

Inzwischen hatte Maestro Benedetti einen Teil des Orchesters nach Hause geschickt, nur eine Fünfmannband untermalte Henrys Party noch. Gerade spielten sie einen geruhsamen Foxtrott.

Violet zeigte auf die kleine Tanzfläche. »Es tanzt sonst doch niemand.«

»Machen wir den Anfang.« Er nahm ihre Hand und zog sie eine Spur zu besitzergreifend hoch.

»Ich möchte nicht tanzen.«

»Willst du eigentlich jemals irgendetwas, das ich möchte?« Er ließ ihre Hand nicht los.

»Lionel, was soll das?«

Gäste rund um sie verstummten und beobachteten den Vorfall.

Violet entzog ihm ihre Hand. »Ich will eben nicht.«

Abrupt drehte sich Lionel um und forderte die Gattin von Maître Dryden zum Tanz auf. Der Küchenchef hatte nichts dagegen.

Violet nahm das alles wie durch einen Schleier wahr. Sie kannte ihren treuen Lieutenant, den Mathematiklehrer, den sanften Lionel nur zu gut. Eine Erinnerung tauchte auf, die ihr Angst machte. Als sie das letzte Mal miteinander geschlafen hatten, war er ungewohnt wild und leidenschaftlich gewesen. Hatte seine verzweifelte Liebesanstrengung etwa mit Irene zu tun gehabt?

»Miss Mason?«

Sie bemerkte erst jetzt, dass der Hausdetektiv den Salon betreten hatte.

»Ja, Clarence, was gibt es denn schon wieder?«, fragte sie nervös.

Oppenheim beugte sich zu ihr. »Ich störe nur ungern …«

»Jedes Mal, wenn Sie mich stören, ist das Ihr Eröffnungssatz. Und jedes Mal ist etwas Schlimmes passiert. Heraus mit der Sprache. Was ist es diesmal?«

»Mrs Flack«, antwortete der Riese eingeschüchtert.

Violet begriff es im selben Augenblick. »Nein. Bitte nicht. Nein, das nicht.«

»Ich fürchte doch, Miss Mason. Frau Flack wurde soeben ausgeraubt. Sie hat den Täter gesehen.«

»Wer ist es?«

»Sie weiß es nicht. Er trug ihre Faschingsmaske.«

Gudrun Flack besaß nicht die Gelassenheit der Herzogin von Londonderry. Im Unterschied zu Lady Edith brachte der Umstand, beraubt worden zu sein, die Deutsche an den Rand eines Tobsuchtsanfalls. Kaum erschien Violet mit Oppenheim und hundert Entschuldigungen in der Suite, ließ die Oberlandesrichtergattin mit hartem deutschen Akzent ein Gewitter an Vorwürfen auf die beiden niederprasseln.

»Ist dies das berühmte Savoy, von dem die Welt schwärmt?« Mrs Flack hatte einen roten Morgenmantel übergeworfen, wodurch ihr Auftritt noch theatralischer wirkte. »Bin ich hier in die Hände von Levantinern gefallen? Ist Raub und Diebstahl bei Ihnen an der Tagesordnung? Mein Mann ist Richter, Frau Mason. Er hat

Hunderte Betrüger und Einbrecher ihrer gerechten Strafe zugeführt. Eines sage ich Ihnen: In Heidelberg wäre so etwas unmöglich gewesen!«

Violet bewahrte Ruhe. »Ich darf Ihnen nochmals mein ehrliches Bedauern aussprechen, Mrs Flack, und damit das Bedauern des Savoy.«

»Was kauf ich mir dafür? Meine Juwelen sind in der Schweiz versichert. In England krieg ich keinen Penny von der Versicherung.«

»Ich werde mich morgen früh darum bemühen, dass Sie von einem Fachmann beraten werden.«

»Wozu? Es wäre besser, Sie fassen den Schweinehund, der das getan hat«, ging Frau Flack dazwischen.

»Das ist die Aufgabe von Scotland Yard.«

»Wieso ist die Polizei nicht längst hier?«

»Es ist elf Uhr nachts, Mrs Flack.«

»Ich pfeife auf Ihre Ausreden!« Allen Versuchen Violets zum Trotz ließ sich Frau Flack nicht beruhigen. Sie benützte das Forum der Anwesenden, um ihre Erregung lautstark herauszuposaunen. Bis Violet die Geduld riss.

»Clarence, übernehmen Sie«, befahl sie. »Ich überlasse Sie jetzt unserem Hausdetektiv.« Sie wandte sich zur Tür.

»Ihrem inkompetenten Hausdetektiv.«

»Der in Kürze von Detective Smythe abgelöst werden dürfte. Guten Abend.«

Ehe die Deutsche etwas erwidern konnte, war Violet draußen. Vor der Suite versuchte sie, ihre Ruhe wiederzugewinnen. Doch Frau Flacks Hysterie schien auf sie übergesprungen zu sein. Violet hatte eine unerklärliche Wut im Bauch. Sie verfluchte ihren Job, der sie täglich mit neuen Schwierigkeiten konfrontierte, die stets die ewig alten Schwierigkeiten waren. Sie verfluchte ihren Liebhaber und Partner, der ihr den Abend gründlich verdorben hatte. Zuletzt verfluchte sie die leidigen Juwelen. Sie hatte einen Dieb im Haus. Das war schlimmer, als wenn Ratten das Savoy heimgesucht hätten.

Statt ins Kuppelzimmer hochzufahren und die Angelegenheit zu überschlafen, eilte Violet ein Stockwerk tiefer, wo das Zimmer von Gary Stewart lag. Sie klopfte. Als nicht gleich geöffnet wurde, pochte sie härter.

Die Tür ging auf. Stewart trug eine Smokinghose, das Hemd mit offenem Kragen. Die schwarze Schleife baumelte um seinen Hals.

»Sie sind im Abendanzug?«, fragte Violet.

»Ist es verboten, einen Smoking zu tragen?«, erwiderte er überrascht. »Guten Abend, Miss Mason.«

»Heute fand keine offizielle Veranstaltung im Hotel statt, und das Dinner ist längst vorbei.«

»Ich wollte ins Casino gehen.« Er blieb in der Tür stehen.

»Und waren Sie im Casino?«

»Nein.«

»Wo waren Sie?«

»Hier.«

»Sie sitzen im Smoking in Ihrem Zimmer?«

»Ich habe gelesen.«

»Zeigen Sie mir das Buch.« Sie drängte sich an ihm vorbei.

»Was soll denn das, Miss Mason?«

»Ich sehe kein Buch, in dem Sie gelesen haben könnten«, fuhr sie ihn an.

»Beruhigen Sie sich doch bitte.« Er schloss die Tür.

»Geben Sie sie heraus.«

»Herausgeben? Was denn?«

»Die Juwelen von Mrs Flack. Geben Sie sie zurück.«

Sein Gesicht wurde hart. »Ich habe keine Juwelen.«

»Ich glaube Ihnen nicht.«

»Warum erzählen Sie nicht erst mal, was passiert ist.«

Violet sprang auf ihn zu und wollte unbeherrscht in seine Tasche greifen.

»Hören Sie auf!« Mühelos hielt er sie in Schach. »Wann ist es passiert?«

»Gerade eben.« Sein Griff war unentrinnbar.

»Bei Mrs Flack, sagten Sie?«

»Als ob Sie das nicht wüssten!«

Unvermittelt ließ er sie los. »Woher sollte ich?«

»Weil ich Idiotin Ihnen gestern während unserer Landpartie den Tipp gegeben habe, dass bei Mrs Flack eine Menge zu holen wäre.«

Stewart griff zu seinem Dinnerjackett. »Sehen wir doch einfach mal nach.« Er wandte sich zum Ausgang.

»Es wird wohl am besten sein, die Juwelen hier zu suchen.«

»Bitte, wenn es Ihnen Spaß macht.« Er war im Begriff, das Zimmer zu verlassen. »Ich werde mir inzwischen das Zimmer von Mrs Flack ansehen.«

»Ach ja? Drängt es Sie, an den Ort Ihres Verbrechens zurückzukehren?«

»Ich habe diese Juwelen nicht gestohlen, Miss Mason. Ich habe auch sonst in Ihrem Haus keinen Diebstahl begangen. Ich fürchte allerdings, das wird man mir nicht mehr lange glauben.«

»Weshalb?«

Stewart tat einen tiefen Atemzug. »Ich bin Vizepräsident einer amerikanischen Spielwarenfabrik. Ich habe meine Frau vor ein paar Monaten verloren. Ich trauere um sie. All das stimmt, Miss Mason. Auch mein Name stimmt, ich heiße Gary Stewart. Ich habe ihn vor Jahren geändert. In den Vereinigten Staaten ist das kein großes Problem. Mein früherer Name lautet Antoine Descoyne. Ich war ein Juwelendieb, ich war erfolgreich darin. Ich wurde nie gefasst. Schließlich habe ich mich in die USA abgesetzt und wechselte die Identität. Wahrscheinlich wäre ich straffrei davongekommen, hätte meine Frau nicht ...« Ein warmherziges Lächeln. »Meine wunderbare Frau hat mich dazu gebracht, mich der Polizei in Frankreich zu stellen.«

Violet hatte mit wachsender Verwunderung zugehört. »Dass Sie sich gestellt haben, ist Scotland Yard nicht bekannt.«

»Ich habe mit der Sûreté in Paris ein Abkommen geschlossen. Ich half den Franzosen, ungeklärte Juwelendiebstähle aufzuklären und erhielt dafür Amnestie.«

»Bei Ihrem beachtlichen Strafregister sind Sie nie im Gefängnis gewesen?«, fragte sie ungläubig.

»Sie vergessen, welches Ereignis in der Zwischenzeit über Europa hereingebrochen war.«

»Der Krieg?«

Stewart nickte. »Ich habe auf der Seite Frankreichs gekämpft. Noch vor Kriegsende kehrte ich zu meiner Frau nach Texas zurück.« Er schloss den Knopf seines Sakkos. »Ich ging zurück, um ihr beim Sterben zuzusehen. Während ihrer Krankheit habe ich sie allein gelassen. Das –« Er sah Violet an. »Das ist mein wahres Verbrechen, Miss Mason. Und jetzt würde ich gern zu Mrs Flack hinaufgehen und mir den Tatort ansehen.« Er öffnete die Tür.

Sie trat zu ihm. »Weshalb erzählen Sie mir das alles?«

»Weil Scotland Yard früher oder später von selbst draufgekommen wäre.«

»Man wird Sie der heutigen Tat verdächtigen.«

»Man wird mich wahrscheinlich sogar festnehmen. Aber ich habe diesen Schmuck nicht gestohlen, genauso wenig wie die Juwelen von Lady Edith.« Ein trauriges Lächeln. »Ich bin nicht der Mann, den Sie suchen, Miss Mason.«

16

Mitternachtsblau

So exaltiert Gudrun Flack sich Violet gegenüber benommen hatte, so deutlich veränderte sich ihr Verhalten, als der Amerikaner im Smoking bei ihr eintrat.

»Ja, bitte?«, begrüßte ihn die Richtersgattin zuckersüß.

»Ist die Polizei immer noch nicht hier?«, fragte Violet den Hoteldetektiv.

»Es hat einen Mordanschlag im East End gegeben«, erklärte Oppenheim. »Alle Einheiten, die um diese Zeit verfügbar sind, wurden dorthin gerufen. Auch Detective Smythe.«

Gary Stewart trat auf die Deutsche zu. »Gestatten Sie, dass ich mich in Ihrem Zimmer umsehe, Mrs Flack?«

Oppenheim wollte dazwischen gehen, aber Violet bedeutete ihm, nicht einzugreifen. »Das ist schon in Ordnung, Clarence. Mr Stewart ist auf meine Einladung hier.«

Mrs Flack zog ihren Morgenmantel zurecht. »Was sind Sie denn, ein Privatdetektiv?«, fragte sie Stewart.

»Ich war früher mal Juwelendieb, Mrs Flack. Daher nehme ich an, dass man mich verdächtigen wird, Ihren Schmuck gestohlen zu haben.«

Ein Moment des Erschreckens bei ihr wich einem verbindlichen Lächeln. »Aber Sie werden doch nicht so dumm sein, in mein Zimmer zurückzukehren, falls Sie wirklich der Dieb wären.«

»Meinen herzlichsten Dank für Ihr Vertrauen.« Eine lächelnde Verbeugung. »Darf ich mal in Ihr Schlafzimmer?«

»Wenn Sie meinen, dass das etwas nützt«, antwortete sie zwinkernd.

»Gestatten auch Sie, dass ich mich umsehe?«, sagte er mit Blick zu Violet.

»Ich habe nichts dagegen.«

Frau Flack begleitete ihn nach nebenan. »Waren Sie tatsächlich mal ein Räuber?«

»Vor vielen Jahren.«

»Das finde ich ja wundervoll, Mr Stewart.«

Sein überraschter Blick. »In Ihrer Lage eine erstaunliche Reaktion. Wo bewahren Sie Ihren Schmuck auf?«

»Dort, in der Schatulle.«

Violet fand es überraschend, wie selbstverständlich die Deutsche den Amerikaner in ihren Sachen stöbern ließ, nur weil er attraktiv war. Was für ein skurriler Abend! Erst das merkwürdige Geständnis Lionels, dann der Diebstahl, zuletzt die groteske Szene, in der ein internationaler Juwelendieb das Zimmer der Bestohlenen durchsuchte.

»Ich mache mir eigentlich gar nichts aus den Klunkern.« Mrs Flack setzte sich auf ihr Bett. »Früher hatte ich Spaß daran, mir die Dinger umzubaumeln, aber jetzt finde ich es aufregender, dass Sie den Dieb fassen wollen, Mr Stewart.«

Er untersuchte die leere Schatulle.

»Achten Sie auf Fingerabdrücke«, sagte Violet.

»Es werden keine da sein.«

»Haben Sie damals bei Ihren Raubzügen auch Handschuhe getragen?«, erkundigte sich Mrs Flack.

Er überging die Frage. »Hat der Dieb alles mitgenommen?«

»Alles bis auf die Elfenbeingemme.«

»Das ist verständlich, weil sie auf dem Schwarzmarkt leicht zu erkennen wären. Wie sah der Täter aus?«

Mrs Flack stützte sich auf die Ellenbogen. »Fast genau wie Sie. Er hatte Ihre Größe, auch er war ganz in Schwarz.«

»Demnach haben Sie ihn gesehen?«

»Nur für einen Augenblick.«

»Warum erkannten Sie ihn nicht? Weil es dunkel war?«

»Ich bin kein erschrecktes Lieschen, Mr Stewart. Ich habe sofort Licht gemacht.«

»Dann müssten Sie ihn doch beschreiben können.«

»Der Kerl hat sich im Ankleidezimmer versteckt und meine Goldmaske geklaut.«

»Wieso hatten Sie eine Maske in Ihrer Garderobe?«, fragte Violet.

»Für Ihren Frühlingsball, Miss Mason. Ich habe mir das Kostüm extra schneidern lassen.«

Stewart näherte sich dem Bett. »Der Täter kam also maskiert heraus. Und dann?«

»Ich habe ihn mit der Pistole meines Mannes bedroht.«

»Sie sind eine mutige Frau, Mrs Flack.«

»Nicht mutig genug, fürchte ich. Er ist davongekommen.«

Geräusche von draußen. Oppenheim ging zur Tür. »Das wird die Polizei sein.« Er öffnete. Detective Smythe betrat die Suite mit einem Aufgebot von acht Polizisten.

Gudrun Flack lag im Bett. Sie hatte die Decke über ihre Beine gezogen und ein Buch zur Hand genommen. Violet stand im Durchgang zwischen beiden Räumen. Verwirrt sah Oppenheim sich um.

»Wo ist Mr Stewart?«, fragte er.

Violet schwieg.

»Wo ist Stewart hin?«, wiederholte der Hoteldetektiv vor dem Bett der Deutschen.

»Stewart? Stewart?« Mit unschuldigem Augenaufschlag blickte sie die Polizisten an. »Den kenne ich überhaupt nicht.«

Violet begrüßte den Detective und zeigte ins Bad. »Er ist da drin.«

»Wer? Der Dieb?« Smythe sah übernächtigt aus.

»Mr Gary Stewart«, antwortete sie.

»Er ist der Juwelendieb?«

»Das glaube ich eigentlich nicht. Allerdings ist er tatsächlich Antoine Descoyne.«

»Woher wissen Sie das?«, riefen Oppenheim und Smythe wie aus einem Mund.

»Er hat es mir gesagt.«

»Wenn der Mann ins Bad geflohen ist, kommt er nicht weit.« Oppenheim rannte hinüber. Acht Polizisten stürmten ins Bad von Mrs Flack.

Es war halb eins. Lionel erwartete Violet im Kuppelzimmer. Er lag nicht in ihrem Bett, sondern saß angezogen im mitternachtsblauen Sessel.

Beim Eintreten erschrak sie für einen Moment. »Du bist noch hier? Ich habe angenommen, du wärst heimgefahren.«

»Nein, ich bin …« Er senkte den Kopf. »Nein.«

Sie spürte seine bedrückte Stimmung. Sie wollte auf seine Stimmung nicht eingehen. Heute Nacht hatte sie genug *Stimmungen* gehabt. »Wie ist die Party noch gewesen?«

»Henry ist bald aufgebrochen. Er war ziemlich betrunken.«

»Für Henrys Verhältnisse war er sternhagelblau.« Violet ging ins Bad.

»Gab es im Hotel wirklich einen weiteren Diebstahl?«, rief er von drüben.

»Es ist zum Verrücktwerden. Das hört einfach nicht auf.«

»Es hört erst auf, wenn ihr den Kerl habt.«

Violet schminkte sich ab. »Ich möchte heute nicht mehr darüber sprechen. Eigentlich will ich heute über gar nichts mehr sprechen.« Sie hoffte, er verstand den Wink mit dem Zaunpfahl. »Und du?«, rief sie auf sein langes Schweigen. »Bist du nicht müde?«

»Im Gegenteil.«

Den Schwamm in der Hand hielt Violet inne. Sie fragte nicht, was los war.

»Ich bin zu aufgewühlt«, sagte er nach einer Weile.

Violet wischte sich Make-up von der Stirn, vom Kinn, der Wange. »Wieso denn?«

»Ich bin aufgewühlt vom heutigen Abend.«

Sie wollte es nicht hören, nichts, kein einziges Wort. Sie wollte kein Problem vorgesetzt bekommen, ganz egal, ob es Irene hieß oder einen anderen Namen hatte. Sie wollte nur noch schlafen.

»Du warst heute so kühl zu mir«, rief Lionel von drüben.

Das war die Höhe! Violet warf den Wattebausch in den Müll. Er hatte ihr irgendein Geständnis wegen seiner alten Flamme zu machen, aber statt es einfach zu sagen, warf er ihr vor, *kühl* gewesen zu sein.

»Das stimmt nicht«, entgegnete sie bemüht freundlich. Ein neuer Wattebausch, die Wimperntusche kam dran.

»Wieso wolltest du dann nicht einmal mit mir tanzen?«

Ging es darum, um die Verweigerung eines läppischen Tanzes? Nein, das war eine Ausflucht. Violet wollte ihm scharf entgegnen, überlegte es sich aber anders. »Ich war nur zu scheu, um vor all den Leuten auf die Tanzfläche zu gehen.« Lüge, dachte sie, eine Lüge.

Er tauchte in der Badezimmertür auf. »Du warst also nicht sauer auf mich?«

»Weswegen sollte ich sauer sein?«

Lionel setzte den Hundeblick auf und machte eine Pause. »Na, weil ich …«

Sie verstand: Nicht er, sie sollte das Thema ansprechen. »Weil du Irene getroffen hast?«

»Weil ich dir nichts davon erzählt habe.«

»Wozu solltest du mir etwas erzählen, das keinerlei Bedeutung für mich hat?« Das war die entscheidende Frage.

»Eigentlich hast du recht.« Sein erleichtertes Gesicht verschwand aus dem Türausschnitt.

Er hatte die Maske nicht fallen lassen. Schweigend machte sie sich fürs Bett fertig. Als sie zurückkam, hatte er sich nicht ausgezogen, sondern saß wieder im Sessel.

»Was ist denn mit dir, Lionel?«

»Ich weiß nicht.« Er ließ den Kopf hängen.

»Es ist ein Uhr. In ein paar Stunden muss ich schon wieder raus. Ich will schlafen.« Sie schlüpfte ins Bett und löschte das Licht. Trotzdem war es nicht ganz dunkel im Zimmer. Violet starrte zu den Sternen hoch. Der Mann, mit dem sie seit drei Jahren das Bett teilte, saß wenige Yards entfernt. Er unternahm nichts. Er saß nur da. Sie drehte sich auf die andere Seite. Minuten vergingen, sie hoffte, endlich davonzudämmern. Aber so konnte sie unmöglich einschlafen.

Violet setzte sich auf. »Lionel, entscheide dich. Wenn du hier bleiben willst, komm ins Bett. Wenn nicht, dann ...«

Sie machte Licht. Der mitternachtsblaue Sessel war leer. Unhörbar hatte er sich davongeschlichen.

17

Chamber of Horrors

»Weshalb sollte Antoine Descoyne Ihnen seine wahre Identität offenbaren?« Es war zur Gewohnheit geworden, dass Detective Smythe Violet in ihrem Büro gegenübersaß. »Seit Jahren ist es ihm gelungen, seine Vergangenheit geheim zu halten. Und ausgerechnet in der Nacht eines Juwelenraubes lüftet er seine Maske? Warum, Miss Mason?«

»Über seinen wahren Beweggrund kann ich nichts sagen. Ich hatte nur den Eindruck, dass der Mann keine Lust hat, länger davonzulaufen.«

»Aber genau das hat er getan.« Der Detective breitete

die Arme aus. »Er ist aus dem Badezimmerfenster seines Opfers geklettert. Wenn das kein Schuldeingeständnis ist –«

»Er geriet wahrscheinlich in Panik. Trotzdem glaube ich nicht, dass er der Täter war.«

Kerzengerade saß der Detective in dem allzu niedrigen Sessel. »Was macht Sie so sicher?«

»Gary Stewart ist ein wohlhabender und als Vizepräsident seiner Firma ein respektierter Mann, der seinen Aufenthalt in London genießt. Weshalb sollte er das aufs Spiel setzen, nur um ein paar Juwelen zu stehlen?«

»Manche Diebe stehlen aus Leidenschaft. Es ist eine Sucht. Sie müssen sich immer wieder beweisen, dass sie schlauer sind als die Polizei. Wieso sind Sie überhaupt in näheren Kontakt mit ihm gekommen?«

»*Näheren Kontakt* würde ich es nicht nennen.«

Was denn sonst?, dachte Violet. Du bist mit dem Mann im Pferdewagen durch die Landschaft getrabt. Du hast mit ihm Hähnchen gegessen und dich von ihm küssen lassen. Wie viel näher könnte ein Kontakt wohl sein? »Nachdem Sie mir von Ihrem Verdacht mit dem Foto erzählt haben, bin ich der Sache auf den Grund gegangen. Ich habe mich mit Mr Stewart getroffen.«

»Sie haben Polizei gespielt, Miss Mason?«, entgegnete

der Detective überrascht. »Für solche Aufgaben haben Sie normalerweise Mr Oppenheim.«

Eine plausiblere Erklärung hatte Violet nicht zu bieten. Sie konnte dem Detective schließlich kaum erzählen, dass sie die Kutschenfahrt an Stewarts Seite genossen und seinen Kuss noch in deutlicher Erinnerung hatte.

»Ich bin darauf angewiesen, dass der Ruf meines Hotels untadelig bleibt, Detective. Die Diebstähle müssen endlich aufhören. Leider war Scotland Yard in der Sache bisher nicht erfolgreich.«

»In Ihrem Interesse gehen wir diskret vor, Miss Mason. Wäre es Ihnen lieber, wenn wir Ihren Gästen verbieten würden, das Haus zu verlassen?« Nicht ohne Mühe stand Smythe auf. »Auch Scotland Yard ist um die Reputation des Savoy besorgt. Aber ein Fall wie dieser ist nicht von einem Tag auf den anderen zu lösen.«

Violet hatte ihn in seiner Ehre gekränkt, das tat ihr leid. »Natürlich, Detective. Ich bin in diesen Tagen ein bisschen nervös. Sie tun gewiss, was Sie können.«

Er nickte milde. »Wir konzentrieren uns auf die Fahndung nach Mr Stewart. Sobald wir ihn fassen, melde ich mich bei Ihnen.«

»Falls Sie ihn fassen«, konnte sie sich nicht verkneifen zu antworten.

»Sie haben daran Zweifel?«

»Ein Mann, der dem Gesetz jahrelang entschlüpft ist, dürfte sein Handwerk nicht verlernt haben.«

»Das klingt, als hätten Sie Sympathien für Descoyne.«

»Unterstellen Sie mir bitte nichts.«

Vor allem nichts, was der Wahrheit entspricht, dachte sie. Natürlich hegte sie Sympathien für den Mann, und das stellte eine verdammte Zwickmühle für sie dar. Violet brachte den Detective zur Tür. »Was gibt es Neues über Mr Sciapiarelli?«

»Wir wissen inzwischen, dass er früher einen festen Wohnsitz in London hatte. Das könnte bedeuten, dass Sciapiarelli Freunde, Bekannte, vielleicht sogar eine Familie in London hat.«

»Aber immer noch keinen Hinweis, wie der ominöse Koffer in sein Zimmer kam?«

»Die Ermittlungen sind im Gange.« Der Detective setzte den Hut auf und ging.

Plötzlich hatte Violet Sehnsucht nach Maxine. Ihr gemeinsames Frühstück war hektisch gewesen, die Schuld dafür lag bei Lionel. Nachdem er vergangene Nacht bereits aufgebrochen war, hatte er noch einmal kehrtgemacht, um doch bei Violet zu schlafen. Als er zu ihr ins Bett geschlüpft kam, war sie zwar erwacht, stellte sich aber schlafend, um jegliche Diskussion zu vermeiden. Längere Zeit ruhig dazuliegen und gleichmäßig zu atmen war anstrengend. Wenn sie sich nicht täuschte, hatte Lionel das Gleiche getan. Dabei wäre es so einfach gewesen, die Dinge zum Guten zu wenden. Er hätte sie nur in den Arm zu nehmen brauchen, und der kleine Zwist wäre vergessen gewesen. Irgendwann war Violet aufgestanden und hatte eine halbe Stunde auf dem Klodeckel gesessen. Als sie zurückkam, schnarchte Lionel. Wieder war schlafen unmöglich gewesen. Sie hatte sich in Maxines Zimmer geschlichen und den Rest der Nacht in dem kurzen Kinderbett verbracht. Morgens fand die Kleine es wundervoll, auf Mama herumzuspringen. Als sie hörte, dass Lionel drüben sei, war sie hinübergerannt und hatte das Spiel bei ihm fortgesetzt.

Und während all das geschah, war der arme Mr Stewart durch London gestrichen, überlegte Violet in ihrem Büro, in dem Bemühen, nicht in die Fänge von Scotland Yard zu geraten.

Es regnete in Strömen. Stewart hatte keinen Schirm dabei und hielt stattdessen die aktuelle Ausgabe der *Times* über seinen Kopf. Rennend erreichte er den verabredeten Treffpunkt.

Ausgerüstet mit Regenschirm, Überzieher und Galoschen erwartete ihn Mr Asquith, der Mann von *Lloyd's*, in der Marylebone Road.

»Das ist Pech«, begrüßte er den heraneilenden Stewart. »Wochenlang stand kein Wölkchen am Himmel, ganz untypisch für London, aber kaum sind Sie auf der Flucht, zieht ein Azorentief über die Insel.«

Stewart warf die durchnässte *Times* in einen Abfalleimer. »Das Wetter entspricht meinem momentanen Zustand. Danke, dass Sie gekommen sind, Mr Asquith.«

»Ich habe gezögert, kam aber schließlich zu dem Schluss, dass das Risiko ausschließlich bei Ihnen liegt, Sir.«

Stewart wischte sich Regentropfen von der Stirn. »Glauben Sie denn, dass ich der gesuchte Täter bin?«

»Ja, natürlich.«

»Glauben Sie auch, dass ich Lady Edith beraubt habe?«

»Ziemlich sicher.«

»Und Mrs Flack? Habe ich die Nazi-Juwelen ebenfalls gestohlen?«

»Ich gehe davon aus.«

Der Regen wurde so dicht, dass die gegenüberliegende

Straßenseite wie durch eine Wasserwand unsichtbar wurde.

»Wollen wir hineingehen?«, schlug Stewart vor.

»Sie wollen *Madame Tussauds* einen Besuch abstatten?«, entgegnete Asquith überrascht.

»Auf den Straßen sind mir zu viele Polizisten unterwegs. Dort drin kann ich mich zwischen den Wachsfiguren verstecken.« Stewart trat in die Kassenhalle. »Sie müssten mich allerdings einladen. Wegen meines überstürzten Aufbruchs fehlen mir die nötigen Mittel für die Londoner Sehenswürdigkeiten.«

Asquith seufzte über den überhöhten Eintrittspreis und löste zwei Tickets. Beim Eingang erwartete sie die *Chamber of Horrors*. Die aufgespießten Köpfe berühmter historischer Verbrecher glotzten ihnen entgegen. Hastig lief Asquith an den Abnormitäten vorbei.

»Mit solchen Exponaten hat die ehrbare Madame Tussaud ihr Unternehmen eröffnet«, lächelte Stewart. »Durchaus erklärlich, denn ihr Vater war Henker von Beruf.«

Vor einem armen Sünder, der durch die Garotte naturalistisch stranguliert wurde, blieb Asquith stehen. »Ich darf vorausschicken, meine Firma ist in erster Linie am Fall der Herzogin interessiert. Das letzte Opfer, Mrs Flack, ist nicht bei uns versichert.« Er warf einen angewiderten Blick auf die Schreckensszene aus Wachs. »Ich wundere mich, dass Sie um dieses Treffen gebeten haben, Mr Stewart. Ich hätte doch mit der Polizei im Schlepptau anrücken können.«

Stewart ging zu einem Erhängten weiter, dem die Augen aus den Höhlen quollen. »Falls ich der Juwelendieb wäre, würden Sie bestimmt nicht mit der Polizei im Schlepptau kommen.«

»Weshalb nicht?«

»Die Chance, die verlorenen Steine wiederzubekommen, ist größer, wenn wir uns unter vier Augen einigen.«

Asquith ließ den Gehängten hinter sich. »Aus welchem Grund haben Sie mich denn nun hergebeten?«

»Ich brauche Ihre Hilfe, aber ich glaube, Sie brauchen meine Hilfe noch dringender.«

»Was bringt Sie auf diese Idee?«

»Ich könnte mir vorstellen, es bereitet Ihrer Firma geradezu körperliche Schmerzen, die Versicherungssumme an Lady Edith auszuzahlen.«

»Das stimmt. Die gestohlenen Steine sind von ungewöhnlichem Wert.«

Sie verließen das Horrorkabinett und traten in den Königssaal.

»Ich könnte Ihnen helfen«, sagte Stewart vor der Darstellung Queen Elizabeths I.

»Wie?«

»Ich habe mir die Gästeliste des Savoy angesehen. Derzeit gibt es zwei weitere Kandidatinnen, auf die es der Juwelenräuber abgesehen haben könnte.«

»Nämlich?«

»Die Gattin des indischen Gouverneurs und die Frau eines schwedischen Holzfabrikanten. Soweit ich weiß, sind beide bei *Lloyd's* versichert.«

Asquith wandte sich zur Wachsfigur Heinrich VIII., dessen Kette mit falschen Rubinen geschmückt war. »Ihre Fähigkeit, an Informationen heranzukommen, übersteigt Ihre Fähigkeit, an Fassaden hochzuklettern, Mr Stewart.«

Sie schlenderten an Maria Stuart und Richard Löwenherz vorbei.

»Ich könnte dem Dieb eine Falle stellen«, fuhr Stewart fort. »Dazu brauche ich allerdings die Polizei. Natürlich kann ich Detective Smythe nicht selbst um Hilfe bitten. Aber Sie könnten das tun, Mr Asquith.«

Der Raum mit den großen Bösewichten der Weltgeschichte empfing sie.

»Werden Sie es tun?«, hakte Stewart nach.

Sinnend betrachtete Asquith die Skulptur Napoleons. »Ob der Franzose wirklich so klein war?«

»Napoleon war kein Franzose. Er stammte aus Korsika. Werden Sie es tun, Asquith?«

»Woher wollen Sie wissen, wann der Räuber wieder zuschlägt?«

»Das schwedische Paar reist übermorgen ab. Heute oder morgen Nacht hat der Täter die letzte Chance. Er wird kommen, Mr Asquith. Und ich werde ihn erwarten.«

Sie traten vor einen Mann, der erst vor Kurzem das Zeitliche gesegnet hatte und doch schon in die Geschichte eingegangen war.

»Verständigen Sie Scotland Yard, Mr Asquith. Sagen Sie Detective Smythe, dass er sich im Hintergrund halten soll. Ich will den Täter in flagranti erwischen.«

»Das Risiko liegt allein bei Ihnen.«

»Gerade deshalb habe ich die Hoffnung, dass Sie mir helfen werden.«

Sie ließen die Wachsfigur mit der Hakenkreuzbinde zurück.

»Wie wollen Sie ins Savoy hineingelangen?«, erkundigte sich Asquith auf dem Weg zum Ausgang. »Man erkennt Sie doch sofort.«

»Lassen Sie das meine Sorge sein. Ich habe eine Idee.«

18

Herzog und Köchin

Sir Tyrone ließ sich den *Guardian,* den *Daily Mirror* und die *Times* bringen. So ausgerüstet setzte er sich in der Lobby vor den offenen Kamin. Zwei Valets waren damit beschäftigt, das Feuer zu entfachen.

»In den letzten Tagen brannte hier kein Feuer«, sagte der Lord.

»Das Wetter war zu schön, Euer Gnaden«, antwortete der ältere Valet.

»Aber heute regnet es.« Tyrone nickte mit Blick auf das Grau in Grau vor der Fensterfront. »Wirklich zu schade.«

»So ist es, Sir. Wir sind angehalten, es in der Lobby gemütlicher zu machen.«

Tyrone überflog die *Mail*. Er hielt sich länger bei einem Artikel im *Guardian* auf, der über den Rücktritt des italienischen Königs Viktor Emanuel berichtete. Sein Sohn Umberto folgte ihm auf den Thron. Unsere Zeit braucht keine neuen Könige, dachte Tyrone, genauso wenig wie sie einen Herzog von Londonderry braucht. Er ließ die Zeitung zu Boden sinken. Er hätte besser abreisen und seinen Plan in die Tat umsetzen sollen. Selbst während der herrlichen Frühlingstage hatte er London kaum ertragen. Er wusste, dass es nicht an London lag, sondern an ihm selbst. Und vor sich selbst konnte niemand davonlaufen.

Sein Besuch in Julys Zimmer fiel ihm ein, diese wunderbare halbe Stunde an jenem Ort, der von Zufriedenheit erzählte. »Das stille Glück« gab es also wirklich. Als er gesagt hatte, dass ihn die Themse traurig mache und er ein leises, tristes Leben führe, hatte er sich unmöglich gemacht. Was mochte die optimistische July über ihn gedacht haben? Welches Bild hatte sie von ihm?

Das wahre Bild. Vor ihr wollte er sich nicht verstellen, wie er das in Gesellschaft seiner Mutter meistens tat. July gegenüber offenbarte er sich – vielleicht die sinnvollste Tat, seit er nach London gekommen war und die wichtigste Begegnung seit Langem. Nur wegen ihr war er überhaupt noch hier, in diesem kraftlosen Dasein, in dem »das Blut leise zirkulierte«. Welchen Unsinn sprach man aus und zugleich welche Wahrheiten, wenn man sich einem einzigen Menschen verständlich machen wollte?

July sollte ihn verstehen. Wenn sie später von seiner Tat hörte oder in der Zeitung darüber las, wollte er, dass sie es begriff. Dass er in London geblieben war, bedeutete lediglich einen Aufschub. Tyrone gönnte sich noch eine kurze Frist. Und das verdankte er July.

»Sie haben sich mit einer Menge Lesestoff eingedeckt«, sagte July Gilbert.

Da stand sie, in einem Sommerkleid von kräftiger blauer Farbe, frisch gebügelt, mit lustigen Puffärmeln. Sie hatte die Angewohnheit, sich zu kühl zu kleiden. Kein Wunder, wenn man so viel Hitze in sich hatte.

»Ich wusste nicht, wann du Zeit für mich haben würdest«, antwortete Tyrone. »Darum wollte ich mir die Zeit vertreiben.« Höflich stand der Herzog vor der Köchin auf, was von den Bediensteten am Kamin mit überraschten Blicken quittiert wurde. Er machte sogar eine kleine Verbeugung.

»Der Gemüsegang fürs Dinner ist vorbereitet«, gab sie fröhlich zurück. »Ich habe daher über eine Stunde Zeit.«

»Wunderbar.«

»Wollen wir?« Sie zeigte zu den Schwingtüren ins Freie.

»Aber es regnet in Strömen.« Tyrone griff zu seinem Überzieher.

»Der Doorman leiht uns bestimmt einen Regenschirm.« July ging voraus.

»Selbst mit Regenschirm bist du zu kühl angezogen«, rief er ihr nach.

»Mich schreckt das Wetter nicht.« Mit einem koketten Augenaufschlag drehte sie sich um. »Bei Ihnen in Nordirland soll das Wetter noch schroffer sein. Wie kommt es, dass Sie so leicht frösteln, Sir?«

Mit großen Schritten folgte er ihr. »Du hast recht. Und falls dir doch kalt wird, gebe ich dir meinen Mantel.«

»Ich danke von Herzen.« Lächelnd bediente sie die Tür.

»Was gibt es denn heute zum Dinner?« Sir Tyrone folgte July in die Nässe.

Der Doorman spannte einen Schirm für den jungen Lord auf. Die beiden Valets am Kamin begannen zu tuscheln. Die Köchin und der Herzog, wer hätte so etwas für möglich gehalten?

Angezogen lag Violet auf der Tagesdecke ihres Bettes. Lionel war unglücklich, das spürte sie deutlich. Vielen ehemaligen Berufssoldaten ging es so. Der Krieg hatte ihnen die Aufgabe geboten, England zu retten. Ihre Aufgabe war erfüllt, Großbritannien musste sich nun mit den Problemen des Friedens herumschlagen. Offiziere wurden vielerorts nicht mehr gebraucht. Lionel hatte noch Glück gehabt, dass er zu seiner zweiten Leidenschaft, der Mathematik, zurückkehren konnte. Doch es genügte ihm nicht. Er brauchte eine Herausforderung. Und er brauchte einen Menschen, der ihn bewunderte.

»Ich bewundere ihn nicht genug«, sagte sie in ihr stilles Kuppelzimmer. Was Bewunderung betraf, war Violet nicht besonders begabt. Da sie als Frau eine Männerposition einnahm, weckte sie vielmehr die Bewunderung von Männern. Ohne es sich zu wünschen, ohne dass es ihr etwas bedeutete, war Violet die Bewunderte von ihnen beiden. Das machte Lionel zu schaffen.

Sie erinnerte sich gut an die Zeit, als sein Name für sie eine andere Bezeichnung für Glück gewesen war. Mittlerweile zelebrierten beide nur noch die äußeren Zeichen ihrer Gemeinsamkeit. Sie stritten sich häufig. Aus ihrem Beisammensein war die selbstvergessene Heiterkeit verschwunden, das Gefühl, dass es sich besser anfühlte, wenn man zusammen war. Sollte Lionel Violets Partner in Kriegszeiten gewesen sein? Im Frieden harmonisierten sie nur noch selten miteinander.

Dumme Gedanken, die dem Gefühl entsprangen, dass beide etwas festzuhalten suchten, das sich mehr und mehr verflüchtigte. Es war der verzweifelte Zustand, nicht einsehen zu wollen, dass ihre schönste Zeit hinter ihnen lag. Die Sache mit Irene spielte dabei für Violet keine besondere Rolle. Oder doch? Aus den wenigen Sätzen, die er über seine Begegnung mit ihr erzählt hatte, wusste Violet, dass diese Frau in London einen Pub betrieb. Eine Wirtin. Eine Wirtin und ein Mathematiklehrer, das hörte sich nicht verkehrt an.

Was tue ich denn da?, überlegte Violet. Suche ich nach Gründen, weshalb jemand anders besser zu Lionel passen könnte als ich? Bedeutete er ihr nichts mehr? Wäre sie erleichtert, wenn er zu einer anderen Frau wechseln würde? Ihre gemeinsamen Wurzeln gingen tief. Die Zeit, die sie miteinander durchgestanden hatten, lag noch nicht lange zurück. Violet wollte nicht, dass er mit Irene anbändelte. Hatte er es schon getan? Schliefen sie miteinander? Nachdenklich schüttelte sie den Kopf. Man konnte Lionel einiges vorwerfen, aber er war ein moralischer Mensch. Er würde sie nicht betrügen. Wahrscheinlich würde er mit sich ringen und so lange loyal bleiben, bis er nicht mehr anders konnte. Dann würde er zuerst mit Violet sprechen. »Ich habe mich in eine andere verliebt«, würde er sagen. »Bitte gib mich frei.« Es würde ihr wehtun.

Wie weh würde es mir tun?, fragte sich Violet angesichts des Himmels, der sich heute mit Regenwolken verhüllte. Damit war sie bei ihrem alten Problem, der Liebe, angelangt. War sie selbst schuld an Lionels Distanziertheit? Passte Irene besser zu ihm? Violet fand die Fragen, die sie zum Nachthimmel emporsandte, abgeschmackt und kitschig. Es war ein langer Tag gewesen, sie fühlte sich hundemüde. In diesem Zustand kam die wehleidige Seite eines Menschen zum Vorschein. Es wäre ihr lieber gewesen, heute allein zu bleiben. Aber Lionel hatte sich angekündigt, und sie wollte ihm nicht absagen.

Ein Geräusch. Sie hob den Kopf: Das musste er sein. Gleich würde er bei ihr eintreten. Doch nein, das waren keine Schritte vor der Tür. Das kam von woanders her. Violet schwang die Füße aus dem Bett. Geisterte etwa Onkel Henry draußen umher? War Maxine aufgewacht? Sie lief zur Tür, lauschte und öffnete. Dunkel lag der Salon vor ihr. Sie kehrte ins Kuppelzimmer zurück. Waren es die Vögel auf dem Dach gewesen?

Violet erschrak so sehr, dass sie aufschrie. Dort stand

jemand. Er stand auf der gusseisernen Wendeltreppe, die auf das Flachdach führte. Als Kind war Violet von ihrem Großvater verboten worden, diese Treppe zu betreten. Das Blechdach war abschüssig, es gab dort kein Geländer. Heute Abend hatte jemand diese Gefahr missachtet. Wie lange beobachtete er Violet schon durch die Glaskuppel? Er hatte die Klappe geöffnet und die Wendeltreppe betreten. Schritt für Schritt kam er herunter. Violet wich zu ihrem Bett zurück.

19

Scotch oder Bourbon

»Guten Abend, Mr Stewart, alias Antoine Descoyne, Meisterdieb und Fassadenkletterer.«

Weshalb begrüßte sie den Eindringling mit diesen Worten? Weil sie sonderbarerweise keine Furcht vor ihm verspürte. Nach dem ersten Schreck sah Violet seinem unkonventionellen Besuch ruhig entgegen.

»Ich muss mich für mein Eindringen entschuldigen«, sagte er. »Ich sah nur keinen anderen Weg, zu Ihnen zu gelangen.«

»Keinen anderen Weg als über die Fassade des Savoy?«

»Es hat mich einige Kraft gekostet.« Stewart nahm

zwei weitere Stufen. »Ich bin nicht im Training, und bei Regen klettert es sich noch schwerer.«

»Was veranlasst Sie zu Ihrem Besuch?«

»Ich muss Sie unbedingt sprechen, Miss Mason.«

»Ich erwarte jemanden.«

»Wann?« Er erreichte den unteren Absatz.

»Jederzeit.«

»Könnten Sie das verschieben?«

»Wieso sollte ich?«

»Weil ich Ihnen einen Vorschlag machen möchte, der für das Savoy von Bedeutung ist.«

Sie trat neben den Nachttisch. »Ich brauche nur auf diese Klingel zu drücken, und gleich steht ein Angestellter im Zimmer.«

»Wie angenehm, dass Sie auf den Zimmerservice nicht so lange warten müssen wie Ihre Gäste.« Er sagte es mit todernstem Gesicht, doch sie entdeckte den Schalk in seinen Augen.

»Als Nächstes wird dann der Hoteldetektiv auftauchen, und ich wünsche niemandem, Bekanntschaft mit Mr Oppenheim zu machen.«

»Sie werden ihn nicht brauchen.«

Als Stewart näher kam, entdeckte sie, dass er klitschnass und schmutzig war. »Wie sehen Sie denn aus?«

»Wer das Savoy über die Regenrinne und den Blitzableiter betritt, bleibt nicht sauber.«

Angesichts seiner bedauernswerten Aufmachung seufzte sie. »Was tue ich jetzt mit Ihnen?« Violet ging ins Bad und kam mit einem Handtuch wieder.

»Danke, zu gütig.«

»Ich möchte nur vermeiden, dass Sie meinen Teppich volltropfen. Am besten ziehen Sie Ihre Schuhe aus.«

»Wenn ich mich barfuß in Ihrem Schlafzimmer aufhalte, könnte man von meinem Besuch einen falschen Eindruck bekommen.«

»Sie sind kein *Besuch*, Mr Stewart«, entgegnete sie kühl. »Sie sind ein Einbrecher. Sagen Sie, was Sie wollen, danach entscheide ich, ob ich Sie der Polizei übergebe.« Aus schmalen Augen sah sie ihn an. »Eigentlich sollte ich es tun.«

Er rubbelte sein Haar mit dem Handtuch. »Ich bin ein wenig beunruhigt, weil Sie gleich noch jemanden erwarten.«

»Das sollten Sie auch sein.«

Er gab ihr das Handtuch zurück. »Miss Mason, ich habe einen Plan, wie der Juwelendieb zu fassen ist und ich zugleich meine Unschuld beweisen kann.«

Mit dem Tuch vor der Brust stand sie da. »Ich höre.«

»Ist es möglich, Ihren Besuch zu bitten, später zu kommen?«

Der berüchtigte Juwelendieb wagte es, bei Violet einzudringen. Er ging davon aus, dass sie nicht die Polizei rief. Er machte ihren Teppich schmutzig und setzte seiner Unverfrorenheit die Krone auf, indem er verlangte, sie solle Lionel ausladen. Mehr und mehr machte Stewarts Betragen Violet wütend. Dabei ärgerte sie sich vor allem über sich selbst. Was war das nur mit Gary Stewart, dass sie ihm so viel durchgehen ließ?

»Meine Tochter schläft nebenan. Wenn sie aufwacht, kommt sie zu mir herüber.«

»Gönnen Sie mir nur ein paar Minuten, Miss Mason. Dann entscheiden Sie, ob Sie meinen Vorschlag annehmen oder nicht.«

Nachdenklich griff Violet zum Telefon.

»Wen rufen Sie an?«

Sie wählte die Hauszentrale. »Dorothy, geben Sie mir die *Secondary Kensington School.* Die Durchwahl von Lieutenant Burke, Sie wissen schon.«

Während Violet wartete, warf Stewart einen Blick in die Runde. Der japanische Paravent fing seine Aufmerksamkeit.

Sie hob den Kopf. »Lionel? Gut, dass ich dich noch

erreiche. – Nein, du bist nicht zu spät dran.« Sie atmete tief durch. Sie hätte ihm jetzt die Wahrheit sagen können: Ein Mann war bei ihr eingedrungen. Der gesuchte Juwelendieb. Sie brauchte Hilfe. Eine Frau bat ihren Partner, ihr in einer schwierigen Situation beizustehen. Es wäre das Natürlichste von der Welt.

»Ich finde, es ist heute schon ein bisschen spät«, sagte sie stattdessen. »Daher dachte ich, wir verschieben es besser auf morgen.«

Die erste Lüge. Sie empfand diese Lüge so schlimm, so falsch, als hätte sie Lionel soeben betrogen. Dort stand Gary Stewart, ernst und erschöpft. Er zeigte keine Genugtuung, weil Violet ihrem Besucher absagte. Sie dagegen fühlte sich schrecklich dabei.

»Das ist lieb, dass du es so nett aufnimmst«, sagte sie ins Telefon. »Es tut mir leid. Morgen haben wir dann wieder unser gewohntes Dinner im Kuppelzimmer, einverstanden?«

Mit einer traurigen Geste senkte sie den Hörer und legte auf.

»Danke.« Gary Stewart stand vor ihr.

»Ich weiß nicht, was ich da tue. Ich brauche jetzt etwas zu trinken. Sie auch?«

»Mir ist tatsächlich ein wenig kalt.«

Violet musterte ihn prüfend. »Mein Paravent gefällt Ihnen, nicht wahr?«

»Ein schönes Stück.«

»Wenn gleich der Zimmerservice kommt, stellen Sie sich bitte dahinter.«

»Eine gute Idee. Ich sollte auch das schmutzige Handtuch mitnehmen.«

»Richtig.« Sie gab es ihm. »Scotch oder Bourbon?«, fragte Violet.

»Das überlasse ich Ihnen.«

20

Hinreißend

Ebba, die Gattin des schwedischen Holzfabrikanten, legte ihre Ohrringe in die mit Samt ausgeschlagene Schatulle. Åle, ihr Mann, hatte ihr das Geschmeide geschenkt, nachdem sie knapp dem Tode entronnen waren. Truppen der deutschen Wehrmacht hatten die waldreiche Gegend um Edsbyn, wo Åles Sägewerk stand, auf der Suche nach Partisanen durchkämmt. Åle und seine Frau waren ins Mündungsfeuer eines deutschen Maschinengewehrs geraten. Eine Rotbuche hatte die Kugeln aufgefangen. Seitdem war diese Buche zu einem Wallfahrtsort für Åle und Ebba geworden. Manchmal saßen sie dort und plauderten über die dunkle Zeit, die hinter ihnen lag. Als Zeichen ihrer Errettung hatte Åle seiner Ebba diese Ohrringe geschenkt, die von seltenen Steinen, zwei »feurigen Hyazinthen« geziert wurden.

»Plågar vitlök dig också?«, fragte Ebba. «Det var för mycket vitlök i stekt lamm.«

Im Schlafanzug zupfte Åle mit der Pinzette Nasenhaare aus. Er widersprach Ebba, denn er fand, im Lammbraten sei nicht zu viel Knoblauch gewesen.

»Jag går och lägger mig«, sagte sie und nahm den *Stern des Nordens* ab, einen Diamanten von beachtlicher Größe, eingefasst in Platin. Dieses Schmuckstück allein war bei *Lloyd's* mit vierzigtausend Pfund versichert. Åle wollte nicht gleich zu Bett gehen und erwiderte, er werde noch ein bisschen lesen. Ebbas Armband aus achtzehnkarätigem Gold, auch ihr Smaragdring kamen ebenfalls in die Schatulle. Sie gab Åle das Kästchen aus Ebenholz und bat ihn, leise ins Bett zu kommen, weil sie, einmal erwacht, nicht mehr einschlafen könne. »God natt.« Sie hauchte ihm einen Kuss auf die Wange.

»God natt, min älskling.« Er wollte sie zärtlicher küssen, doch Ebba wandte sich ab.

»Uuh, du luktar som vitlök.« Ebba rümpfte wegen des Knoblauchgeruchs die Nase.

Åle hauchte in seine Hand und stellte fest, dass sie recht hatte. Ebba ging nach drüben und löschte das Licht. Er trug die Schatulle in den Salon und sperrte den Sekretär auf. Die Nachricht, dass die Nazi-Frau aus dem vierten Stock beraubt worden war, hatte im Hotel die Runde gemacht. War es klug, Ebbas Juwelen im Sekretär zu verwahren? Sollte Åle nicht besser den Butler kommen lassen, damit er das Kästchen im Hotelsafe einschloss? Er hatte keine Lust, den Morgenmantel überzuwerfen und auf den Bedienten zu warten. Von nebenan hörte er die gleichmäßigen Atemzüge Ebbas. Sie besaß die Gabe, sofort einzuschlafen. Åle selbst fiel das mit den Jahren immer schwerer. Nein, Ebba sollte nicht gestört werden, entschied er. Schließlich waren die Klunker hoch versichert. Er schob die Schatulle ins oberste Fach, verschloss den Sekretär und legte den Schlüssel auf den Couchtisch. Später, wenn er selbst zu Bett ging, wollte er ihn im Nachttisch verwahren.

Åle griff zur schwedischen Ausgabe von *Arc de Triomphe,* dem Bestseller von Erich Maria Remarque. Während des Krieges hatte Åle sich geschworen, nie wieder eine Zeile eines deutschen Autors zu lesen, aber der Mann schrieb einfach spannende Bücher.

Eine halbe Stunde später löschte er das Licht und

schlüpfte neben seine Frau, ohne sie zu wecken. Nach zwanzigjähriger Ehe kannte jeder von beiden die Vorlieben und Schwachstellen des anderen. Vertrauen, Verlässlichkeit und wiederkehrende Tagesrituale, so etwas mochte Åle. Mit Ebba durfte er es täglich erleben.

Der Schlüssel, ach, wie dumm, er hatte den Schlüssel für den Sekretär vergessen. Sollte er ihn drüben lassen? Wie groß war die Wahrscheinlichkeit, dass sich ausgerechnet heute Nacht ein Dieb in die Suite einschleichen würde? Die Fenster waren verschlossen, die Tür versperrt, kein Grund, übervorsichtig zu sein. Doch es war verflixt, wenn Åle einmal etwas in den Sinn kam, konnte er es nicht aus seinen Gedanken löschen. Er schob sich leise an den Bettrand, stellte die Füße zu Boden und kam so geschmeidig hoch, als wäre er selbst ein Meisterdieb. Barfuß schlich er in den Salon und stand der Gestalt in Schwarz gegenüber.

Åle wollte schreien, nicht vor Schreck, sondern aus Wut, weil der Kerl dort bereits den Schlüssel zum Sekretär herumdrehte. Doch selbst in dieser Lage war Åle ein liebender, rücksichtsvoller Ehemann, dem der Schlaf seiner Frau über alles ging.

»Hur kom du in?«, flüsterte er.

Der Einbrecher wandte sich zwar um, blieb aber

stumm. Auf dem Kopf trug er eine schwarze Maske, die nur Augen und Mund freiließ.

Åle war ein typischer Skandinavier, groß und breit gebaut, mit einem Wohlstandsbauch. Er trat dem Einbrecher in den Weg. Der Vermummte machte einen Fluchtversuch ins Bad.

»Var inte för bråttom, kompis.« Åles massiger Brustkorb schob sich dem anderen in den Weg. Mit seinen blond behaarten Händen versuchte er ihn festzuhalten. »Nu har jag dig!«

Die Gestalt schlug Åles Arme beiseite und rammte ihm den Ellbogen in den Bauch. Åle mochte ein Hüne sein, aber er hatte einen empfindlichen Magen. Er krümmte sich und torkelte gegen die Wand. Im nächsten Moment war der Unbekannte an ihm vorbei und schlüpfte ins Bad, von wo er offenbar gekommen war. Åle taumelte ihm nach. Der Einbrecher zog sich am Fenster hoch, das zu winzig schien, um dort zu entkommen. Doch ihm gelang es. Åle hielt den Fuß des Unbekannten fest. Der trat ihn mit der Kreppsohle gegen die Stirn. Fluchend rieb sich Åle den Kopf. Dieser Moment genügte dem Dieb, um zu entkommen.

Åle stieg mit dem linken Bein auf den Badewannenrand und starrte durch die kleine Öffnung ins Dunkel. Ein

Lichthof, ein Luftschacht – der klassische Weg, auf dem sich ein Juwelendieb Zutritt verschaffte. Nun, dieser Raubzug war dem Kerl vermasselt worden. Oder etwa nicht? Der Mann hatte den Schlüssel in der Hand gehalten. Wollte er ihn erst benützen oder hatte er sich schon bedient?

Åle ließ das Fenster Fenster sein, auf diesem Weg konnte er den Kerl keinesfalls verfolgen, und rannte in den Salon. Er rannte auf Zehenspitzen; Ebba hatte sich noch nicht gerührt. Der Schlüssel steckte. Vorsichtig, als könne eine Giftschlange herausspringen, drehte Åle den Schlüssel herum, öffnete das oberste Fach und fand es leer. Er war zu spät gekommen. Der Dieb hatte bereits Beute gemacht.

»Himmel, röv och tråd!«, flüsterte der Schwede, wandte sich zum Bad, zum Vorraum und griff zum Telefon. Als er den Hörer nahm, erhob sich ein Lärm, dessen Ursprung er nicht ausmachen konnte. Es schien aus dem Bad zu kommen. Åle hörte Schreie, ein Keuchen, Schläge, einen Knall, einen Sturz und hastige Schritte. Den Hörer in der Hand stand er da und wartete, was als Nächstes passieren würde.

Am anderen Ende meldete sich jemand. »Hallo? Rezeption, was kann ich für Sie tun?«

»Hallå?«, stieß Åle hervor. »Ett inbrott har ägt rum här.«

»Guten Abend, Mr Sjögren«, antwortete der Nachtportier. »Bitte verzeihen Sie, aber ich spreche kein Schwedisch. Wie kann ich Ihnen weiterhelfen?«

»Ja – ja –« Åle versuchte, sich an sein Schulenglisch zu erinnern. »Ein Mann, der stehlen«, brachte er hervor. »Stehlen. Mann. Gold, Gold, Diamant, Gold, alles stehlen.«

»Wollen Sie sagen, dass Sie bestohlen wurden, Mr Sjögren? Hat bei Ihnen ein Diebstahl stattgefunden?«

»Jo, Diebstahl, jo, schnell, Diebstahl.«

»Bitte unternehmen Sie nichts, Sir«, beriet ihn der Rezeptionist. »Ziehen Sie sich in ein sicheres Zimmer zurück, am besten ins Bad. Schließen Sie sich ein.«

»Bad, nein, Diebstahl in Bad –«

»Wie bitte, aus Ihrem Bad wurde etwas gestohlen?«, fragte der Portier erstaunt.

Åle wollte erklären, dass er sich nicht im Bad einschließen könne, weil der Dieb von dort gekommen und dorthin verschwunden sei. Darum sagte er es besonders langsam auf Schwedisch, weil er annahm, dann verstehe man ihn leichter. »Inbrottstjuven kom in genom badrumsfönstret.«

»Unternehmen Sie nichts«, wiederholte der Pförtner geduldig. »Es ist bereits jemand unterwegs.«

»Jo, jo, unterwegs.« Åle war im Begriff aufzulegen, als er ein erneutes Geräusch aus dem Bad vernahm.

»Vem är där?«, rief er, jede Rücksicht auf Ebba vergessend. Wie einen Faustkeil hielt Åle den Telefonhörer erhoben.

»Guten Abend«, sagte ein gut aussehender Mann in Schwarz. »Sind Sie Mr Sjögren?« Der Mann trat aus dem Bad. Er trug Schuhe mit Kreppsohlen. Seine Hände waren schmutzig, seine Jacke zerrissen. Eine dunkle Flüssigkeit trat an dem Riss aus. War das Blut?

»Varför kommer du tillbaka?«, brach es aus Åle hervor. »Warum – zurück – warum kommen?«

»Zurück? Was? Nein.« Der Mann hob die Hände. »Ich bin nicht der Dieb«, erklärte Gary Stewart. »Ich war dem Dieb auf der Spur. Ich habe ihn auf dem Dach erwartet. Beinahe hätte ich ihn geschnappt. Aber er hatte ein Messer. Er hat mir …« Er zeigte auf den Riss in der Jacke. »Jedenfalls ist er entkommen.«

Åle hatte endgültig genug. Ein Dieb, der in flagranti erwischt wurde und fliehen konnte, war eine Sache. Ein Dieb, der entkommen war, aber die Frechheit besaß, zum zweiten Mal im Bad einzusteigen und seine Maske abzunehmen, das war zu viel für Åle Sjögren. Das Telefonkabel mit sich ziehend, sprang er auf den überraschten Einbrecher zu und zog ihm mit dem elfenbeinfarbenen Hörer eins über den Schädel. Gary Stewart ging zu Boden wie vom Blitz getroffen.

»Tja«, keuchte Åle. »Du bad om det.«

Da der Einbrecher sich nicht mehr rührte, beschlich Åle die Sorge, er könnte ihn erschlagen haben. Am Telefonhörer klebte Blut. Åle ging auf die Knie und fasste an die Halsschlagader des Bewusstlosen.

»Vad händer här?« Ebba Sjögren stand in der Schlafzimmertür. »Vem är denna man?« Sie zeigte auf den Liegenden.

Åle bat sie um Verzeihung, weil er sie geweckt hatte. Zu weiteren Erklärungen kam er nicht. Es klopfte. Er sprang auf und öffnete. Clarence Oppenheim betrat die Suite, gefolgt von mehreren Angestellten und dem Chefbutler.

»Guten Abend.« Der Hoteldetektiv überragte sogar den Schweden. »Ist das der Dieb, Sir?«

»Dieb – jo – Dieb«, nickte Åle.

»*Dieb?*«, fragte seine schlaftrunkene Gattin.

»Tjuven«, übersetzte Åle.

»Wer hat den Mann niedergeschlagen?«, fragte Oppenheim.

»Jag«, antwortete der Schwede nicht ohne Stolz. »Jag slog honom.«

Ebba betrachtete den Mann auf dem Boden. Ein Ausdruck trat in ihre Miene, wie viele Frauen ihn bekamen, wenn sie Gary Stewart zum ersten Mal sahen. Selbst als Bewusstloser sah er hinreißend aus.

21

Nach Mitternacht

Violet fand ihren Onkel dort, wo er meistens zu finden war, in seinem Apartment, in dem es nichts weiter gab als ein Bett, einen Haken, an dem er seine Jacke aufhängte, und Hunderte Uhren. Tagein, tagaus saß Henry am Arbeitstisch und schraubte, reinigte und ölte. Unausgesetzt trug er dabei die Uhrmacherlupe im Auge, weshalb seine rechte Augenhöhle größer wirkte als die linke.

»Stewart hat den Dieb erwischt«, erklärte Violet. »Das konnte er mir gerade noch sagen, bevor Detective Smythe ihn abführen ließ.«

Henry nahm die Lupe aus dem Auge. »Wenn Stewart

den wahren Täter gekriegt hat, wieso präsentiert er ihn dann nicht der Polizei?«

»Es kam wohl zum Kampf zwischen beiden, der Dieb konnte fliehen.« Violet stand in der Tür. Es war schwierig, weiter in Henrys Reich vorzudringen, da auch auf dem Boden Uhren, Gehäuse und Werkzeug ausgebreitet lagen.

»Ich weiß nicht, Vi. Dieses Phantom von einem *anderen Dieb*, kommt dir das nicht merkwürdig vor?« Damit sie sich setzen konnte, räumte Henry seinen größten Schatz vom Bett, eine *Reverso-Tourbillon.* »Du sagst, Mr Stewart wurde im Zimmer des Schweden auf frischer Tat ertappt. Er trug eine schwarze Montur. Er ist durch den Luftschacht geklettert. Und die Juwelen sind verschwunden. Ist die Situation nicht eindeutig?«

Als Violet sich setzte, gab die *Reverso-Tourbillon* einen hellen Laut von sich. »Entschuldige. War ich das?«

»Nein. Sie schlägt alle Viertelstunden. Klingt das nicht wunderbar?«

»Sehr schön«, antwortete Violet abgelenkt. »Die Beweise sprechen gegen Stewart, ich weiß, weil der sture Mr Sjögren behauptet, dies sei der Mann gewesen, der aus dem Badezimmerfenster geflohen ist.«

»Wieso glaubst du Stewart mehr als dem Schweden?«, entgegnete Henry. »Er ist schließlich dabei gewesen. Stewart behauptet doch nur, dass er den Einbrecher auf dem Dach erwartet hat. Er könnte dir sonst was vorlügen.«

»Er wurde beim Kampf mit dem Dieb sogar verletzt.«

»Eine ungefährliche Fleischwunde. Die kann er sich selbst beigebracht haben.« Henry legte die Lupe beiseite. »Mir kommt die Geschichte von dem geläuterten Dieb, der den bösen Dieb fassen will, an den Haaren herbeigezogen vor.«

»So siehst du das also«, erwiderte Violet nach einer Pause. »Onkel –«

»Ja?«

»Mr Stewart war vergangenen Abend bei mir.«

»Was heißt *bei dir*?«

»Im Kuppelzimmer.«

»In deinem Schlafzimmer?« Henry räusperte sich, wie er es meistens tat, wenn ein Gespräch ihm zu intim wurde. »Hat er etwa versucht …?«

»Nein, nicht was du denkst. Er hat sich Zutritt verschafft, um mir seinen Plan auseinanderzusetzen.«

»Welchen Plan?«

»Er wollte dem Dieb eine Falle stellen.«

»Und das hast du ihm geglaubt? Du hast dich auf den Vorschlag eines Juwelendiebes eingelassen?«

»Er hat seit Langem mit dem Stehlen aufgehört.«

»Hörst du dir eigentlich selbst zu, Violet?« Henry schlug die Hände zusammen. »Ein berüchtigter Räuber wohnt in deinem Hotel, in dem seit Wochen Juwelendiebstähle passieren. Wenn ich nicht wüsste, dass du die Kluge und die Souveräne von uns beiden wärest und ich der dusselige Onkel bin, würde ich glauben, die Rollen sind in diesem Fall vertauscht. Was hat dich bewogen, dieser Idee zuzustimmen?«

»Sein Vorschlag klang irgendwie so … plausibel.«

»Eine bessere Lüge hätte er gar nicht benützen können, um dich in Sicherheit zu wiegen.« Henry stand auf und beugte sich zu seiner Nichte. »Ich kenne diesen Ausdruck an dir, Vi.«

»Welchen Ausdruck?« Sie wandte das Gesicht ab.

»Hast du dich etwa in den Juwelendieb verliebt?«

Das Blut schoss ihr zu Kopf. »Du spinnst ja, Onkel!«

»Spinne ich wirklich? Ich habe Augen im Kopf. Du und Lionel, ihr seid nicht mehr das pure Glück.«

»Wir sind jetzt seit drei Jahren zusammen. Da ist man eben kein jung verliebtes Pärchen mehr.«

»Schon möglich, trotzdem hat dieser Stewart es dir angetan. Er sieht blendend aus. Er ist ein dunkler Prinz, ein Abenteurer mit Vergangenheit. So jemand hat dich schon immer angezogen.«

»Wovon redest du?«, ging sie vehement dazwischen. »Wann hätte ich mich je in einen Abenteurer verliebt?«

»Als Kind war Sir Laurence, mein Vater, dein größter Held. Er hat ein wild bewegtes Leben geführt. Du hast ihn verehrt.«

»Alle Kinder verehren ihren Großvater.«

»Dann kam John«, fuhr Henry unbeirrt fort.

»John war kein Abenteurer, sondern Hausmechaniker im Savoy.«

»Falsch. Er war vor allem ein Künstler. Er wohnte auf dem Speicher des Hotels und hat dort gemalt, bei Hitze und bei Kälte. Seine verrückten Bilder haben dich beeindruckt. Du hast ihn geliebt, du hast seine Kompromisslosigkeit bewundert. Und dann kam Max, der König der BBC. Max erschuf phantastische Welten und beglückte damit Millionen Menschen. Für kurze Zeit hat dich Max in seine Traumfabrik geholt, und dafür hast du ihn geliebt. Und dann war da dieser Franzose, der Adelige, wie hieß der noch?«

»Habe ich vergessen.«

»Komm schon, wie hieß er?«

»Er hieß Omar Philibert Guillaume Marquet de la Durbollière«, rief sie trotzig. »Er war ein mieses Schwein, das mich in Berlin in Lebensgefahr gebracht hat.«

»Aber auch er war ein geheimnisvoller Mann, der dich eine Zeit lang faszinierte. Zu guter Letzt kam Lieutenant Lionel Burke, der für den britischen Geheimdienst gearbeitet hat. Ein Geheimnisträger, der in Afrika gekämpft hat, er wurde verwundet und hat sich zu dir nach London durchgeschlagen.« Henry breitete die Arme aus. »Das sind die Männer, die dich anziehen, Vi. Männer, die du liebst.«

»Hör auf!« Sie war wütend, aufgeregt und verzweifelt. Wütend, weil Henry recht hatte, aufgeregt, weil es ihr erst jetzt klar wurde, und verzweifelt, weil sie keinen Ausweg wusste. Obwohl alles gegen Gary Stewart sprach, wünschte sie sich, dass er unschuldig sein möge. Aber das Gegenteil war genauso möglich: Stewart konnte der gesuchte Räuber sein, der die Hoteldirektorin mit seinem Charme um den Finger gewickelt hatte. »Ich werde dir nicht weiter zuhören«, sagte sie.

»Das solltest du aber.« Mit einem Mal hatte Henrys Stimme einen anderen Klang. »Ich mag ein Mann sein, der nie viel geleistet hat, Violet, der zuerst im Schatten seines Vaters stand und jetzt im Schatten seiner Nichte steht. Aber ich kann sehen und beobachten, und ich verstehe eine Menge.«

»Was siehst du, Henry?«, fragte sie kleinlaut.

»Ich sehe ein, dass ich schuld daran bin, wenn sich etwas zwischen Lionel und dir verändert hat. Ich habe dir verraten, dass ich ihn mit dieser Frau gesehen habe. Ich hätte meinen Mund halten sollen. Doch nur, weil Lionel Sherry mit einer Lady trinkt, heißt das doch nicht ...«

»Das habe ich auch nicht angenommen«, ging sie dazwischen.

»Trotzdem verstärkt dieser Vorfall die Verwandlung, die Lionel in deinen Augen durchmacht.«

»Welche *Verwandlung*?«

»Aus dem Lieutenant im Geheimdienst Seiner Majestät ist ein Klassenlehrer geworden. Morgens geht er zum Unterricht, er bringt den Lümmeln Algebra bei, abends besucht er dich. Den dunklen Prinzen von damals gibt es nicht mehr.«

»Das nennt man eine normale Beziehung, Onkel. Jede Beziehung holt irgendwann der Alltag ein.«

So etwas wie Weisheit spiegelte sich plötzlich in Henrys Gesicht. »Nicht bei dir, Vi. Du führst ein Leben wie keine Zweite. Du bist die Besitzerin eines Hauses, in das die ganze Welt kommt. Die reichsten Männer, die berühmtesten Frauen, die erfolgreichsten Politiker, die skandalumwittertsten Künstler, sie alle steigen bei dir ab und suchen deine Gesellschaft. Du kennst sie persönlich, Violet. Mr Churchill liebt es, das berühmte Chunk Bread bei uns zu essen, das nur im Savoy serviert wird. Während des Luftkrieges, als die Deutschen London jede Nacht bombardierten, hast du mehrmals mit unserem König korrespondiert. Verstehst du, was ich meine? Du verkehrst mit den schillerndsten Persönlichkeiten. Hältst du meine Schlussfolgerung wirklich für so unsinnig, dass ein Mathematiklehrer deinen Ansprüchen nicht genügt?«

»Lionel ist ein wichtiger Mensch für mich! Ich liebe ihn«, widersprach sie.

»Das glaube ich dir, aber du liebst ihn eher so, wie man einen Onkel liebt, der sich in seiner Uhrensammlung versteckt. Du liebst das Besondere, Violet, das Außergewöhnliche. Du liebst Männer, die ein faszinierendes Leben führen, so wie Gary Stewart. Er klettert an deiner Fassade hoch und steigt in dein Zimmer ein. Sag mir nicht, das hätte dir nicht imponiert.«

Henry sank auf seinen Arbeitsstuhl. Selten hatte er so viel und vehement gesprochen. »Aber obwohl Mr Stewart faszinierend ist, kann er trotzdem der gesuchte Dieb sein.«

»Du hast recht«, seufzte sie. »Ich fürchte, du hast mit allem recht, Onkel.«

»Jetzt bin ich so fix und fertig, ich glaube, ich muss ein Nickerchen halten.« Er ließ den Kopf sinken.

»Ein Nickerchen?« Sie lächelte. »Es ist mitten in der Nacht. Du solltest dich zu Bett legen.«

Er warf einen Blick auf seine zahllosen Uhren. Keine von ihnen ging richtig. »Wie spät haben wir es eigentlich?«

»Kurz nach zwei.«

22

Reginalds Dilemma

Reginald Meyers akzeptierte, dass man in einer Gourmetküche wie der des Savoy ganz unten anfangen musste. Er hatte sich auch damit abgefunden, unter einer Frau zu arbeiten. In Zeiten wie diesen war die *Haute Cuisine* bedauerlicherweise nicht mehr Männersache. Aber unter diesem Drachen, diesem Biest von einer Köchin, die ihm das Leben zur Hölle machte, ertrug er die Demütigung nicht länger. Dafür hatte er nicht drei Jahre lang das *Cooking Studio Under The Auspices Of His Majesty* besucht, eine Spitzenausbildung, die seine Mutter viel Geld gekostet hatte.

Reginald war ihr einziges Kind. Einen Vater gab es seit Längerem nicht. Von klein auf hatte Mama Reginald eingetrichtert, er sei etwas Besonderes, und seit er ins Mannesalter kam, hatte sie ihm die Befürchtung genommen, er sei möglicherweise nicht besonders attraktiv.

»Frauen lieben Bäuche bei Männern«, schwärmte Mama ihm vor. »Frauen mögen es, wenn Männer nicht groß sind. Dann fühlen sie sich ihnen nicht unterlegen. Frauen finden rotes Haar bei Männern süß.«

Reginald glaubte seiner Mutter. Er wunderte sich mitunter nur, dass sie nach wie vor die einzige Frau in seinem Leben war. Mädchen machten sich nicht viel aus ihm. Deshalb hatte Reginald beschlossen, sich ebenfalls nicht viel aus Mädchen zu machen.

Wenn es da nicht diese July gegeben hätte, seine Vorgesetzte. Er hasste July Gilbert, weil sie ihn spüren ließ, wie viel er noch zu lernen hatte. Als Koch war er noch nicht präzise, nicht schnell, nicht engagiert genug. Aber musste sie ihm das ständig auf die Nase binden? Musste sie ihn vor versammelter Mannschaft maßregeln?

Reginald hasste July, und er liebte July. Das war sein Dilemma. Vom ersten Tag an, als Maître Dryden ihm die Abteilungschefin präsentiert hatte, war Reggie hin und weg gewesen. Was für eine allerliebste Lady. Das süße

Versprechen in ihren verschmitzten Augen, die Locken in dem etwas dünnen blonden Haar, die Sorgenfalte, die sich schon in ihre junge Stirn gegraben hatte! Bei der Beschreibung von Julys Mund und Nase kam Reginald vollends ins Schwärmen. Ihre Nase war eine Winzigkeit zu kurz, ihr Mund ziemlich groß; dieses Missverhältnis brachte ihn zur Raserei. Diesen Mund musste er unbedingt küssen, diese Locken zwischen seinen Fingern fühlen. Dass July einen Kopf größer war als er, kümmerte Reginald nicht besonders. Dass sie ihn herablassend behandelte, nahm er als Hinweis dafür, dass auch er ihr nicht gleichgültig war, sie es ihm aber nicht zeigen wollte. So sah sich Reginald hin- und hergeworfen zwischen Skylla und Charybdis, zwischen seinem Hass auf July, der ihn manchmal zum Küchenmesser greifen ließ, um es ihr zwischen die Rippen zu jagen, und seiner leidenschaftlichen Hingabe für die junge Frau, die täglich am Herd um ihn herumtanzte.

Anfangs hatte er sich eingeredet, er müsse nur geduldig sein, seine Zeit würde schon noch kommen. Diese Strategie drohte, sich als nutzlos zu erweisen. Ihm war ein Gerücht zu Ohren gekommen, ein schreckliches Gerücht. July hatte die Aufmerksamkeit eines Hotelgastes geweckt, aber nicht irgendeines Gastes: Der junge Herzog von Londonderry war auf sie zugetreten. Zunächst schien es nur Bewunderung für ihre Kochkunst zu sein, neulich aber hatte ein Angestellter, mit dem Reginald manchmal eine rauchte, ihm brühwarm aufgetischt, dass July mit Sir Tyrone spazieren gegangen sei. Das war nicht nur ungewöhnlich, sondern auch verboten. Das Personal hatte sich unter keinen Umständen mit Hotelgästen anders als professionell einzulassen. Überschritt July diese Grenze etwa und riskierte ihre gute Stellung damit? Getraute sie sich deshalb, so weit zu gehen, weil sie unter dem Schutz von Mrs Drake stand?

Reginald war krank vor Sorge. Wenn der designierte Duke of Londonderry seine Avancen fortsetzte, würde July über kurz oder lang ein Verhältnis mit ihm anfangen. Ein schmutziges kleines Verhältnis natürlich, denn zwischen einem Mitglied des Oberhauses und einer Köchin war eine legitime Verbindung ausgeschlossen. Und danach wäre July »beschädigte Ware«. Reginald zweifelte, ob er sich dann noch für sie interessieren könnte.

Er musste der Sache zuvorkommen. Gerüchte über erotische Liaisons im Savoy gab es viele. Darauf ließ sich keine Taktik aufbauen. Reginald wollte July weder schaden noch sie anschwärzen, aufzeigen wollte er ihr, dass sie seine Gunst besser nicht verspielen sollte. Nach und nach, so phantasierte sich Reginald das Kommende zusammen, würde zwischen ihnen Zuneigung entstehen. Er war kein schlechter Kerl, er war sogar ein großartiger Kerl, seine Mama sagte es ihm wieder und wieder. Der Tag kam bestimmt, an dem auch July diese simple Wahrheit einsehen würde.

Reggie nahm seine Frühstückspause zum Anlass, in den Personaltrakt zu gehen. Nachdem alles für das Mittagessen vorbereitet war, gab es in der Küche zwanzig Minuten, in denen jeder machen konnte, was er wollte. Meistens setzte sich July dann mit anderen Mädchen zum Kaffee, manchmal leistete der Maître ihnen Gesellschaft.

Reginald durcheilte die schmalen Korridore und hielt vor Julys Tür. Sie hatte ihm erzählt, dass sie die früheren Räume ihrer Tante bewohnte. Die Gästezimmer des Savoy waren mit *Sniphold*-Schlössern versehen, die nur mit dem Hauptschlüssel geöffnet werden konnten. Die Türen der Angestellten hatten dagegen simple *Windham*-Schlösser, ein einfacher Typus, für den im Falle des Verlusts rasch ein Ersatzschlüssel hergestellt werden konnte. Reginald hatte nichts als einen gebogenen Draht dabei. Was er vorhatte, war nicht ehrenhaft. Zu seiner Beruhigung sagte er sich, dass er es aus Liebe tat und außerdem: schließlich sah ihn ja niemand dabei. Wie erwartet, gab das Schloss rasch nach. Reginald betrat das Zimmer seiner heimlichen Liebe.

Violet Mason hatte gute Kontakte zu einflussreichen Londoner Kreisen, verlässliche, seit Jahren bestehende Kontakte. Die Leute genossen es, hin und wieder die eleganten Räume des Savoy zu besuchen und als gern gesehene Gäste behandelt zu werden. Auch Sir Ethelred Doyle, Oberstaatsanwalt Seiner Majestät, genoss dieses Privileg. Er vertrat die Krone in großen Londoner Prozessen, war wegen seiner Schärfe gefürchtet und durch die Vielzahl an Fällen meistens überlastet. Deshalb erschien es dem Oberstaatsanwalt wie eine wunderbare Fügung, als ihn Violet Mason persönlich zum diesjährigen Kostümball einlud. Der Staatsanwalt hatte ein schlechtes Gewissen, weil er seinen Hochzeitstag zwar nicht vergessen, es aber versäumt hatte, seiner Frau ein Geschenk zu besorgen. Aus heiterem Himmel bekam er nun ein herrliches Präsent für sie. Nach dem Telefonat mit Miss Mason rief Sir Ethelred sofort seine Frau an, verkaufte ihr die Einladung zum Ball als sein Hochzeitsgeschenk, nahm ihre Dankesworte entgegen und ermunterte sie, sich ein wunderbares Kostüm schneidern zu lassen.

Als das erledigt war, machte er sich an die Einlösung seines Versprechens. Miss Mason hatte recht: Der Hotelgast, den man vergangene Nacht verhaftet hatte, war des Einbruchsdiebstahls noch nicht überführt worden. Man hatte die Beute weder an ihm noch in seinem Zimmer gefunden. Es hieß, die Strenge des Gesetzes im Übermaß zu beanspruchen, wenn man Mr Stewart bis zum Prozessbeginn in Gewahrsam behalten würde. Sir Ethelred widersprach daher dem Antrag seines eigenen Staatsanwaltes und erteilte Order, Stewart gegen Kaution auf freien Fuß zu setzen. Die Kaution, und das überraschte den Staatsanwalt, wurde aus der Hotelkasse des Savoy beglichen. Sir Ethelred sah sich in seiner Bewunderung für Miss Mason bestätigt: In ihrem Haus schien der Gast tatsächlich König zu sein.

Violet holte den Untersuchungsgefangenen im Dienstwagen ab. Das Gefängnis lag im Westen Londons, die Fahrt dauerte eine halbe Stunde. Die Gedanken, die ihr unterwegs durch den Kopf gingen, hätte sie lieber beiseitegeschoben, doch so einfach ließen sie sich nicht vertreiben. Violet glaubte an Gerechtigkeit. Sie glaubte allerdings auch an die Liebe. Sie weigerte sich jedoch, zuzugeben, dass ihr Vorgehen eine Vereinigung von beidem sein könnte. Gary Stewart hatte sich persönlich in Gefahr begeben, als er Violet seinen Plan mitteilte und auch, als er sich auf dem Dach des Savoy auf die Lauer legte. Glaubte man seinen Worten, hatte er den Dieb fast geschnappt. Es wäre unsinnig gewesen, einen derart komplizierten Plan mit Violet zu teilen, sofern man lediglich an die Juwelen von Frau Sjögren herankommen wollte.

Angetrieben durch ihren Gerechtigkeitssinn hatte Violet die Bekanntschaft mit Sir Ethelred genützt und die geforderte Kaution für Mr Stewart gestellt. Doch wenn ihr Gerechtigkeitssinn der wahre Beweggrund war, warum kam Violet ständig das Gespräch mit Onkel Henry in den Sinn? Es stimmte, Violet suchte das Außergewöhnliche im Leben. Während ihrer kurzen Zeit bei der BBC hatte sie überlebensgroße Geschichten erfunden und dafür den Beifall von Max geerntet. Es stimmte auch, dass sie den grauen Alltag anstrengender fand als das kräftezehrendste Abenteuer. Ja, Onkel Henry hatte leider recht: Violet bewunderte Gary Stewart. Er war ein Mann, der etwas riskiert hatte, um den Dieb zu fassen. Er hatte

Anspruch auf Violets Unterstützung. Deshalb fuhr sie im Dienstwagen quer durch London und hielt in einer Gegend, in der sie noch nie gewesen war. In einer Seitenstraße stieg sie aus und ging langsam auf das graue Metalltor zu.

Ein Segment in dem großen Tor wurde geöffnet. Ein Polizist trat als Erster heraus, gefolgt von Mr Stewart. Gary trug immer noch das schwarze Outfit, in dem er verhaftet worden war. Sein Lächeln konnte nichts anderes bedeuten, als dass er sich freute, Violet zu sehen.

23

Das war schön

Es gab eine Regel im Savoy: Die Stunde vor dem Five-o'clock-Tea war für Violet und ihre Tochter reserviert. Wie das an jedem einzelnen Tag zu bewerkstelligen war, lag in den Händen der Angestellten. Es gab im Haus regelmäßig technische Gebrechen, es gab menschliche Gebrechen, mitunter Zwist und Anschuldigungen. Es gab Vorfälle, bei denen es nur der Autorität von Mrs Drake zu verdanken war, dass zwischen den Angestellten nicht Mord und Totschlag passierte. Es gab die unvermeidlichen Nerv tötenden Gäste, die ausgerechnet zwischen vier und fünf Uhr mit der Hoteldirektorin sprechen wollten. Bis heute war es keinem von ihnen geglückt. Bis heute hatte keine Katastrophe ausgereicht, Violets friedliche Stunde mit Maxine zu vereiteln.

Friedliche Stunde war eine ungenaue Beschreibung für das, was sich im Kuppelzimmer abspielte. »Die wilde Jagd« oder »die apokalyptischen Reiter« hätten die Vorgänge besser charakterisiert. In Maxines Alter spielten Mädchen normalerweise mit Puppen, doch sie hatte daran kein Interesse. Maxine tollte lieber rum. Sie tobte am liebsten mit ihrer Mutter und behandelte sie dabei wie ein etwas zu groß geratenes Kind. Violet empfand diese Stunde als die Befreiung ihres Tages. Üblicherweise hatte sie sich elegant, höflich, gelassen, über den Dingen stehend zu benehmen. Zwischen vier und fünf war Violet nie gelassen, sondern ausgelassen. Sie wurde zum Kind, zur Bestie, zum Fabelwesen. Sie war die große Zauberin, der kleine Muck, die Biene Sam und das Einhorn mit dem schönen Namen Gregoria. Sie wurde so kindlich, wie es sich ein Kind nur wünschen konnte. Weder sommers noch winters, auch nicht an jenem Nachmittag im Mai, ließen Violet und Maxine dieses gemeinsame Glück ausfallen.

Violet und Gary Stewart trafen zehn Minuten vor vier im Savoy ein. In der Lobby begrüßte man die Direktorin an der Seite des Gentleman, über den seit vorgestern Gerüchte umgingen. Violet und er nahmen den Fahrstuhl und betraten die Dachsuite um Punkt vier Uhr nachmittags. Maxine wartete bereits. Die Nanny zog sich zurück.

Im Auto hatten Violet und Stewart wenig, zumindest nicht über das Entscheidende gesprochen. Der Chauffeur des Savoy war ein diskreter Mann, aber Violet wollte kein Risiko eingehen.

»Das ist Maxine«, sagte sie beim Eintreten. »Und das ist …«

»Ich bin Gary. Hallo.« Er gab dem Mädchen die Hand.

»Spielst du mit?« Maxine zeigte auf das Chaos in ihrem Zimmer, in dem zwar täglich aufgeräumt wurde, doch sie war sehr gut darin, das Durcheinander in Kürze wiederherzustellen.

»Wenn ich darf.«

»Du musst. Wenn Mama jemanden mitbringt, muss er mitmachen.«

»Aha?« Ein Blick zu Violet. »Bringt sie oft jemanden mit?«

»Selten«, antwortete Maxine ernsthaft.

»Ich fühle mich geehrt.«

»Was machen wir heute?«, fragte Violet.

»Rennen. Wir rennen hin und her.«

Violet zog Jacke und Schuhe aus. »Rennen ist gut.«

»Du musst auch die Schuhe ausziehen, Gary«, befahl Maxine. »Was hast du denn für komische Sohlen?«

»Das sind Kreppsohlen.«

»Wozu braucht man Krepp auf den Sohlen?«

»Einbrecher tragen solche Schuhe«, erklärte Violet. »Damit sie an glatten Flächen hochklettern können.«

»Bist du ein Einbrecher?«, erkundigte sich Maxine.

»Eine gute Frage.« Violet beobachtete, wie Stewart die Schuhe ablegte. »Sie haben ein Loch im Socken, Gary.«

»Das tut mir leid.«

»Haben alle Einbrecher Löcher in den Socken?«, fragte Maxine.

»Nur die Meisterdiebe«, antwortete Violet an seiner Stelle.

»Dann spielen wir besser nicht *Rennen*, sondern *Einbrechen*«, bestimmte Maxine.

»Ach nein, das ... das finde ich kein gutes Spiel«, sagte Stewart.

»Einbrechen, Einbrechen!«, rief die Kleine.

»Warum nicht?«, ermunterte Violet. »Da können Sie mir gleich pantomimisch vormachen, was im Zimmer des Schweden passiert ist.«

»Ich weiß nicht, was Sie meinen.«

»Maxie, du bist die Meisterdiebin«, ging Violet über seinen Einwand hinweg. »Du kletterst über das Hoteldach. Gary versucht, dir den Schmuck abzujagen.«

»Und du, Mama, was bist du?«

»Ich bin die Polizei.«

Gary Stewart spielte mit. Er spielte den Mann mit den Kreppsohlen, der den Juwelenräuber im Savoy zu fassen versuchte. Maxine machte es ihm nicht leicht. Sie nützte ihren Heimvorteil, schlich auf leisen Pfoten hinter Vorhänge, um brüllend wieder hervorzustürzen. Was Stewart auch anstellte, es gelang ihm nicht, die Meisterdiebin zu fassen. Schließlich stellte die Polizei fest, dass Maxine Siegerin blieb. Danach war die Meisterdiebin erschöpft und verlangte nach heißer Schokolade. Violet rief nicht den Zimmerservice, sondern quirlte den Kakao in der kleinen Küche selbst.

»Haben Sie einen Verdacht, wer es sein könnte?«, fragte sie Stewart, der sich auf einen Stuhl fallen ließ.

»Verdacht ist zu viel gesagt. Ich habe einen Eindruck. Er war mittelgroß, schlank, er war kräftig. Aber er war nicht im üblichen Sinne stark. Mir ist seine …« Er überlegte. »Seine Katzenhaftigkeit aufgefallen.«

»Muss er nicht katzenhaft sein, wenn er sich durch Luftschächte zwängt?«

»Das auch, aber vor allem braucht es ziemlich viel Kraft, um eine Hausfassade zu überwinden. Es geht senkrecht in die Höhe, und es gibt kaum Möglichkeiten, sich festzuhalten. Manchmal muss man sich mit zwei Fingern in einer Vertiefung festkrallen, manchmal tragen dich nur die Zehen, oder dein Körpergewicht hängt minutenlang an einer Hand.«

»Wollen Sie mir etwa imponieren, Gary?«

»Ich hätte Ihnen vielleicht imponiert, wenn ich den Kerl gefasst hätte. So bleibt das seltsame Gefühl bei mir, dass diesem Dieb etwas Unerklärliches anhaftet.«

Violet warf einen Blick nach nebenan, wo Maxine selbstvergessen spielte. »Wo haben Sie ihn denn erwartet?«

»Ich bin ihm über die Dächer gefolgt. Er kletterte aus einem Luftschacht im Westtrakt des Hotels. Er kennt sich offenbar bestens aus und nahm den direkten Weg zu den Suiten.«

»Weshalb haben Sie ihn nicht gleich gestellt?«

»Dass jemand über ein Dach klettert, genügt nicht als Beweis. Ich wollte ihn mit der Beute schnappen. Also blieb ich am Rand des Luftschachtes und habe gewartet. Er ist im vierten Stock durch das Bad eingestiegen und hat das Fenster offen gelassen. Gleich darauf hörte ich

Stimmen. Der Schwede hat ihn auf frischer Tat ertappt. Es gab Gerangel und Geschrei. Als der Dieb nach oben entkam, habe ich ihn in Empfang genommen.«

Violet goss die heiße Schokolade in Maxines Tasse. »Wieso ist er Ihnen dann entkommen?«

»Er hatte ein Messer.«

Violet fiel ein, dass Stewart gewissermaßen ihretwegen verletzt worden war. »Entschuldigen Sie, ich habe noch gar nicht gefragt: Wie geht es Ihrer Verwundung?«

»Ganz gut.« Er fasste sich an die Rippen. »Der Gefängnisarzt kennt sich mit Messerstichen bestens aus.«

»Hat der Dieb sofort auf Sie eingestochen?«

Stewart nickte. »Er wusste, die Zeit spielt gegen ihn. Als er erkannte, dass er mich anders nicht abschütteln kann, stach er zu, rannte los, erreichte das Seil in dem anderen Lichtschacht und ist daran runtergeklettert. Er hat es sofort eingezogen. Falls Detective Smythe sich irgendwann entschließen sollte, mich nicht länger für den Dieb zu halten, könnte ich der Polizei diesen Schacht zeigen.«

»Wie geht es Ihrem Kopf?«

»Der brummt noch ein wenig.«

»Der Schwede hätte Sie nicht schlagen dürfen.« In einem plötzlichen Impuls trat Violet auf Stewart zu. »Das haben Sie großartig gemacht, Gary. Wenn es nicht so abgeschmackt klingen würde, hätte ich Lust, Sie als Held zu bezeichnen.«

»Das klingt gar nicht abgeschmackt. Sagen Sie es ruhig.«

»Mein Held.« Sie beugte sich nieder und küsste ihn auf die Stirn.

Er hob den Kopf und küsste sie auf den Mund. »Ich glaube, das ist die wahre Belohnung für einen Helden.« Er lächelte ein wenig unsicher. »Oder etwa nicht?«

»Was macht ihr denn da?« Maxine stand in er Tür.

Violet räusperte sich. »Ich belohne Gary, weil er ein Held war«, antwortete sie.

»Ich auch, ich will auch belohnt werden.« Sie rannte zur Mama. »Ich bin auch ein Held.«

Die drei Helden küssten einander, bis Maxine zufrieden war. Sie schnappte sich den Kakao und lief ins Spielzimmer.

Eine kleine, angespannte Pause entstand.

»Das war schön«, sagte Violet.

»Sehr schön.«

»Ja.«

»Ja.«

Weitere Küsse getrauten sie sich nicht zu verschenken.

24

Der dunkle Affe

»Wieso glaubt alle Welt, dass sie ungestraft Polizei spielen kann?« Detective Inspector Smythe sprang aus dem niedrigen Sessel auf. »Ich verstehe immer noch nicht, weshalb Mr Stewart nach der Tat zu dem Einbruchsopfer hinuntergeklettert ist. Mr Sjögren musste ihn zwangsläufig für den Dieb halten.«

»Stewart wollte lediglich herausfinden, ob der Raub bereits stattgefunden hatte. Wann sind Sie endlich davon überzeugt, dass er nicht der Einbrecher gewesen sein kann, Detective?«

»Das kann ich nicht.«

»Wieso?«

»Weil seine Angaben nicht stimmen. In dem Schacht, den er uns zeigte, haben wir keine Spuren gefunden. Weder Fußabdrücke an den Wänden noch Schleifspuren. Dort ist in letzter Zeit kein Mensch herumgeklettert.«

»Der Täter hatte ein Seil.«

»Das behauptet Stewart.«

»Mir scheint, es wird langsam zur fixen Idee von Ihnen, Detective, dass der Mann, der früher Descoyne hieß, unter meinem Dach Leute bestiehlt.« Violet versuchte, ihren Ärger zu unterdrücken.

»Ich halte mich lediglich an Fakten, Miss Mason. Niemand außer Stewart hat diesen angeblich *wahren Dieb* gesehen, für dessen Fluchtweg es keine Hinweise gibt. Was bringt Sie dazu, so felsenfest an Stewarts Unschuld zu glauben?«

Ich mag den Amerikaner, dachte sie. Ich mochte ihn gleich. Ich habe ihn geküsst. Er hat mich geküsst. Die Fülle ihres schlechten Gewissens schwappte plötzlich wie eine Woge über Violet zusammen.

»Entschuldigen Sie, Detective, ich muss einen dringenden Anruf machen.«

»Soll ich draußen warten?«

»Nicht nötig. Es dauert nicht lange.« Sie wählte die Nummer von Lionels Wohnung. Er hob sofort ab.

»Verzeih, dass ich erst jetzt anrufe«, sagte sie nach der Begrüßung. »Hier war wieder mal einiges los. Ich würde dich heute Abend gern sehen. Hast du denn Zeit? – Ja? Um acht bei mir? Ich lasse ein Menü nur für uns zusammenstellen. – Ja, ich freue mich auch.« Sie legte auf.

»Das war Ihr *dringender* Anruf?«, fragte Smythe erstaunt.

»Dringender, als Sie sich vorstellen können, Detective.«

»Ich muss es ihr sagen. Heute Abend muss ich es ihr endlich sagen.« Lionel schob sich ein Kissen in den Rücken.

»Wieso ausgerechnet heute?« Irene zog an der Zigarette.

»Weil Violet so lieb, so gut, so freundlich zu mir ist, und weil ich das nicht länger ertrage. Ich werde erst wieder froh sein, wenn ich es hinter mir habe.«

Sie ließ ihn an der Zigarette ziehen. »Und was bedeutet das für uns zwei?«

Er schüttelte den Kopf. Ihre Zigarettenmarke war ihm zu stark. »Was könnte es denn bedeuten?«

»Es könnte zum Beispiel bedeuten, dass es dir bald leidtun wird, diese großartige Frau verlassen zu haben.«

Er sah sie an. »Die großartigste Frau liegt neben mir.«

Sie nickte nachdenklich. »In dem Fall könnte es bedeuten, dass du vielleicht zu mir ziehst.«

Durch die Rauchwolke sah er sie an. »Zu dir?«

Sie zeigte auf den windschiefen Kleiderschrank, die abgeblätterte Farbe über dem Waschbecken, den abgetretenen Teppich. »Deine Bleibe ist ein Loch. Hier solltest du nicht länger wohnen.«

»Als ich bei der Armee war, hab ich oft einfacher gewohnt«, entgegnete er erstaunt.

»Du bist über vierzig, mein Lieber. Du hast es dir verdient, dich mal zu verbessern.«

»Ehrlich, Irene, darüber habe ich noch nie nachgedacht.«

»Dann denk mal darüber nach.« Sie stand auf und begann sich anzuziehen. »Ich meine nur, falls du es heute Abend wirklich schaffen solltest, deiner Göttin reinen Wein einzuschenken.«

»Traust du mir das nicht zu? Für so einen Schwächling hältst du mich?«

»Schwächling? Nein. Du magst es nur gerne bequem, Darling. Alle Männer mögen es bequem. Du schläfst mit mir in dieser Junggesellenhöhle, und du schläfst mit deiner Göttin im Savoy. Wieso solltest du dieses flotte Doppelleben aufgeben?«

»Sie ist keine Göttin.« Er schwang die Beine aus dem Bett. »Und ich werde sie aufgeben.« Lionel küsste Irene. »Ich gebe sie auf, für dich. Wenn du das willst.«

»Frag mich nicht, was du tun sollst, Lionel.« Irene machte sich los. »Tu es einfach. Tu endlich irgendetwas. Und danach sehen wir weiter.« Irene schlüpfte in ihre Schuhe und ging. Sie ließ einen nackten und verwirrten Lieutenant zurück.

»Ich hatte mich so darauf gefreut!« Sir Tyrone starrte auf seine Schuhspitzen.

Sie standen zusammen auf einem Korridor. Es blieb ihnen nichts anderes übrig, als sich auf einem schwach beleuchteten Flur zu treffen. Wenn sie in der Lobby miteinander sprachen, gab das Gerede unter den Angestellten. Sich erneut in Julys Zimmer zu verabreden, war inzwischen unmöglich; die Regeln des Savoy verboten Vertraulichkeiten zwischen Gästen und Personal.

»Ich habe mich auch darauf gefreut, Tyrone«, erwiderte sie. »Aber es geht leider nicht.«

»Es hätte dir bestimmt gefallen.«

Eine derart greifbare Enttäuschung hatte July noch bei keinem Menschen erlebt. »Können wir es denn irgendwann nachholen?«

»Ich weiß nicht. Ich weiß gar nicht, wie lange ich noch in London bleibe.«

»Das haben Sie schon einmal gesagt, und dann sind Sie doch geblieben.«

»Dir fällt alles so leicht!«, fuhr er sie unvermittelt an. »Du kennst keine Hindernisse, keine Schwierigkeiten im Leben. Du bist ...« Vergeblich suchte er nach Worten.

Vorsichtig berührte sie seinen Arm. »Was ist denn heute nur mit Ihnen los?« Sie wünschte, er würde sie ansehen.

»Ich habe noch keinem Menschen so einen Vorschlag gemacht«, sagte er nach einer Pause.

»Sie haben noch kein Mädchen gefragt, ob es mit Ihnen rausfährt?«

Tyrone schüttelte den Kopf.

»Ein Mann wie Sie, ich meine ... Jede Frau würde sich glücklich schätzen, wenn Sie ihr einen solchen Vorschlag machen. Jede auf der Welt.«

»Mich interessiert aber nicht jede auf der Welt«, murmelte er.

»So viel liegt Ihnen daran?«

»Spürst du das nicht?«

Sie warf einen Blick den Korridor hinunter. »Sie sind so nett zu mir, Sir Tyrone.« Ohne jeglichen Widerstand ließ er sich von ihr zur nächsten Nische ziehen. »Was ist das für ein Haus, das Sie mir zeigen wollen?«

Sobald das Thema auf diesen Gegenstand kam, wurde sein Ton lebendiger. »Es hat meiner Großtante gehört, der Duchess of Lully. Wir standen uns nahe. Seit ihrem Tod steht das Haus leer. Ich habe öfter überlegt, es zu renovieren, um dort später vielleicht selbst zu wohnen.«

»Wann später?« Es war so dämmerig in der Nische, dass sie seine Züge kaum ausmachen konnte.

»Später, wenn ich geheiratet habe. Ich ertrage Londonderry einfach nicht und unser Schloss genauso wenig.«

»Aber Sie sind der Herzog der Grafschaft. Müssen Sie in diesem Fall nicht auf Ihrem Stammsitz wohnen?«

»Ich muss gar nichts. Ich muss nicht einmal Herzog sein. Ich kann die Würde ablehnen. Mein Cousin würde den Herzogtitel als Nächster erben. Ich könnte in Surrey leben. Ich mag Surrey nämlich sehr gern.«

»Das Haus liegt in Surrey? Wie weit ist es denn von hier bis dorthin?«

»Ungefähr drei Stunden. Es liegt abseits des Weges.«

»Ich stelle es mir wunderschön vor.«

»Ja, das ist es auch.«

July seufzte. Da stand sie mit einem netten jungen Mann ihres Alters in einer Nische, wo sie niemand so schnell finden würde. Aber statt July einfach in den Arm zu nehmen, sprach der junge Mann von Großtanten, Häusern und seinem Cousin. Er sprach von einer nebeligen Zukunft, in der er vielleicht verheiratet sein würde. July wollte ihn lieber in die Gegenwart zurückholen.

»Tyrone?«

»Ja?«

»Was soll das mit uns eigentlich werden?«, fragte sie rundheraus.

»Was denn – *werden*?«

»Sie wollen sich mit mir doch nicht nur ein Haus ansehen.«

»Doch. Ich dachte, das interessiert Sie.«

Zart legte sie ihm die Hand auf den Mund. »Sei mal kurz still. Wir haben uns jetzt schon ein paar Mal getroffen. Du magst mich. Und ich mag dich. Wir brauchen uns keine Häuser anzugucken, wenn wir …« Sie hoffte, er würde verstehen. »Wenn wir ein bisschen zusammen sein wollen. Etwas Festes kann aus uns ja doch nie werden. Das weißt du so gut wie ich. Wenn du also vom Heiraten sprichst, hat das mit mir nichts zu tun.«

»Wieso?«, entgegnete er ehrlich erstaunt.

»Hör mal, Tyrone ...« Sie unterbrach sich. »Wie nennt dich eigentlich deine Mutter?«

»Mama sagt Terry zu mir.«

»Das ist hübsch. Terry, hör zu. Du glaubst doch nicht im Ernst, dass aus uns beiden ein richtiges Paar wird?«

Er fasste sie an den Schultern. »Wieso hältst du das für unmöglich?«

»Wieso? Na, weil es unmöglich ist!«

»Wir leben im 20. Jahrhundert, July. Der Krieg hat in diesem Land das Unterste zuoberst gekehrt. Heute ist alles möglich, auch dass ich ein Mädchen wie dich heirate. Wenn ich überhaupt noch etwas vom Leben erwarte, dann ist es genau das.« Er hielt inne. »Aber natürlich nur, wenn du es auch willst.«

Sie trat einen Schritt zurück. »*Wenn du noch etwas vom Leben erwartest*, was soll das heißen? Du bist zwanzig, Terry. Du bist reich, gesund, du kannst das glücklichste Leben führen.«

»Vielleicht, ja, wenn ich so beschaffen wäre wie du. Dann wäre alles möglich. Aber ich bin es nicht.«

»Was bist du denn? Wer bist du, Terry?«

»Ein Gefangener. Ich bin der trostloseste Mensch. Spürst du das nicht? Manchmal schaffe ich es morgens kaum aus dem Bett. Es gab Zeiten, da bin ich wochenlang nicht aus meinem Zimmer gekommen. Man hat mir das Essen vor die Tür gestellt. Ich wollte …« Aus riesigen Augen sah er sie an. »Bevor ich dich getroffen habe, wollte ich sterben, July. Ich hatte es fest vor. Ich wusste auch schon wie. Ich konnte mir nicht mehr vorstellen, wie ich es noch Jahr um Jahr weiter ertragen sollte, zu leben. In mir sitzt dieser dunkle Affe, der mich in den Abgrund zieht. Der Affe sagt, dass es besser wäre, dieses unsinnige Leben zu beenden, bevor sich mein Geist so weit verdüstert, dass meine Eltern gezwungen sind, mich in eine Anstalt zu sperren.«

»Terry – Terry, um Gottes willen!« Sie schob ihre Arme unter seine Achseln und drückte ihn ganz fest an sich.

»Verzeih, dass ich dir zumute, dir diese Geschichten anzuhören. Verzeih mir, dass ich mich in dein Leben dränge.«

»Ich bin gern bei dir, Terry. Ich weiß nur nicht, ob ich die Richtige bin, dich aus deiner dunklen Welt herauszuziehen. Dein dunkler Affe scheint eine große Macht über dich zu besitzen.«

»Wenn es irgendjemand kann, dann bist du das«, flüsterte er. »Ich habe mich so auf unseren gemeinsamen Tag gefreut.«

July machte sich los. »Ich verstehe. Jetzt verstehe ich dich voll und ganz.«

»Was meinst du damit?«

»Der Grund, warum ich dir sagte, dass ich nicht mitkommen kann, liegt darin, dass mein unnützer Assistent Reginald nicht zum Dienst erschienen ist.«

»Assistent, ich verstehe nicht …«

»Der Taugenichts ist seit gestern verschwunden. Keiner hat ihn gesehen. Er war nicht auf seinem Zimmer. Nicht einmal seine Mutter weiß, wo er sein könnte.«

»Ja, und?«

»Verstehst du nicht? Wenn Reginald nicht an meiner Stelle das Gemüse zubereitet, kann ich mir keinen freien Tag nehmen.«

»Es liegt also am Gemüse, dass wir nicht wegfahren?«

»Ja, ist das nicht zum Schießen?« Sie lachte und überlegte gleichzeitig. »Ich sag dir was, Terry: Das ist mir egal. Du willst mir ein Haus zeigen, schön. Wir waren fest verabredet. Schön. Wenn Reginald einfach verschwinden kann, wieso soll ich das nicht auch können?«

»Riskierst du damit nicht deine Stellung?«

»Der Maître mag mich. Er weiß, dass er so eine Kraft

wie mich nicht so schnell findet.« Sie stieß die Luft aus. »Und wennschon! Dann essen die feinen Herrschaften im Savoy heute eben mal Dosengemüse. Schmeckt auch nicht schlecht.«

»Ich möchte nicht daran schuld sein …«, entgegnete er besorgt.

»Du bist an gar nichts schuld, Terry. Wir sehen uns heute dieses Haus in Surrey an, ganz egal, ob wir später heiraten und darin wohnen werden.« Sie lachte. »Mach dir keinen Kopf, Terry. Ich spreche mit meiner Tante. Mrs Drake hat im Hotel einen ziemlichen Einfluss. Vor der kuscht sogar Maître Dryden. Ich rede mit ihr, und dann ziehe ich mich um. Und schon kann es losgehen.«

»Oh July, July!« Vor Glück fasste sich Tyrone an die Stirn.

»Lass uns keine Zeit verlieren«, ermunterte sie ihn. »Wir wollen nicht länger auf diesem muffigen Korridor rumstehen, wo wir schon bald das herrliche Surrey genießen können!«

Sie lief den Korridor hinunter. »Ich sehe dich draußen!«

»July«, flüsterte Sir Tyrone. »O Gott, ich danke dir. Danke dir für diesen Menschen.«

25

Aus der Dose

Selten hatten sie so wenig gesprochen wie an diesem Abend, als sie vorhatten, alles zu besprechen. Violet wollte es Lionel leicht machen und machte es damit nur schwerer. Sie versuchte sich selbst einzureden, dass ihre Aussprache nichts, aber auch gar nichts mit dem Kuss von Mr Stewart zu tun hatte. Beide wollten vernünftig sein und benahmen sich wie Kinder, die zwar wussten, wie das Spiel ging, die das Gefühl dafür aber verloren hatten.

Gab es ein bestimmtes Benehmen bei Traurigkeit oder eine Verhaltensregel für Ausweglosigkeit? Gab es etwas

Quälenderes als zwei Menschen, die vieles gemeinsam hatten, aber spürten, dass ihre Zeit ablief? Die Zeit war nicht zu besiegen. Entweder man floss mit ihr, oder man ging unter.

»Willst du noch von den Möhren?« Sie tat sich selbst auf.

»Nein, danke.«

»Schmeckt es dir nicht?«

»Wann hat mir ein Menü vom Maître je nicht geschmeckt?« Er schnippelte an seinem Steak.

»Nur die Möhren –« Violet kaute nachdenklich.

»Stimmt. Die Möhren schmecken irgendwie …«

»Als wären sie aus der Dose.« Sie kostete noch einmal. »Das kann unmöglich sein. July Gilbert würde eher sterben, bevor sie uns Dosengemüse vorsetzt.«

Beide kauten langsam, um sich nicht anmerken zu lassen, dass ihnen der Konversationsstoff ausging. Wie gewohnt saßen sie nicht am Esstisch im Speisezimmer, sondern auf Violets Bett. Meistens kam ihnen das gemütlicher vor, auch verwegener, weil sie sich nach dem Essen, häufiger aber davor, einfach nach hinten rollen ließen und Liebe machten. Der Serviertisch, der mittels Lastenaufzug hochgeschickt worden war, wurde vor das Bett gerollt, die Silberhaube vom Essen genommen, und schon ging ein genussvolles Dinner los. Heute jedoch saßen zwei versteinerte Menschen auf der Bettkante und aßen, als wäre es ihre Henkersmahlzeit.

Da sich keine weitere Bemerkung zu den Möhren machen ließ, holte Lionel tief Luft. »Ich schlafe seit mehreren Wochen mit Irene Dermott«, sagte er.

Als Violet sich diese Situation neulich vorgestellt hatte, war sie zu dem Ergebnis gekommen, dass Lionel nichts mit Irene anfangen würde, solange er mit Violet zusammen war. Schlimmstenfalls hatte sie ein Geständnis erwartet, in der Art: Er habe lange mit sich gerungen, sehe nun aber keinen anderen Weg mehr, als sich zu seinen Gefühlen zu bekennen. »*Ich liebe dich noch*«, hatte sie zu hören erwartet. »*Aber bitte gib mich für die andere frei.*«

»So lange schon?«, antwortete Violet überrumpelt.

»Ja. Gleich bei unserer zweiten Begegnung habe ich mit Irene die Nacht verbracht.« Lionel wirkte fast erleichtert, weil er es endlich über die Lippen gebracht hatte.

»Wie oft habt ihr schon miteinander geschlafen?«, fragte sie überfordert.

»Jede Nacht, die ich nicht bei dir war.« In seiner Verlegenheit spießte Lionel eine Dosenmöhre auf.

»Jede Nacht? Das ist …« Sie suchte nach einem Wort,

mit dem sie ihre berühmte Gelassenheit in Krisenzeiten demonstrieren wollte. »Das ist sportlich.«

Violet wollte einen Schluck trinken, merkte aber, wie stark ihre Hand zitterte und stellte das Glas wieder ab.

»Ich kann nicht anders«, entgegnete er. »Irene kann auch nicht anders. Wenn wir uns begegnen, müssen wir miteinander ins Bett gehen.« Er legte das Besteck zusammen. »Kennst du das, wenn man einer Sache so vollkommen ausgeliefert ist? Nein, ausgeliefert ist der falsche Ausdruck. Animalisch, das trifft es besser. Es ist animalisch zwischen uns.«

Es war dumm und erbärmlich, Vergleiche in der Liebe anzustellen, doch Violet zwang ihn zu so einem aussichtslosen Vergleich. »Und bei uns? Wir war es bei uns?«

»Mit uns war es schön. Jedes Mal. Leicht und entspannt. Und schön.«

»Meinst du, so *schön* wie ein freier Vormittag? Oder wie ein Stück Rhabarberkuchen? Oder meinst du diese Art von *schön,* wenn man ein lachendes Kind beobachtet?«

Sie hätte sich die Zunge abbeißen mögen. Lionel brachte sie dazu, schnippische Bemerkungen zu machen, die doch nur zeigten, wie verletzt sie in Wirklichkeit war. In diesem Moment konnte Violet nicht anders, als sich alles vorzustellen. Wie sich Irenes und Lionels Lippen ineinander saugten, wie sie an den Kleidern des anderen zerrten und, weil das nicht schnell genug ging, sich halb ausgezogen in sein oder ihr Bett warfen. Aber warum das Bett?, dachte Violet selbstzerstörerisch. Es gab auch noch den Küchentisch oder die Fensterbank oder die Liebe auf einem Stuhl! Sie sah es genau vor sich, wie er seine alte Flamme küsste und mit ihr Dinge tat, die das Wort *animalisch* beschrieb.

»Und du?« Lionel zündete sich eine Zigarette an.

Nicht, dass es ihr viel ausgemacht hätte, der Rauch verzog sich rasch zur Kuppel, aber er hätte sie wenigstens fragen können. Sie stellte ihm einen Unterteller als Aschenbecher hin. »Was, und ich?«

»Mir kam vor, als wärst du in letzter Zeit oft erleichtert, wenn ich nicht hier übernachtet habe.«

»War das dein Eindruck?«

»Ehrlich gestanden, ja.«

»Vermutlich habe ich gespürt, dass du nicht wirklich bei mir warst. Du hast dich eben nach *animalischeren* Umarmungen gesehnt.« Sie schickte ein Lachen hinterher, mit dem sie zeigen wollte, dass sie über solchen Albernheiten der Liebe stand. Doch das Lachen erstickte ihr im Hals. Es war das traurigste Lachen ihres Lebens.

Er blies den Rauch nach oben. »Du weißt besser als ich, wie sich das anfühlt, weil du mehr Erfahrung in diesen Dingen hast.«

»Was für Dinge?«

»Irene und du und ich, ein Dreiecksverhältnis. Ich habe so etwas noch nie erlebt.«

Am liebsten hätte sie ihm die Zigarette in den Hals gerammt. »So siehst du das also?«

»Wie sonst?«

»Normalerweise nennt man es eine Affäre.«

Um Gottes willen, was tat sie denn da? Kämpfte sie etwa um ihre Beziehung? War dies das verzweifelte Aufbegehren eines Menschen, der nicht verlassen werden wollte? Mehr und mehr verlor Violet ihre Fassung.

»Sei ehrlich, Vi. Du hast es die letzten Male doch auch nicht genossen. Ich glaube, du hattest die gleichen Zweifel wie ich.«

Das schlug dem Fass den Boden aus. Er forderte auch noch Absolution von ihr. Sie sollte ihm jegliches Schuldgefühl nehmen. Lionel wollte, dass sie als Freunde auseinandergingen. In diesem Fall könnte er nach wie vor ins Hotel kommen und mit Violet zu Abend essen. Das Dinner im Savoy war den Kochkünsten Irenes wahrscheinlich vorzuziehen. Aber den Gefallen tat sie ihm nicht. Wenn er Schmerzen austeilte, sollte er auch seinen Anteil daran haben.

»Ich hatte nicht die *gleichen Zweifel* wie du, Lionel. Denn ich erfahre gerade erst davon, dass du jede freie Nacht mit einer anderen Frau zusammen warst. Ich erfahre erst jetzt, dass du dich bei Irene in einen Urwaldmenschen verwandelst, der sich auf die Brust trommelt und nicht mehr geradeaus denken kann.«

»Vi, was hast du denn plötzlich?« Er rückte von ihr ab.

»Hör auf, mich Vi zu nennen!«

»Entschuldige. Violet. Ich dachte nicht ...«

»Das ist es: Du dachtest gar nichts! Du dachtest, du kommst mit deiner Beichte einfach davon. Aber ...«

Was sollten denn die Tränen in diesem Augenblick? Ausgiebig weinen konnte sie doch auch noch, sobald er draußen war. Doch es half nichts. Die salzigen Zeugen ihrer Verwirrung flossen.

Und Lionel tat das Unmöglichste, was er in diesem Moment tun konnte. »Komm mal her«, sagte er und nahm sie in den Arm.

»Lass das.« Sie wehrte sich. Wehrte sich nicht stark genug.

»Du bist eine unglaubliche Frau.« Er spielte das Cello des verständnisvollen Liebhabers.

»Ich bin eine *unglaubliche* Frau?« Sie lehnte den Kopf zurück. »Was ist das, ein Todesurteil?«

»Es ist so viel passiert in den letzten Jahren.«

»Wir hatten Krieg, das ist passiert.«

»Ich meine, mit uns. So viel ist zwischen uns geschehen, dass ich finde, es wäre gut, und zwar für uns beide, wenn wir die Sache für eine gewisse Zeit ruhen lassen.«

»Du meinst, du tobst dich bei Irene aus, behältst mich aber als Ausfallshaftung, falls es zwischen euch nicht klappt?«

»Nein, so meine ich es nicht.« Er setzte den Hundeblick auf. »Das waren schwierige Jahre für mich, Violet, die ganze Umstellung. Von einem Tag auf den andern war ich kein Offizier mehr, sondern ein Pauker. Ich habe durch diese Umstellung viel gelernt. Ich weiß jetzt auch mehr vom Leben und was ich mit meinem neuen Leben anfangen will ...«

Sie sprang auf. »Lass mich dir eines sagen, Lionel: Du weißt einen Scheiß. Du kommst zu mir, isst meine Karotten, machst dein Geständnis und meinst, damit bist du aus dem Schneider?«

»Ist es nicht besser, offen und ehrlich die Wahrheit zu sagen?«

Am liebsten hätte sie ihn geschlagen. Doch weil das

keine Lösung war, lief Violet ein paar Schritte. Sie selbst hätte Schläge verdient, weil ihr dummer Stolz, ihr unerklärlicher Trotz sie dazu brachte, Argumente *für* die Gemeinsamkeit mit Lionel zu suchen, statt drei Kreuze über diese verlorene Beziehung zu machen.

»Liebst du mich?«, fragte sie aus gebührender Entfernung. Selbst unter normalen Umständen wäre diese Frage kaum zu beantworten gewesen. Liebe in ihrer puren Form gab es nicht. Es gab Schutzbedürfnis, Wärme, Hunger nach Nähe, Leidenschaft und vieles mehr, aber wer hatte die reine Liebe schon erlebt?

»Ich bin nicht sicher«, antwortete er.

Sie lachte, weil ihr so hundeelend zumute war. »Du kannst mir nicht einmal *das* sagen? Verdammt, Lionel, was wolltest du denn hier als Nächstes tun? Deinen Pyjama aus meinem Schrank holen und die Zahnbürste aus dem Bad? Wolltest du mir eine Verlobungskarte schicken, mit dem Bild von dir und Irene vorne drauf?«

»Ich hatte keine Ahnung, wie dieser Abend verlaufen würde. Ich habe nichts weiter getan, als dir die Wahrheit zu sagen.«

»Blödsinn!«, schrie sie. »Wenn du Schluss machen willst, tu es anständig. Ich will meinen Schmerz jetzt gleich haben, heute Abend, ein für alle Mal. Dieses halbherzige Ende mache ich nicht mit! Ich will nicht wochenlang daran rumknabbern, nur weil du nicht genügend Eier in der Hose hast, um zu sagen: Ich verlasse dich, Violet!«

Lionel drückte die Zigarette auf dem Unterteller aus. »Du hast recht. Ich nehme am besten meinen Schlafanzug mit und die Zahnbürste.«

»Ja, mach das.« Sie wandte sich zur Wendeltreppe. Nicht, weil es dort irgendetwas zu sehen gab, sondern weil er nicht mitkriegen sollte, dass sie wieder weinte. »Was wolltest du denn hier die ganze Zeit?«, fragte sie kaum hörbar. »Was wolltest du bei mir?«

»Ich fand es wunderschön. Bei dir. Mit dir.« Zwischen Kleiderschrank und Wendeltreppe blieb er stehen. »Du bedeutest mir immer noch viel, Vi ... Ich meine, Violet.«

Sie zog die Nase hoch. »Komm mir jetzt nicht auf die nette Tour. Ich soll dein Spiel mitmachen, bei dem wir uns wie Freunde verhalten, damit du aus dieser Tür rauslaufen und dich dabei auch noch gut fühlen kannst. Falls Schluss ist, dann soll es ein richtiger Schluss sein. Sag es, Lionel.« Sie trat vor ihn. »Sag es. Jetzt.«

Er stand da, fuhr sich durch das Haar, sagte aber nichts. Violet zitterte. Das Telefon klingelte.

Sie spürte sein erleichterndes Aufatmen. Das Telefon hatte ihn gerettet. Sie ging zum Bett und nahm ab.

»Ja? – Wer? – Reginald Myers, wer ist das? – Ach ja, ich weiß schon, das ist der neue Aushilfskoch. Was ist mit ihm? – Seine Mutter ist hier? Wissen Sie, wie spät es ist, Dryden? – Können Sie das nicht regeln?« Sie sah Lionel an. »Ich komme. Geben Sie mir zehn Minuten.« Sie legte auf.

»Was ist?« Er hatte sich nicht gerührt.

»Einer unserer Köche ist verschwunden. Seine Mutter ist bei Dryden im Büro und schreit dort Zeter und Mordio.«

»Verstehe.«

»July Gilbert ist heute Abend ebenfalls nicht zum Dienst erschienen.« Violet steckte ihre Bluse in den Rock. »Deshalb hat es Dosenmöhren zum Dinner gegeben.« Sie angelte ihre Schuhe unter dem Bett hervor. »Ich muss runter.«

»Ja, klar.« Er stand wie angewurzelt da.

»Wenn ich wiederkomme, wäre es nett, wenn du gegangen bist.«

»Ja, natürlich.«

Violet warf einen Blick zum Kleiderschrank. Sie war sicher, hinterher würde Lionels Schlafanzug nicht mehr da sein.

BALL IM SAVOY

26

Ein glücklicher Tag

Am Nachmittag desselben Tages, bevor Violet und Lionel das Dinner im Kuppelzimmer einnahmen, fuhren der designierte Herzog von Londonderry und July, die Köchin, über Land. Sie tauchten in die Grafschaft Surrey ein, fuhren von Wescott weiter in die Ortschaft Wotton, nahmen bei Abinger Hammer die Linkskurve, die sie Richtung Sutton Abinger brachte und erreichten schließlich Abinger Green. Von hier aus ging es durch eine waldreiche Gegend, an deren Ende das Dorf Ewhurst lag.

»Wieso Ewhurst?« Tyrone stieg auf die Bremse. »Sollten wir denn überhaupt bis Ewhurst fahren?«

»Ich weiß nicht, Terry«, antwortete sie.

»Was sagt die Landkarte?«

In London hatte Sir Tyrone einen Wagen gemietet. Zuerst hatte ihm die Firma eine elegante Limousine angeboten, aber der Duke wollte bei dem herrlichen Wetter lieber einen *Open Two-Seater* fahren. Der einzige offene Wagen, der zur Verfügung stand, war ein *SS* aus dem Jahre 1943. Die Autofirma hatte sich seit 1945 zwar in *Jaguar* umbenannt, doch die älteren Modelle fuhren noch unter dem alten Logo. Die Konnotation mit Hitlers *Schutzstaffel* erlebte im Königreich Anfeindungen. SS-Modelle wurden beschmiert, man hatte ihnen die Reifen aufgestochen oder die Scheiben eingeschlagen.

»Es besteht diesbezüglich tatsächlich eine gewisse Gefahr«, sagte der Autoverleiher. »Ich möchte Euer Gnaden empfehlen, ein anderes Fahrzeug zu nehmen.«

»Keine Sorge«, beruhigte ihn Tyrone. »Wir fahren nach Surrey, vorwiegend durch dünn besiedeltes Gebiet. Ihr Wagen wird dort höchstens durch seine Schnittigkeit auffallen.« Lächelnd unterschrieb er die Papiere.

Beim Einsteigen strich July über die geschwungene Flanke des Sportwagens. »Du fährst ihn selbst?« An seiner empörten Miene erkannte sie den Fauxpas.

»Selbstverständlich. Ich fahre wie der Wind. Ich bin schon immer wie der Wind gefahren.«

»Natürlich, ich freue mich, von dir chauffiert zu werden«, lenkte sie ein.

»Was für eine Frage, ob ich selbst fahre!«, äffte er sie nach. »Ich möchte mal wissen, wie in einen Zweisitzer noch ein Fahrer reingepasst hätte.« Tyrone schwang sich auf die rechte Seite und löste die Handbremse.

Der Autoverleiher trat noch einmal heran. »Euer Gnaden, wenn Sie bedenken wollen, mit der Kupplung etwas vorsichtig zu sein.«

»Schon gut. Ich weiß, wie eine Kupplung funktioniert.«

»Zwischen dem zweitem und dritten Gang ...«, wollte der Angestellte noch sagen, doch Tyrone ließ den 3,8-Liter-Reihensechszylinder aufheulen, legte den ersten Gang ein und nahm die Rampe zur Ausfahrt. Der Angestellte sah dem Herzog besorgt nach.

»Wir fahren ein Nazi-Auto«, rief Tyrone fröhlich, während sie noch im Stadtgebiet waren.

July band ein Kopftuch um. Bei Tyrones Tempo riss der Wind sonst an ihrem Haar. »Wieso?«

»Die englische Firma SS hat die Karosserie bei den Bayerischen Motorenwerken abgekupfert. Der BMW 328 sieht genauso aus. Und der wurde im Auftrag der Nazis gebaut.«

»Woher weißt du das alles?«

Er schmunzelte. Wenn July sich nicht täuschte, war es das erste Mal, dass er diesen verschmitzten Zug an den Tag legte. Tyrone schien glücklich, draußen zu sein, glücklich, sich ganz nach eigenen Wünschen fortzubewegen. Es gab keinen Diener, keinen Fahrer, niemanden, der unausgesetzt um sein Wohl besorgt war. Im Augenblick war er ein junger Mann, der mit einer jungen Frau eine Spritztour in einem sündhaft teuren Auto machte. Vielleicht war es die Bewegung an sich, die Tyrone diese Offenheit verlieh. An Orten zu sein, wo jeder ihn nach seinem Rang behandelte, lähmte ihn und ließ ihn versteinern. Doch solange er an den anderen Menschen vorbeihuschte, war er einer von ihnen.

»Mit Autos kenne ich mich aus«, antwortete der Lord.

Plötzlich krachte und knirschte es im Getriebe.

»Was war das?«, fragte July erschrocken.

»Die Kupplung«, erwiderte er sonnig. »Zwischen dem Zweitem und Dritten ruckelt sie.«

»Was machen wir da?«

»Gar nichts.« Er warf ihr einen Blick zu. »Die Kupplung ist nur ein Hilfsmittel, musst du wissen. Man kann die Gänge auch direkt schalten.«

»Direkt?«

»Pass auf.« Ohne das Kupplungspedal zu treten, riss Tyrone den Schalthebel in den nächsthöheren Gang. Der SS schnurrte in die Kurve. »Voilà.«

»Großartig.« Sie lehnte sich zurück.

Hinter Ewhurst blieben sie stehen und studierten die Karte gemeinsam. Tyrone tippte auf einen Punkt. »In Ewhurst Green hätte ich abzweigen sollen. Warum hast du mir das nicht gesagt?«

»Ich bin mit dem Kartenlesen nicht vertraut.«

»Macht nichts. Wieso solltest du dich auch in Surrey auskennen? Wir machen Folgendes.« Sein Finger strich die Karte entlang. »Wir nehmen die Route über Rudgwick bis Clemsfold. Von dort ist es nicht weit bis Oakwoodhill.«

»So machen wir es«, sagte July, ohne die geringste Ahnung zu haben, was er meinte.

Tyrone legte den ersten Gang ein. Sie verließen Ewhurst, fuhren im zweiten Gang gesittet durch Ewhurst Green. Kurz vor Rudgwick riss Tyrone den Schalthebel schnittig in den dritten Gang. Das Krachen und Krächzen war lauter als sonst, es war unwiderruflich und endgültig. Der Wagen schlingerte, da er im Leerlauf nicht vom Motor angetrieben wurde. Tyrone versuchte, einen Gang einzulegen, doch der SS versagte ihm den Dienst.

»Ich verstehe das nicht«, sagte der Herzog, nachdem sie am Straßenrand ausgerollt waren.

»Der Mann in London wollte dir noch etwas über die Kupplung sagen«, gab sie zu bedenken.

Er schnitt ihr das Wort ab. »Ich weiß. Aber daran kann es nicht liegen. Ich weiß, wie dieses Auto zu fahren ist.« Tyrone gab im Leerlauf Gas. Der Motor schnurrte, ließ sich aber nicht mehr mit dem Getriebe verbinden. »Die haben uns einen schadhaften Wagen angedreht«, fasste der Herzog die Lage zusammen.

»Und jetzt?«, fragte July vorsichtig.

»Hier muss es doch irgendwo …« Er zeigte in die Runde. »Eine Werkstatt geben.«

Nichts als Wald, Felder, Weiden und Schafe, so weit das Auge reichte.

»Bestimmt gibt es eine Werkstatt«, ermunterte July ihn. »Ich könnte losgehen und sie suchen.«

»Nein. Das ist Männersache.« Tyrone stellte den Motor ab.

»Ich mag hier nicht allein sitzen bleiben.«

»Dann gehen wir besser zusammen.« Er öffnete die Fahrertür.

Sie stieg auch aus. »Eine Landpartie? Das wird sicher nett«, sagte sie, so heiter sie konnte. July bemerkte die Schweißperlen auf seiner Stirn und die zusammengekniffenen Lippen. Sie fragte sich, wie Sir Tyrone, der kommende Duke of Londonderry, mit dieser Situation umgehen würde.

Ein Pferdefuhrwerk wurde ihr nächstes Transportmittel. Auf halbem Weg nach Clemsfold gab Tyrone dem Bauern, der sie bis zu seinem Hof mitgenommen hatte, ein Entgelt. Dort telefonierte er mit London und gab bekannt, wo die Autofirma den SS abholen sollte.

Zu Fuß zogen sie weiter. Auf der Straße nach Clemsfold nahm ein Traktor sie mit. In Clemsfold hatten sie Glück, weil dort gerade der Bus hielt. July und Sir Tyrone setzten sich in die hinterste Reihe.

Sie war überrascht von Terrys Beharrlichkeit, hatte sie doch angenommen, bei so vielen Widrigkeiten würde er aufgeben und sich abholen lassen. Nun war das Gegenteil eingetreten. Ausgerechnet hier, wo er auf sich allein gestellt war, erwachten Tyrones Lebensgeister.

»Als Junge bin ich die Strecke oft gefahren«, sagte er

im Bus. »Das ist die Verbindung von Horsham nach Crawley. Jedes Mal, wenn mein Vater in Horsham zu tun hatte, setzte er mich in den Bus zu Tante Meredith.«

»Wie alt warst du da?«

»Neun Jahre.«

»Du bist mit neun allein im Bus gefahren?«, fragte sie ungläubig.

Lächelnd sah er sie an. »Du hältst mich für ein hoffnungslos verweichlichtes Prinzenkind. Wieso auch nicht? Bisher habe ich mich dir gegenüber genau so verhalten.« Er sah aus dem Fenster. »Mein Vater, der ist schon in Ordnung, weißt du. Er sieht die Welt in der richtigen Perspektive. Natürlich nützt er unseren Status aus, um gewisse Dinge im Oberhaus durchzusetzen. Nordirland und Londonderry werden im Parlament stiefmütterlich behandelt. Aber mein Vater weiß, wie es im wirklichen Leben zugeht. Deshalb hatte er kein Problem, seinen Jungen im Bus nach Oakwoodhill zu schicken. Außerdem –« Wieder dieses verschmitzte Lachen. »Außerdem liegt die Bushaltestelle direkt vor Tante Merediths Anwesen.« Er schaute nach vorn. »Es ist jetzt übrigens nicht mehr weit.«

July lehnte sich an ihn. »Ich bin froh, dass wir das gemacht haben. – Hinausfahren, meine ich.«

»Ich auch. Ich hätte uns nur gewünscht, nicht so oft umsteigen zu müssen.«

»Ich finde das gerade schön.«

»Hoffentlich gefällt dir das Haus.«

»Wie kommt es, dass du zu deiner Großtante so eine nahe Beziehung hattest?«

»Weil es dort Katzen gab«, antwortete er.

»Wie bitte?«

»Weißt du denn nicht, was das Leben eines kleinen Herzogsjungen vom ersten Tag an bestimmt?« Er sah sie ernst an.

»Was denn?«

»Hunde. Hunde und Pferde. Kaum bist du der Wiege entwachsen, kriegst du deinen ersten Hund. Und kaum kannst du laufen, kommt dein erstes Pony dazu. Später dein erstes Reitpferd. Gemeinsam mit Hund und Pferd nimmt dich dein Vater irgendwann auf die erste Jagd mit. Und so geht das immer weiter. Hunde und Pferde begleiten unser ganzes Leben.«

»Aber du hast Katzen lieber?«

»Sind das nicht großartige Wesen? Ihre Geschmeidigkeit, ihre Schläue, ihre eigensinnige Persönlichkeit. Ich liebe Katzen. Hunde sind Befehlsempfänger, treu bis in den Tod. Ihre Treue basiert darauf, dass sie von selbst nicht wissen, was sie machen sollen. Ständig trotten sie hinter ihren Besitzern her. Eine Katze lässt sich niemals dazu herab, sie tut, was sie will. Sie schenkt ihre Zärtlichkeit, wem sie möchte und wann sie möchte. Als ich das erste Mal bei Tante Meredith war, kam ich ins Paradies. Sie hatte siebenundzwanzig Katzen. In ihrem Haus bin ich immer glücklich gewesen. Manchmal war meine Mutter eifersüchtig, weil ich von Meredith gar nicht mehr fort wollte.«

»Warum haben dir deine Eltern nie eine eigene Katze geschenkt?«

»Weil sich eine *Schmusekatze*, wie Mama das nennt, nicht für den sechsunddreißigsten Herzog von Londonderry geziemt. Hunde und Pferde, sonst nichts. Außerdem hat Mama eine Katzenallergie.« Unvermittelt sprang Tyrone auf. »Da sind wir!«

Im fahrenden Bus lief er nach vorn. »Könnten Sie uns bitte rauslassen, Sir?«, sagte er zum Fahrer.

»Oakwoodhill?«, fragte der Mann. »Die Haltestelle wurde aufgelassen, weil da niemand mehr wohnt.«

»Würden Sie uns trotzdem aussteigen lassen?«

»Wie Sie wünschen, Sir.«

Der Wagen hielt. Mittels einer langen Stange öffnete der Fahrer die Tür. »Schönen Tag noch.«

»Ihnen auch.«

July und Terry standen auf einer staubigen Landstraße, irgendwo in der Grafschaft Surrey. Sie gingen auf das verwitterte Eingangstor von Oakwoodhill zu. Efeu und Geißblatt hatten die steinernen Säulen umwuchert.

»Nach dir«, sagte Sir Tyrone.

July betrat den langen gewundenen Weg. Rund um sie wurde plötzlich alles gelb. Der Ginster blühte früh dieses Jahr.

27

Der verlorene Sohn

Selten hatte Violet ihren Küchenchef so nervös erlebt. In seinem Job befehligte er die lodernden Feuer auf vielen Herden, er war Herr über Fleisch und Fisch, Zucker und Salz. Er hatte mehrere Bücher über die verfeinerte britische Küche geschrieben, worin er allerdings verschleierte, dass es sich vor allem um adaptierte französische Rezepte handelte. Er hatte sein Personal im Griff und war ein berühmter Gourmet-Koch. Vor dem Krieg hatte es lange Wartelisten von Leuten gegeben, die des Maîtres Köstlichkeiten genießen wollten, aber wochenlang keinen Platz im *Golden Pavillon* bekamen.

»Wir sollten die Mutter hereinbitten«, sagte der Maître.

»Ist das wirklich so eine große Sache, wenn ein Hilfskoch mal einen Tag nicht zum Dienst erscheint?« Violet nahm in Drydens akribisch aufgeräumtem Büro Platz.

»Mrs Myers sagt, ihr Sohn sei noch nie unpünktlich nach Hause gekommen.«

Violet schnupperte. Der Duft von Dill und Koriander wehte herein. »Handelt es sich vielleicht um das Aufbegehren eines jungen Mannes, der nicht länger an Mamas Rockzipfel hängen will? Wie alt ist der Junge?«

»Neunzehn.«

»Na, sehen Sie. Der ist bestimmt irgendwo abgestürzt. Vielleicht hat er ein Mädchen kennengelernt, und jetzt traut er sich nicht nach Hause. Vielleicht versteckt er sich sogar im Hotel.«

»Wir haben sein Zimmer durchsucht. Er hat letzte Nacht nicht im Haus geschlafen.«

»Sekunde«, ging Violet dazwischen. »Reginald wohnt bei seiner Mutter, hat aber trotzdem ein Zimmer bei uns?«

»Mrs Myers lebt westlich von London. Wenn es abends bei uns spät wird, braucht er eine Schlafgelegenheit.«

Violet fasste sich an den Magen. Das Dinner, vor allem aber die Aussprache mit Lionel waren ihr schlecht bekommen. »Warum gibt Mrs Myers keine Vermisstenanzeige auf, wenn sie sich solche Sorgen macht? Wieso sind wir für Reginalds Verschwinden zuständig?«

»Weil das Savoy eine Aufsichtspflicht für meinen Sohn hat.« Eine stämmige Frau hatte die Tür geöffnet. Sie trug eine weite grüne Bluse, die ihren Umfang verbarg. Ihr Haar war zu einem gefährlichen Turm über dem Haupt aufgetürmt.

»Guten Abend.« Violet streckte der Frau die Hand entgegen. »Mrs Myers? Ich bin Violet Mason. Mit der Aufsichtspflicht haben Sie natürlich recht, aber im Savoy arbeiten über vierhundert Angestellte. Wir können nicht jeden ständig beaufsichtigen.«

»Mein Reggie ist ein guter Junge.« Mrs Myers übersah den dargebotenen Stuhl, den der Maître ihr hinschob.

»Was wollen Sie damit sagen?« Violet massierte ihre Finger. Die Frau hatte einen stählernen Händedruck.

»Reginald treibt sich nicht herum. Er würde mir nie verschweigen, wo er hingeht. Und ganz bestimmt bleibt er nicht ohne Erklärung eine Nacht von zu Hause fern.«

Violet war müde, schrecklich müde. Der Tag, der quälende Abend steckten ihr in den Knochen. Inzwischen ging es auf Mitternacht. Sie sah es nicht als ihre Aufgabe an, einer Mutter verständlich zu machen, dass ihr Junge flügge geworden war. »Ich gratuliere zu Ihrem vorbildlichen Sohn, Mrs Myers. Ich sehe nur nicht, wie das Savoy hier helfen kann.«

»Wenn er nicht zu Hause ist, muss er hier sein.«

»Wir haben das Hotel nach Reginald durchsucht. Ich fürchte, mehr können wir nicht tun.«

»Ich werde die Polizei einschalten«, erwiderte Mrs Myers.

»Das bleibt Ihnen natürlich unbenommen.« Violet wollte ins Bett. Allein. Endlich ein bisschen allein sein.

»Wenn ich das tue, würden uniformierte Officers im Savoy umherschnüffeln«, ließ Mrs Myers nicht locker.

»Machen Sie von mir aus, was Sie wollen.« Ein Satz, aus der Müdigkeit geboren. Ein Satz, den Violet sofort bereute.

Die Tür ging abermals auf, Clarence Oppenheim erschien. Er musste sich bücken, um durch die niedrige Tür zu kommen.

»Darf ich Ihnen unseren Hoteldetektiv vorstellen?«, fuhr Violet erleichtert fort. »Mr Clarence Oppenheim, das ist Reginalds Mutter, die sich Sorgen über seinen Verbleib macht. Ich gebe Ihnen Mr Oppenheim an die Seite, Mrs Myers. Würde Sie das zufriedenstellen?«

»Nicht ganz.«

»Wieso nicht?«

»Mir ist zu Ohren gekommen, dass Reginald mehrmals mit einer Köchin aneinandergeraten ist. Da mein Sohn ein friedfertiger Junge ist, kann die Aggression nur von dieser Küchenkraft ausgegangen sein.«

»Diese *Küchenkraft*, wie Sie sich ausdrücken, ist Reginalds Vorgesetzte«, schaltete sich Maître Dryden ein. »Es ist ihre Pflicht, ihn anzuleiten und in bestimmten Fällen zu rügen. Nichts anderes hat July getan.«

»Mein Sohn ist Absolvent des Cooking Studio Under The Auspices Of His Majesty«, posaunte Mrs Myers. »Er ist es nicht gewohnt, sich von einer Köchin herumschubsen zu lassen.«

»Und selbst wenn Ihr Sohn der Leibkoch Seiner Majestät wäre …!«, brauste der Maître auf.

Violet kannte Dryden als Menschen von vollendeten Umgangsformen. Ein Ästhet, jemand, der mit Macht umzugehen wusste, doch er besaß ein unberechenbares Temperament. Mitunter hatte ihn Violet in der Küche herumbrüllen hören. Einmal, hieß es, habe er einem Souschef die heiße Pfanne nachgeworfen. Die Sache war mit Schmerzensgeld zu regeln gewesen.

»Mein lieber Maître«, ging sie dazwischen. »Es ist Mitternacht. Wir wollen zu einem Ende kommen.« Sie wandte sich zu Mrs Myers. »Ich kann mir nicht vorstellen, dass July Gilbert auch nur das Geringste mit dem Verschwinden Reginalds zu tun hat.«

»Sehen Sie!«, rief die Mutter aufgebracht. »Sie sprechen auch von seinem *Verschwinden!*«

»Das halte ich für übertrieben«, sagte jemand im Rücken der Anwesenden. Eine weitere Person drängte sich in das schmale Büro, das Dryden vor allem zum Schreiben der Dienstpläne diente.

»Ah, Mrs Drake, gut, dass Sie kommen«, begrüßte Violet die Hausdame. »Bestimmt klärt sich jetzt alles auf. Können Sie bitte Ihre Nichte rufen? Möglicherweise weiß July etwas über den Verbleib von Reginald.«

Bis auf Oppenheim überragte Mrs Drake alle im Raum. »Kommt nicht infrage«, antwortete sie nüchtern.

»Wie bitte?«, fragte Violet irritiert.

»Verzeihen Sie, Miss Mason. Mr Dryden hat mich bereits über die Angelegenheit informiert. Ich habe daraufhin unser Personal antreten lassen und befragt.« Sie trat vor die wesentlich kleinere Mrs Myers. »Verstehen Sie, Ma'am? Ich habe das Personal des Savoy, das nach einem langen Tag seinen Schlaf braucht, aufgeweckt und jeden von ihnen gefragt, ob er Reginald gesehen hätte.« Sie machte eine eindrucksvolle Pause. »Niemand weiß etwas über das Verbleiben Ihres Sohnes, Mrs Myers. Auch July Gilbert nicht.«

Violet schmunzelte. Sie bewunderte Mrs Drake, die sich gegenüber jedermann durchzusetzen wusste. Eines erstaunte Violet allerdings. Wie konnte Mrs Drake behaupten, dass July nichts über Reginald wisse, da sie doch angeblich nicht im Haus war und gar nicht befragt werden konnte? Nahm Mrs Drake ihre Nichte in Schutz? Violet warf einen Blick zu Dryden. Sein Gesicht verriet nichts über den Sachverhalt. Tja, so waren die Leute vom Savoy, dachte Violet, sie hielten bedingungslos zusammen.

Sir Tyrone breitete eine Wolldecke über das Sofa. »Wird das gehen?«, fragte er fürsorglich.

»Klar, Terry.« Schwungvoll ließ sich July auf das reich verzierte Möbelstück fallen. »Es wäre auch ohne Decke gegangen.«

»Besser nicht. Hier drin ist alles verstaubt, von den Katzenhaaren ganz abgesehen.«

»Und du?« Sie legte den Kopf zurück.

»Ich mache es mir im Sessel bequem.«

Sie räkelte sich. »Ich bin fast ein bisschen froh, dass dieses Schild verrostet war.«

Tyrone trat vor die schweren Brokatvorhänge. »Ich bin

die Strecke Dutzende Male gefahren. Ich weiß bestimmt, dass der letzte Bus jedes Mal kurz vor sieben hier hielt.«

»Das war vor sechs Jahren, Terry.«

Nachdenklich zog er die Vorhänge zu. »Ich hatte übersehen, wie viel Zeit seit Tante Merediths Tod vergangen ist.« Es war schon nach neun, aber an diesem Maiabend wurde es einfach nicht dunkel.

»Mir gefällt es hier.«

»Wirklich?« Er trat ans nächste Fenster.

July hatte Geschichten über verzauberte Schlösser immer übertrieben gefunden. Und nun war sie Gast in so einem Schloss. Der gewundene Weg, vom blühenden Ginster in ein prächtiges Farbenspiel getaucht, endete vor einem Anwesen, wie July sie bis jetzt nur aus der Ferne, hinter hohen Mauern gesehen hatte. Ein Herrenhaus mit Erkern und Verzierungen, Türmchen und Karyatiden. Dieses prächtige Gebäude war mit den Jahren von der Natur zurückerobert worden. Geißblatt und Bougainvillea, Knöterich und Efeu, überall kroch und schlang sich der Bewuchs empor. Um zum Eingangstor zu gelangen, mussten sie vom Sturm abgebrochene Zweige beiseiteräumen.

»Terry, das ist wundervoll«, hatte July hingerissen gerufen. »Aber wie kommen wir hinein?« Das Tor, verwitterte Eiche, sah unüberwindlich aus.

Er half ihr, über das Gestrüpp zu steigen, das den Weg rund um das Haus unpassierbar gemacht hatte. »Komm.«

Wie bei den meisten Herrschaftshäusern lag die Küche im Untergeschoss, man erreichte sie über die Kellertreppe. Tyrone ging als Erster, tastete das Gesimse ab und brachte einen verrosteten Schlüssel zum Vorschein.

»Ach du großer Gott«, rief July überwältigt.

Die Küche des Savoy war riesig und bestens ausgestattet. Doch hier unten entdeckte sie, wie man im versunkenen Zeitalter Queen Victorias die Aufgabe gemeistert hatte, für zehn, zwanzig, manchmal hundert Menschen zu kochen. Während der großen Dinners in Häusern wie diesem wurden Aushilfsköche engagiert. Die Jäger brachten das erlegte Wild, die Teichherren die Süßwasserfische aus ihren Gewässern. Die Gemüsegärten lieferten frische Früchte der Saison. Eine Küche auf dem Land musste ihren Menüplan den Jahreszeiten anpassen. Wenn etwas fehlte, konnte man nicht eben auf den Markt oder nach London fahren. Die Kräuter wuchsen in Beeten oder Glashäusern. Die Kühe der Umgebung gaben Milch und Käse. Einzig der Wein stammte nicht von hier. Dafür war das Wetter selbst im milden Surrey zu rau.

July strich durch das versunkene Reich der Genüsse. Sie berührte den mächtigen AGA-Ofen, der Herd und zugleich Heizung für die unteren Stockwerke war. Sie bestaunte die Gerätschaften, die noch an den Wänden hingen oder in den Regalen bereitstanden, Gegenstände, die sie selbst nur aus der Ausbildung kannte. Den Breistampfer, den Milchaufschäumer, die Kartoffelschälmaschine, die mittels Kurbel angetrieben wurde. July hätte stundenlang hier unten bleiben und alles erforschen können, aber Tyrone wollte ihr den Rest des Hauses zeigen.

Es befand sich in einem traurigen Zustand. Das Dach war an mehreren Stellen undicht, große Wasserflecken hatten sich an den Deckengemälden gebildet. Die Tapeten waren abgeblättert, manche Türstöcke eingesunken. Trotzdem erkannte man den einstigen Glanz von Oakwoodhill überall. Hier waren Damen und Herren aus ihren Zimmern über die Freitreppe nach unten gestrebt, Gentlemen im Frack, Ladys in ihren Modellkleidern. Butler und Valets hatten bereitgestanden und hatten Erfrischungen gereicht. Brokat und Samt, Seidentapeten, indische Teppiche, Bodendielen aus Eibenholz, Schränke aus Eiche – vieles davon war noch vorhanden, so manches musste verkauft oder gestohlen worden sein. Doch wie heruntergekommen Oakwoodhill auch wirkte, man spürte die Atmosphäre, man sah die Gesellschaft am Spieltisch sitzen, während ein bezahlter Musiker oder ein begabtes Familienmitglied sie am Flügel unterhielt. Dort lagen sogar noch Notenblätter, auf den Boden hingestreut, vom Wasser aufgedunsen. Das Klavier jedoch schien verschont geblieben zu sein.

July schlug einen Ton an. Er klang voll und warm, nur ein wenig verstimmt.

»Oh, wie schön. Kannst du spielen?«, fragte sie Tyrone.

»Mehr schlecht als recht.«

»Machst du mir die Freude?«

Er hob ein Notenheft auf und spielte ein Stück von Schumann. Julys Verzauberung wuchs mit jeder Minute.

Sie blieben vier volle Stunden in Oakwoodhill, bis Tyrone auf die Uhr sah.

»Wir sollten aufbrechen.«

»Wieso?«

»Der letzte Bus fährt kurz nach sieben. Den müssen wir kriegen.«

Es tat July leid, doch er drängte zum Aufbruch. Sie erreichten die Haltestelle zehn Minuten vor sieben, standen eine Viertel-, eine halbe Stunde da, ohne dass ein einziges Fahrzeug vorbeigekommen wäre. Schließlich trat July vor den ausgebleichten Fahrplan. »Sonderbar. Sieben Uhr, da steht es. Wo bleibt denn nur der Bus?« Sie senkte den Blick. »Oh, Terry, sieh mal.«

Unter dem alten Plan war ein Metallschild angebracht worden. Es gab bekannt, dass aufgrund der Kriegshandlungen alle Busfahrten nach fünf Uhr nachmittags eingestellt würden. Das Schild hatte unter der Witterung gelitten, die Schrift war kaum noch leserlich.

»Aber der Krieg ist vorbei«, rief Tyrone ärgerlich. »Sie müssen doch wieder fahren. Andererseits –« Er seufzte. »Seit das Haus meiner Großtante verlassen ist, macht es wenig Sinn, hier nach Sonnenuntergang einen Bus lang zu schicken.«

»Was machen wir jetzt?«, fragte sie mit einem hoffnungsvollen Lachen in der Stimme.

»Ich weiß nicht. Wir könnten zu Fuß …«

»Ist das nicht zu weit?« Sie zeigt auf ihre Pumps. »Mit diesen Schuhen kann ich nicht gut laufen.«

»Natürlich nicht, entschuldige. In dem Fall fürchte ich …«

Und so erfüllte sich Julys Wunsch. Sie liefen zu Tante Merediths Haus zurück und machten sich im Salon bereit, die Nacht zu verbringen. July fand ein paar Konserven in der Küche, aus denen sie eine einfache Mahlzeit zubereitete. Kerzen gab es genügend, Decken und Plaids ebenfalls. Während sie zu Abend aßen, erzählte Tyrone, wie er sich vorstellte, das Haus in neuem Glanz erstrahlen zu lassen. July beteiligte sich an seiner Reise in die Welt der Phantasie und schlug Änderungen vor. Dass man zum Beispiel unbedingt einen Fahrstuhl einbauen sollte, damit die Speisen nicht einzeln hochgetragen werden müssten, sondern heiß auf den Tisch kämen. Tyrone versprach, das zu berücksichtigen. Der Abend verstrich, er traf Vorbereitungen für das Nachtlager.

Tyrone zog auch den zweiten Vorhang zu. »Wenn du die ganze Nacht fortbleibst, wirst du im Savoy noch mehr Schwierigkeiten bekommen.«

»Um nichts in der Welt würde ich diesen Abend versäumen. Die Schwierigkeiten sind mir egal.«

»Wirklich?«

Sie setzte sich auf. »So etwas Schönes habe ich noch nie erlebt, Terry. Dinner in einem Schloss. Diesmal bin ich nicht nur für das Essen zuständig, ich darf es auch genießen. Es ist ein herrlicher Abend, Terry.« Sie streckte die Hand aus. »Komm mal her.«

Er trat näher und sah dabei so scheu, so ängstlich aus, dass sie lachen musste.

»Bist du denn nicht gern mit mir zusammen?«

»Doch, natürlich«, antwortete er überrascht.

»Keine Sorge, ich werde nichts unternehmen, das dir unangenehm sein müsste.«

»Unangenehm? Im Gegenteil. Aber ich darf die Situation nicht ausnützen. Du bist mir ja sozusagen ausgeliefert.«

Sie ergriff seine Hand. »Du bist schon was ganz Besonderes, Terry.« July gab ihm einen zarten Kuss.

»Ich bin besonders lebensunfähig. Das meinst du doch? Ich muss dir ja jämmerlich vorkommen.«

»Oh nein.« Sie versuchte kein zweites Mal, einen Kuss von ihm zu bekommen. »Ich bin mit einem Herzog in einem einsamen Schloss. Mir gefällt es, dass du ein Ehrenmann bist und die Lage nicht ausnützt. Aber eins könntest du doch für mich tun.«

»Was denn?«

Wie entzückend er da stand, die Krawatte ein wenig schief, das Haar unordentlich. »Ich möchte, dass du mir noch etwas auf dem Klavier vorspielst. Sonst kann ich nämlich nicht einschlafen.«

Seine Erleichterung war greifbar. »Sehr gern sogar.« Er lief zum Flügel und hob die Noten auf.

»Bitte nichts von den klassischen Sachen. Das ist alles so ernst und bedeutend. Spiel mir irgendeinen Schlager vor.«

»Siehst du, da hast du den Beweis.« Seufzend ließ er sich auf die Klavierbank sinken. »Ich bin aus der Zeit gefallen. Ich kenne keine Schlager.«

»Irgendeinen Song wirst du dir doch gemerkt haben. Im Radio spielen sie so was rauf und runter.«

»Ich höre auch kein Radio.«

»Du bist tatsächlich ein schwieriger Fall.« July schlug die Decke über ihre Beine.

»Moment. Ein Lied weiß ich. Ich kenne es sogar sehr gut. Ich weiß nicht, ob man es Schlager nennen kann, aber ich höre es gern. Vera Lynn hat es gesungen, weißt du noch?«

July schüttelte den Kopf.

Er probierte einige Akkorde, begann zu spielen und mit leiser Stimme zu singen.

There'll always be an England
While there's a country lane.
Wherever there's a cottage small
Beside a field of grain.

July lächelte glücklich und schloss die Augen.

28

Die Schuld

Reginald hörte Schritte. »Hallo? – Hallo, verstehen Sie mich?«

Er kannte diese Schritte. Sie kamen in unregelmäßigen Abständen wieder. Manchmal vergingen Minuten, bis es nebenan wieder tapp-tapp-tapp machte, manchmal dauerte es Stunden. In steigender Verzweiflung versuchte Reginald, sich bemerkbar zu machen.

»Bitte! Ich muss aufs Klo! Ich habe seit Stunden …«

Die Person, die ihn festhielt, ließ ihn nicht unnötig leiden. Manchmal endete das Tapp-tapp vor seiner Tür, dann öffnete sie sich für einen Augenblick, etwas wurde hereingeschoben. Meistens Sandwiches. Schmackhafte Sandwiches, der Salat darin knackte, der Schinken roch frisch. Zu trinken bekam Reginald Holunderlimonade. In all seiner Not fand er das doch seltsam: Üblicherweise saß ein Gefangener bei Wasser und Brot, er dagegen darbte bei Holunderlimonade und Schinkensandwiches.

»Hallo!«, rief er. »Hallo!«

Die Tür ging auf, ein Eimer wurde hereingeschoben. Das nahm Reginald zumindest an, sehen konnte er es nicht. Weshalb hielt man ihn in völliger Dunkelheit? Ein weiterer Umstand, für den er keine Erklärung fand. Am wahrscheinlichsten schien ihm, dass sein Entführer nicht erkannt werden wollte.

Hastig erleichterte sich Reginald in den Eimer. »Geben Sie mir bitte ein bisschen Licht«, rief er. »Weshalb muss ich im Dunkeln sitzen? Wenn Sie wollen, schließe ich die Augen, sobald Sie die Tür öffnen. Hallo? – Hallo!«

Das Tapp-tapp verklang, so wie jedes andere Geräusch. Wo war er nur? Wo lag dieser lautlose Raum? Als wäre die Außenwelt in Watte gepackt, so kam es ihm vor. Manchmal machte er eine Bewegung mit dem Fuß oder schnalzte mit der Zunge, um sicherzugehen, dass er sein Gehör nicht verloren hatte.

»Ich habe nichts getan«, flüsterte Reginald. »Ich habe

doch nicht das Geringste verbrochen.« Das stimmte nicht ganz. Er war bei July Gilbert eingedrungen. Wie lange mochte das her sein, einen Tag, drei Tage? In der Dunkelheit verlor man jegliches Zeitgefühl.

Mit einem Stück Draht hatte er sich Zutritt verschafft und hatte in Julys aufgeräumtem Zimmer gestanden. Reginald schämte sich. Er schämte sich für seinen Kleinmut, seine niedrige Gesinnung und dafür, dass er die Zuneigung einer Frau erzwingen wollte, indem er sie ausspionierte. Doch July ließ es an jeglichem Respekt fehlen; nur deshalb griff er zu solchen Mitteln. Nicht er war schuld daran, dass er bei ihr einbrach, genau genommen trug July selbst die Schuld.

Er hatte in einem Zimmer gestanden, das netter, freundlicher und jungfräulicher nicht hätte sein können. Das Teegeschirr sauber gestapelt, züchtige Bücher im Regal: über das Leben des Heiligen Georg, ein Ratgeber in Kräuterkunde, eine zerlesene Ausgabe des *Grafen von Monte Christo*. An der Wand eine Sommerlandschaft und daneben die Fotografie eines finster dreinblickenden Herren, der eine zerrissene Kette in seinen Händen hielt. Das Fenster bot Blick auf die Wäscherei. Reginald konnte bei July nichts entdecken, womit er sie in Verlegenheit zu bringen vermochte. Kleinmütig und feige kam er sich plötzlich vor.

Selbst in ihrer Abwesenheit war sie ihm überlegen. Er erkannte sich plötzlich als fiesen Schnüffler, der in die Privatsphäre einer untadeligen jungen Frau eingedrungen war.

Trotz seiner Scham öffnete Reginald die Schubladen. Ein Kamm, eine Bürste, alte Weihnachtskarten. Die Absender konnte er nicht lesen. Ein wenig Bargeld, vorwiegend Münzen. In der Schublade darunter Wäsche, Unterwäsche. Reginald zuckte hoch. Nein, so tief durfte er nicht sinken, zwischen den Schlüpfern Julys zu wühlen. Er berührte das feine Material nur für einen Moment und nahm lächelnd ein Höschen heraus. So sah das also aus, das Kleidungsstück, das sie an ihre Haut ließ. In Julys Spiegel sah er einen Schatten auftauchen. Im nächsten Moment wurde ihm schwarz vor Augen.

Das Schwarz war auch dann noch geblieben, nachdem er die Besinnung wiederfand. Der dröhnende Schmerz in seinem Kopf gab ihm eine Erklärung, was passiert sein musste. Jemand hatte ihn in Julys Zimmer überrascht und niedergeschlagen. Die Person musste sehr stark sein, da sie Reginald aus Julys Zimmer in diesen Raum geschleppt und seine Hände gebunden hatte. Ein dünnes Seil, zu einem unüberwindlichen Knoten geknüpft, machte jeden Befreiungsversuch unmöglich. Mit gefesselten Händen zu essen, war mühselig, aber nicht ausgeschlossen. Kein Wort war seither von dem Entführer zu ihm gesprochen worden. Reginald hatte gerufen, Fragen gestellt, er hatte gedroht und gewehklagt – umsonst. Alles, was er zu hören bekam, war das Tapp-tapp-tapp und das Öffnen der Tür. Der Geruch führte ihn zu den Sandwiches und der Holunderlimonade.

Zum ungezählten Mal glitten seine gebundenen Hände an den Backsteinwänden entlang. Vergebens suchte er einen Lichtschalter. Unverständlich, denn selbst in einem Lagerraum brachte man heutzutage eine elektrische Leitung an. Wo war er? Wie lange würde er noch hierbleiben müssen? Was hatte die stumme Person mit ihm vor?

Reginald kehrte in jene Ecke zurück, wo er die Limonadenflasche abgestellt hatte. Er ließ sich zu Boden sinken, trank sie leer und blies vorsichtig hinein. Ein Ton entstand, dann ein weiterer, schließlich ein Lied. *Amazing grace,* er hatte es in der Kirche oft gesungen. Das Spiel mit der Flasche, das Lied verkürzten ihm die endlose Zeit.

»*Amazing grace, how sweet the sound*«, sang Reginald leise.

Das Ehepaar Sjögren war inzwischen abgereist. Åle und Ebba ließen einen unglücklichen Versicherungsvertreter zurück. Mr Asquith musste seiner Firma erneut eingestehen, dass die Beute des Juwelendiebstahls nirgends aufgetaucht war. *Lloyd's* hatte die Verpflichtung, zu zahlen.

»Gary, ich verbiete Ihnen, weiter auf Verbrecherjagd zu gehen.« Violet kam sich in diesem Zimmer, das im Grunde ihr gehörte, wie eine Fremde vor.

Gary Stewart saß ihr gegenüber. Er trank Bourbon. »Und was soll ich Ihrer Meinung nach bis zu meinem Prozess tun? Ich darf London nicht verlassen. Einen Anwalt habe ich mir bereits genommen. Soll ich etwa einfach abwarten?« Es hielt ihn nicht auf dem Stuhl, er lief zwei Schritte zum Fenster und vier Schritte zurück. Damit stand er an der Zimmertür.

In ihre Privaträume hatte Violet ihn nicht bitten können, genauso wenig ins Büro oder in einen öffentlichen Bereich des Savoy. Im Hotel war nicht unbemerkt geblieben, dass sich die Direktorin häufig mit einem Gast traf, von dem es hieß, er sei ein Verbrecher gewesen. Obwohl die Polizei ihn verhaftet hatte, war er von einem Tag auf den anderen wieder aufgetaucht. Konnte man im Savoy seines Lebens noch sicher sein, solange dieser Mann ungehindert im Speisesaal aß, im *Nightingale Room* eine

Zigarre rauchte und von Miss Mason mit ausgesuchter Höflichkeit behandelt wurde? Diese Stimmung im Haus hatte Violet veranlasst, Stewart in einen Seitentrakt zu verlegen.

»Wäre es nicht besser, ich suche mir eine private Unterkunft?«, hatte er ihr angeboten.

Sie lehnte ab. »Der Staatsanwalt soll sehen, dass das Savoy Ihnen vertraut. Sie dürfen nicht wie ein geprügelter Hund hier ausziehen.«

In jenem Zimmer am Ende des Korridors besuchte ihn Violet. Es war am unauffälligsten, zugleich fühlte es sich seltsam an. Sie saß im Zimmer des Mannes, der sie geküsst hatte.

»Abzuwarten wäre das Beste«, antwortete sie nach kurzer Überlegung. »Außerdem sollten Sie sich ab jetzt nur zu Unternehmungen aufmachen, bei denen Sie in Gesellschaft sind.«

»Wie meinen Sie das?«

»Sie müssen im Hotel oder in der Stadt ständig von jemandem gesehen werden, Gary. Sie dürfen nie allein sein.« Violet hätte nun doch gern etwas getrunken, wollte ihn aber nicht darum bitten.

»Wie stellen Sie sich das vor? Ich kenne nicht so viele Leute in London.« Zwei Schritte und er stand vor ihr.

»Warum besuchen Sie keinen Tea Room oder einen Pub?«, schlug sie vor. »Davon haben wir eine Menge in dieser Stadt.«

»Und was mache ich, während ich schlafe?«

»Das ist allerdings ein Problem.« Sie schmunzelte. »Ich möchte Ihnen nicht vorschlagen, die Nacht mit jemandem zu verbringen.«

Berührte er ihren Ärmel zufällig, während er zum Glas griff? »Nehmen wir mal an, ich würde tun, was Sie mir vorschlagen. Wie sollte mir das bei meiner Anklage helfen?«

»Der Dieb, der in meinem Haus sein Unwesen treibt, wurde noch nicht gefasst. Er kann jederzeit wieder zuschlagen. Tut er das, während Sie an einem Ort sind, wo man Sie sieht und identifiziert ...«

»Habe ich ein Alibi.« Er nickte.

»Mehr noch. Ihre Unschuld wäre damit praktisch bewiesen.«

»Aber was geschieht, wenn der Einbrecher nicht mehr zuschlägt? Ich bin der Hauptverdächtige. Falls er sich ruhig verhält, würde ich ihm die Schuld abnehmen.«

Violet zeigte auf die Bourbonflasche. »Könnte ich vielleicht einen Schluck bekommen?«

Stewart schenkte ein, sie stießen an. Violet schaute in ihr Glas. »Die Frau des indischen Gouverneurs wäre ein interessantes Oper für den Einbrecher, haben Sie gesagt.«

Er schüttelte den Kopf. »Die Inder sind heute abgereist. Ich habe allerdings eine Idee, wann unser Mann aus gutem Grund noch einmal zuschlagen könnte. Es wäre eine einmalige Gelegenheit.« Er schwenkte den Whisky im Glas. »Wenn ich der Gesuchte wäre, würde ich mir so eine Chance nicht entgehen lassen.«

»Spannen Sie mich nicht auf die Folter.« Violet trank. Der Bourbon war stark.

»Der Frühlingsball.«

»Mein Ball?«, erwiderte sie überrascht.

»Das Kostümfest im Savoy. Praktisch all Ihre Gäste werden kommen. Wo findet er statt?«

»Im *Golden Pavillon.*«

Er stellte das Glas ab. »Zu diesem Anlass werden die Damen ihren Schmuck tragen. Der Dieb kann sich nicht in den Zimmern bedienen, er muss mitten auf dem Ball Beute machen.«

»Aber wie soll ich Hunderte Gäste beschützen?«, fragte sie besorgt. »Glauben Sie wirklich, dass er das Fest ausnützen wird?«

»Ehrlich gestanden ist das meine letzte Chance und Hoffnung, falls ich nicht ein englisches Gefängnis von innen kennenlernen will.«

Violet stand auf. »Ich werde Detective Smythe darüber informieren.«

Er trat ihr in den Weg. »Wenn Sie das tun, ist die Chance verspielt.«

»Wieso?«

»Sobald die plattfüßigen Beamten von Scotland Yard hier auftauchen, zieht sich der Dieb zurück.«

»Es gibt einen Weg.« Sie standen voreinander.

»Welchen?«

»Der Ball ist ein Kostümfest. Auch die Leute von Scotland Yard müssen sich verkleiden.« Allein die Vorstellung brachte sie zum Lachen.

»Wenn Sie in meiner Haut stecken würden, fänden Sie das nicht lustig.«

»Entschuldigen Sie, Gary.« Da sie nicht ewig so stehen bleiben konnten, wandte sich Violet zur Tür.

»Was ist denn das Motto des Kostümfestes?«

»*Fin de siècle.* Die Ladys von London werden rauschende Garderoben der Jahrhundertwende tragen. Eng geschnürte Taillen, lange Schleppen, Fächer und diamantbesetzte Masken.« Sie legte die Hand auf den Türknauf. »Ich bin sicher, das Savoy wird einen Abend erleben, wie wir ihn hier lange nicht hatten.«

»Und als was werden Sie gehen?«

Sie öffnete die Tür und sah sich auf dem Korridor um. »Ich werde Ihnen doch nicht die Überraschung verderben, Gary.«

»Geben Sie mir wenigstens einen Tipp. Wie soll ich Sie auf dem Ball erkennen?

»Dieses Geheimnis kennt bisher nur mein Schneider und Gott.« Die Luft war rein, Violet lief den Korridor hinunter.

29

Geheimnis auf den Stufen

July Gilbert ließ das Donnerwetter ihres Chefs über sich ergehen. Es fiel moderat aus, Maître Dryden war sichtlich erleichtert, dass July wieder wohlbehalten an ihrem Arbeitsplatz erschien.

Anders war das mit der Strafpauke von Mrs Drake, die ihre Nichte zur Seite nahm. Von der Küche aus staunte Dryden, wie streng die Hausdame mit July ins Gericht ging. Er konnte nicht alles verstehen, hörte lediglich Satzfetzen, jedes Mal wenn die Schwingtür zum Personalbereich auf- und zuschwang.

»... vollkommen den Verstand verloren!«, hörte er.

»Hast du nicht begriffen, wie wichtig deine Arbeit ist?«, rief Mrs Drake. July stand betroffen da. Die Tür ging wieder zu, öffnete sich aber im nächsten Moment erneut. »... unauffällig bleiben«, befahl Mrs Drake. »Du verstößt gegen eine fundamentale Regel ...« Die Tür schwang zu.

Eine fundamentale Regel?, überlegte Dryden. Kontakte zwischen Gästen und Personal waren grundsätzlich verboten, aber es wäre nicht das erste Mal, dass diese Grenze überschritten worden war. Generaldirektoren und Zimmermädchen, Ehefrauen und Liftpagen, Bekanntschaften zwischen Mitgliedern des Oberhauses und jungen Butlern des Savoy, solche Ereignisse hatte es in den vielen Jahren häufig gegeben. Nicht einmal die Hoteldirektorin konnte man von solchen »Grenzüberschreitungen« ausnehmen. Ihr zärtliches Verhältnis mit dem Hausmechaniker war jedermann bekannt; sie hatte manche Nacht in seiner Mansarde verbracht. Auch ihre Bekanntschaft mit dem französischen Marquet fiel Dryden ein. Wir sind eben ein *Menschenhaus*, dachte er und prüfte die frische Petersilie. Der Maître zupfte ein Blatt ab und kostete es.

Ein Rätsel wie jenes zwischen July und dem designierten Duke of Londonderry war dazu angetan, ein hellhöriges Haus wie das Savoy zu durcheilen. Rätsel, Geheimnisse, Andeutungen schlüpften durch Türen und Ritzen, durchwehten die Lobby, den Tea Room, den *Nightingale Room*, sie machten auch vor dem *Golden Pavillon* nicht halt. Gerüchte waren die Würze bei Lunch und Dinner, bei einem Brandy in der Ledergarnitur, auf den Korridoren und in den Fahrstühlen.

Die vielen Rätsel des Savoy waren nun um ein pikantes reicher geworden. Der Herzog und das Küchenmädchen: Konnte man sich eine reizendere Konstellation vorstellen? Als Aschenputtel-Story machte das Gerücht die Runde. Der Herzog, der die junge Köchin im Wagen mitgenommen hatte, über Land nach Surrey, wie sich herausstellte, mit zahlreichen Pannen, wie der Chefrezeptionist andeutete. Sir Tyrone hatte nämlich nicht die Autoverleihfirma angerufen, um von der Untauglichkeit des Fahrzeugs zu berichten, sondern das Hotel. Der Rezeptionist kannte sogar den Ort der Panne, er wusste, wohin sich Sir Tyrone und Miss July hinterher aufgemacht hatten. In diesem Zusammenhang fiel der poetische Name *Oakwoodhill*. Dort sollte man den Herzogssohn abholen, aber – und das war das eigentlich Pikante – Sir Tyrone und Miss July hatten die Nacht dort miteinander zugebracht.

Die Geschichten um das Geheimnis geisterten durch Hallen und Korridore, vom Dienstbotentrakt bis in die

Kuppelsuite. Unterwegs streiften diese Gerüchte die Erkersuite von Lady Edith, der Mutter des Helden.

Die Herzogin stellte ihren Sohn zur Rede. Sie war überrascht, als ihr nicht der willfährige junge Lord entgegentrat, der sich den Wünschen seiner Mutter sonst immer fügte. Irgendetwas war mit Terry über Nacht passiert. Lady Edith betete, dass es sich nicht ausgerechnet um jenes *eine* Erlebnis handeln mochte, das einem jungen Mann zwar früher oder später zuzugestehen war, doch nicht auf diese Weise. Lady Edith hatte keine Lust, ihrem Gatten, dem Herzog, mitteilen zu müssen, dass eine Köchin des Savoy schwanger geworden sei und es vonseiten des Herzogshauses Dinge zu regeln gebe.

Tyrone erzählte seiner Mutter nur das Nötigste, dass er mit dem Auto gestrauchelt, das Anwesen von Tante Meredith aber trotzdem erreicht hätte. Er und Miss Gilbert hätten darauf die Zeit übersehen, den letzten Bus verpasst und seien gezwungen gewesen, den nächsten Morgen abzuwarten. Mehr war Tyrone nicht bereit zu offenbaren, mehr bekam die Duchess nicht aus ihm heraus. Sie machte die eine oder andere Andeutung, in denen Begriffe wie »moralisch« und »ehrenhaft« vorkamen, doch Terry ließ sich darauf mit keinem Wort ein.

Nachdem das Gerücht auch das Kuppelzimmer erobert

hatte, ließ Violet July Gilbert zu sich rufen. Die Köchin trat der Hoteldirektorin gegenüber.

»Jeder hat ein Privatleben, July«, eröffnete Violet. »Ich bestelle Sie also nicht hierher, um zu urteilen. Aber ein Bild möchte ich mir doch machen.«

»Es ist nichts passiert, Miss Mason«, antwortete July rundheraus.

»Sie hätten sich von vornherein nicht darauf einlassen dürfen.«

»Ich weiß. Sir Tyrones Einladung hat mich überrumpelt.« July stockte, senkte den Kopf, hob ihn wieder und begann von Neuem. »Nein. Das ist es nicht, was ich sagen will, Miss Mason.«

»Was wollen Sie denn sagen?«

»Ich habe den jungen Lord kennengelernt, der zugleich ein freundlicher junger Mann ist. Weder mit dem einen noch mit dem anderen hätte ich mich während der Arbeitszeit einlassen dürfen.«

»Aber Sie haben es getan. Warum, July?«

»Lachen Sie mich nicht aus, Miss Mason. Ich glaube, Sir Tyrone ist eine zarte Seele.«

»Und wieso kümmert Sie das?«

»Er ist eine Seele in Not, Miss Mason. Entschuldigen Sie die großen Worte. Ich bin in Ihrer Küche angestellt, nichts weiter. Aber obwohl ich nur Gemüse zubereite, sehe, höre und erfasse ich, wenn etwas nicht in Ordnung ist, wenn jemand in Gefahr ist.«

»Sie sind der Meinung, der Sohn des Herzogs wäre in Gefahr?« Von Anfang an war Violet July als ungewöhnliches Mädchen aufgefallen, eine junge Frau mit einem starken Willen. Was sie sagte, wie sie blickte, wie sie da stand, das beeindruckte Violet auf sonderbare Weise. »Bitte sprechen Sie weiter.«

»Sir Tyrone besitzt alles, was sich ein Mensch nur wünschen kann. Und doch strahlt er eine Trostlosigkeit aus, die mir Angst macht. Seine Einladung nach Surrey hatte nichts Zweideutiges oder Anstößiges, wie man Ihnen vielleicht erzählt hat. Er wollte hinaus in die Natur. Wollte zu einem Haus fahren, das ihm viel bedeutet. Ich glaube, er hat in London keinen einzigen Menschen außer seiner Mutter. Er hat mich höflich und mit vollkommenem Anstand gebeten, ihn zu begleiten. Ich hätte meinen Platz in der Küche nicht verlassen dürfen, ich weiß. Für diese Schuld will ich geradestehen. Allerdings dachte ich, dass Reginald rechtzeitig wieder auftauchen würde. Er hätte das Beilagengemüse ohne mich zustande gebracht.«

»Möhren.« Violet nickte.

»Ich fürchte, es wurden Dosenmöhren aufgetischt, Miss Mason.«

»Das fürchte ich auch. Darüber reden wir später.«

»Ich habe meine Pflicht vernachlässigt und bin stattdessen mit Sir Tyrone aufgebrochen. Es war eine Fahrt mit Hindernissen, doch ich konnte beobachten, wie er in der Natur ein ganz anderer wurde. Er war plötzlich frei und leicht und offen. Alle Schwermut hat er in der Stadt zurückgelassen.«

»Das ist alles gut und schön, aber es ist noch kein Grund, mit ihm die Nacht zu verbringen.«

July hielt einen Augenblick inne. »Das Erlebnis dieser Nacht ist wahrscheinlich das Schönste und Unglaublichste, was ich je erlebt habe.« July berichtete der erstaunten Violet, was sich in Oakwoodhill zugetragen, vor allem aber, was sich nicht zugetragen hatte. »Sir Tyrone hat mir in dem verfallenen Haus ein Lager bereitet. Bevor er das Licht löschte, hat er mir auf dem Klavier ein Gutenachtlied vorgespielt.«

»Ein Lied?«, fragte Violet, die sich von der Vorstellung dieses Moments verzaubern ließ. »Was war es?«

»*There'll always be an England.*«

»Das ist kein Lied, um jemanden zu Bett zu bringen.«

»Es war trotzdem zauberhaft. Danach haben wir geschlafen. Ich auf dem Sofa, er in einem Sessel. Am nächsten Morgen hat er den schnellsten Weg gefunden, um mich ins Savoy zurückzubringen.« July nickte, wie um ihre Geschichte zu bestätigen. »Das war alles. Was werden Sie jetzt mit mir tun, Miss Mason?«

Violet dachte, dass etwas Gutes und Schönes auch gut und schön blieb, selbst wenn es verboten war. Was July sagte und wie sie es sagte, überzeugte Violet, dass es hier nichts zu bestrafen gab. Es brachte sie dazu, über die unglaubliche Reise des Herzogs und der Köchin nachzusinnen, über die Unfasslichkeit des Lebens, das sich im Gefühl enthüllte und im besten Fall in der Liebe. Die Liebe, dachte Violet, die unglaubliche Liebe war überall zu finden, selbst in der rührenden Fürsorge dieser jungen Frau für einen jungen Mann.

»Ich werde es mir überlegen«, antwortete sie. »Gehen Sie nun, July. Und bringen Sie uns heute etwas Schönes auf den Tisch.«

»Danke, Miss Mason. Ich habe eine Avocadocreme vorbereitet.«

Nachdem July gegangen war, fragte sich Violet, warum ihr die kleine Begebenheit so zu Herzen ging. Sie hätte gern mit jemandem darüber gesprochen; vor wenigen Tagen noch hätte sie Lionel angerufen und ihm alles erzählt. Bei dem Gedanken wurde sie traurig. War es möglich, dass Lionel so schnell aus ihrem Leben verschwand?

Für Traurigkeit blieb nicht lange Zeit. Violet hatte ihren Schneider bereits eine Viertelstunde warten lassen. Er hatte das Kostüm dabei. Es sollte die letzte Anprobe vor dem Frühlingsball sein.

30

Der große Abend

Raschmadaramm!, brauste das Orchester unter Arturo Benedettis Leitung auf. Der Maestro hatte die große Besetzung auf das Podium geholt. Alle Schlagwerke, die Pauken, den Holzblock, sämtliche Kontrabässe, die Hörner in doppelter Besetzung, zwei Kontrafagotts, drei Tuben und nicht zuletzt das Euphonium. Mit dieser Orchesterstärke vermochte er den großen Klang zu erzeugen, den einzig möglichen Klang für den Ball im Savoy.

Raschmadaramm! Viele Menschen drehten sich schon im Tanz. Der *Golden Pavillon* verfügte normalerweise über keine Tanzfläche, doch für den Frühlingsball war alles möglich gemacht worden. Violet hatte den Saal innerhalb nur eines Tages aufwendig umgestalten lassen. Zum Dinner am Vorabend speisten die Gäste noch im *Golden Pavillon*, doch schon das Frühstück wurde ihnen in der *Queen-Victoria-Hall* serviert. Das galt auch für das Mittagessen. Als die Dinnertime das nächste Mal näher rückte, reihten sich Limousinen und Taxen auf dem *Strand*, um in die Einfahrt des Savoy einzubiegen.

Raschmadaramm!, rauschte es wieder auf. Kaum jemand hatte eine Ahnung, wer der Schöpfer der Melodie war. Arturo Benedetti hatte das Werk selbst komponiert. Er nannte es den *Violet-Walzer*, zu Ehren seiner Direktorin, die zugleich Benedettis heimliche Liebe war. Sein schwarzes neapolitanisches Haar hatte während der Zeit, die er in Violets Diensten stand, die Farbe eines Silberlöwen angenommen, aber immer noch verehrte er Miss Mason, was von Signora Benedetti liebevoll geduldet wurde.

Raschmadaramm! Wer dazu imstande war, drehte sich im Dreivierteltakt, die Geldmacher mit ihren Damen, die Einflussreichen mit ihren Mätressen, auch jene, die sich nur für einflussreich hielten. Die Künstler und die Kritiker waren erschienen. Unter den anwesenden Schauspielern fanden sich kommende Größen, aber auch solche, deren Stern am Verglühen war. Der Adel und die Regierung teilten sich die Seitenlogen. Premierminister Attlee nahm mit seinem kompletten Kabinett an dem Ball teil, Mitglieder beider Häuser gaben sich ein Stelldichein.

In der Loge, die dem Orchester am nächsten lag, hatten Lady Edith und ihr Sohn Platz genommen. Die Herzogin verstand von Musik herzlich wenig und hörte sie am liebsten aus der Ferne. Tyrone aber genoss die Atmosphäre in unmittelbarer Nähe der Kontrabässe. Selbstvergessen hielt er den linken Arm erhoben und kopierte pantomimisch die Fingersätze der Musiker an den Griffbrettern. Er liebte dieses Instrument, das alle anderen im Orchester an Größe übertraf. Der Bass wurde selten als Soloinstrument eingesetzt, daher unterschätzten ihn die meisten. Doch gerade deshalb war dem jungen Herzog dieses Instrument so lieb.

Was sich sonst im Saal tat, beeindruckte Tyrone wenig. Er übersah die Juwelen behangenen Ehefrauen ebenso wie ihre freizügig dekolletierten Töchter. Würdenträger flanierten an seiner Loge vorbei, elegante Triefaugen, schmalzlockige Tenöre, auch emigrierter europäischer Hochadel war darunter, außerdem das Geschmeiß reicher Emporkömmlinge, die bei solchen Anlässen nie fehlten.

Ein Mann fiel Tyrone nicht zum ersten Mal auf. Schon im Casino hatte er diesen Gentleman beobachtet. Mitte vierzig, kurz geschnittenes schwarzes Haar mit ergrauten Schläfen. Sein Frack saß wie angegossen, seine Haut war gebräunt. Entspannt schlenderte er zwischen den Gästen umher.

Gary Stewart mischte sich unter das Publikum. Nicht als Hotelgast machte er heute die Runde, sondern als ehemaliger Juwelendieb, der weniger die Frauen betrachtete, sondern ihren Schmuck. Stewart lief an dem endlos scheinenden Büfett vorbei, wo der Küchenchef und seine Helfer die Platten stets neu arrangierten.

Der Krieg lag erst ein Jahr zurück, die Versorgungslage ließ noch zu wünschen übrig. Maître Dryden war diesem Umstand mit Phantasie begegnet. Statt Riesengarnelen gab es Schwarzwurzeln im Teigmantel. Das Roastbeef wurde in so hauchdünne Scheiben geschnitten, dass man übersah, wie klein die Portionen waren. Dank einer überraschenden Schiffsladung aus der Karibik freute sich Dryden, garnierte Ananasspieße servieren zu können.

Stewart bewunderte die Kostüme des *Fin de siècle,* all das Geraffte und Gesteppte, die Spitzenzauberei, den Seidenschimmer. Er spähte hinter verführerisch hochgehaltene Fächer, erkannte trotz reich verzierter Masken die

Augen mancher Dame und taxierte deren Geschmeide. Diamanten, Rubine und Smaragde stellten die häufigsten Edelsteine dar. Doch es gab auch feurige Hyazinthe, roten Beryll oder Geschmeide aus Opal und Bernstein.

Die elegante Herrenmode war seit Jahrzehnten so gut wie gleich geblieben; an den Gentlemen ließ sich das Motto des Balles also kaum ausmachen. Bis auf perlengeschmückte Krawattennadeln oder diamantene Frackknöpfe gab es an ihnen keinen Schmuck zu entdecken.

Gary Stewart erkannte Violet trotz ihrer Maske. Da sie für Begrüßungen, Vorstellungen und offizielle Worte ständig auf den Füßen sein musste, hatte sie ihre persönliche Loge an den Premierminister vergeben. Wegen dessen angegriffener Gesundheit hatte Violet den Eröffnungstanz nicht mit Mr Attlee getanzt, der Schatzkanzler war für ihn eingesprungen. Seitdem war sie in ihrem wunderschönen mitternachtsblauen Kleid nicht mehr zum Tanzen gekommen.

»Wenn ich Sie um diesen Walzer bitte, würden Sie mir die Ehre geben?«, fragte Stewart die Hoteldirektorin.

Lächelnd senkte sie ihren Fächer. »Finden Sie es eine gute Idee, so viel Aufmerksamkeit zu erregen?«

Er reichte ihr den Arm. »Ich finde, es ist eine glänzende Idee.«

»Einige im Saal halten Sie für einen Dieb.« Mit dem Fächer deutete Violet auf den Tisch einer einsamen Dame im Goldlamékleid, die sich deutschen Weißwein eingießen ließ. »Mrs Flack zum Beispiel. Sie ist fasziniert von Ihnen, zugleich überzeugt davon, dass Sie ihre Juwelen gestohlen haben.«

»Umso beruhigter wird Mrs Flack sein, wenn sie mich heute Abend vor allem tanzen sieht.« Stewart führte Violet aufs Parkett und begann sich mit ihr zu einer ausgelassenen Melodie zu drehen. Das erdschwere Getrampel der Übrigen störte ihn nicht. Er tanzte mir ihr, als wären sie allein.

»Ihr Fest ist ein großer Erfolg.« Sein Blick glitt durch den Saal. »Wie ich sehe, ist auch Scotland Yard vertreten.«

»Woran erkennen Sie das? Alle sind kostümiert.«

»An den billigen Schuhen und den Plattfüßen. Jeder Mann, der hier ohne Dame unterwegs ist, ist ein Polizist.«

»Meine Nerven könnten einen Cognac vertragen.«

Mit fröhlichem Schwung vollführte Stewart eine Drehung. »Darf ich Ihnen einen Cognac bestellen?«

»Ich muss einen klaren Kopf bewahren.« Sie lehnte sich zurück und sah ihn an. »Wie werden Sie vorgehen, Gary?«

»Die Juwelen befinden sich heute Nacht weder im Tresor noch auf den Zimmern. Hier im Saal sind bestimmt mehrere hunderttausend Pfund versammelt.«

»Macht das einen Diebstahl nicht schwieriger und unwahrscheinlicher?«

»Nur solange auf dem Ball alles läuft wie geplant.«

»Was heißt das?«

»Ich warte auf das Unvorhergesehene. Der Dieb wird einen Überraschungsmoment inszenieren, nehme ich an, einen Stromausfall zum Beispiel. Im Dunkeln könnte er eine Menge Beute machen.«

Violet blieb mitten im Tanz stehen. »Halten Sie das für wahrscheinlich?«

»Ich würde es so machen.«

»Aber wie sollen wir es verhindern?«

»Ich habe einem Ihrer Butler ein Trinkgeld gegeben, damit er bei den Sicherungskästen aufpasst.« Mit elegantem Linksschwung führte Stewart sie in den Kreis der Tanzenden zurück.

»Und sobald sich der Dieb an den Sicherungskästen zu schaffen macht, wird man ihn entlarven?«

»Nein.«

»Warum nicht?«

»Er wird es nicht selbst tun.«

»Gibt es einen zweiten Dieb im Savoy?«

»Einen Komplizen, nehme ich an. Der Einbrecher muss die Beute nach der Tat so rasch wie möglich loswerden. Zuerst dachte ich, der tote Mr Sciapiarelli könnte diese Aufgabe übernommen haben.«

Das Musikstück endete. Sie applaudierten mit den anderen. »Ich glaube übrigens, dass ich ihn schon gesehen habe«, sagte Stewart dicht an Violets Ohr. »Vorhin, als alle in den Saal geströmt sind.«

»Woran haben Sie ihn erkannt?«

»An seinem Gang. Dieser Gang ist mir schon auf dem Dach aufgefallen.«

»Das ist alles? Nur sein Gang?«, entgegnete sie irritiert.

»Es hat nur einen Augenblick gedauert. Er war sofort wieder verschwunden.«

»Was trägt er für ein Kostüm? Haben Sie ihn im Saal wiedergesehen?«

Stewart trat vor Violet, als wollte er sie zum nächsten Tanz bitten. »Ich würde dich jetzt wahnsinnig gern küssen.«

Ein überraschter, überforderter Blick. »Ich dachte, Sie sind auf Verbrecherjagd, Gary. Allerdings –«

»Ja?«

»Allerdings wäre es schön.«

Das Orchester stimmte einen Slowfox an. Violet schmiegte sich in Garys Arm. Mit ruhigen Bewegungen glitten sie über das Parkett.

»Wenn wir den Dieb fassen –«, sagte sie in sein Ohr.

»Was noch nicht sicher ist –«

»Dann wärst du frei. Das Verfahren gegen dich wird eingestellt.«

»Vermutlich.«

»Bedeutet das, dass du London verlässt?« In der Bewegung sah sie ihn an.

»So weit habe ich noch nicht gedacht.«

Sie knuffte ihn gegen die Schulter. »Das ist eine verdammt männliche und ziemlich magere Antwort.«

»Ich habe an die Zeit danach noch nicht gedacht, Violet, weil ich die Zeit jetzt mit dir genieße.«

»Oh weh.« Violets Rücken wurde steif.

»Was hast du?«

»Wie oft habe ich Sätze dieser Art gehört? Ausweichende, mutlose Sätze. Ich scheine diese Reaktion bei Männern auszulösen.«

»Du willst wissen, wie es mit uns weitergeht?« Er nahm drei schnelle Schritte, verdoppelte das Tempo im Takt des Slowfox und manövrierte Violet an den Rand des Parketts.

Neben dem Orchesterpodest gab es eine Tür, von wo

die Musiker ihren Auftritt auf die Bühne nahmen. Tanzend drückte Stewart die Tür auf und drehte Violet beschwingt nach draußen.

Ein junger Mann beobachtete den Abgang der Hoteldirektorin und des attraktiven Fremden. Aus seiner Loge sah Sir Tyrone die beiden verschwinden.

»Mutter?« Er beugte sich zu ihr.

»Ja, Terry?« Die Herzogin tupfte sich die Oberlippe mit dem Taschentuch. Im Saal wurde es allmählich heiß.

»Entschuldigst du mich für ein paar Minuten?«

»Willst du tanzen?«

»Ich tanze nie.«

Eine Ahnung veranlasste Lady Edith, sich umzusehen. »Du wirst dich doch nicht mit deinem Küchenfräulein treffen?«

»July ist beschäftigt. Ich habe sie heute noch gar nicht gesehen. Es ist viel harmloser, als du denkst, Mama. Allerdings werde ich tatsächlich jemanden umarmen.«

»Wie meinst du das?«, rief die Herzogin nervös. »Terry?« Aber Sir Tyrone hatte die Loge bereits verlassen.

In jedem Hotel gab es eine magische Linie, die Grenze zwischen den Gästen und dem Personal. Gary Stewart überschritt diese Grenze. Er führte Violet an einen Ort, wo sich normalerweise das Personal aufhielt.

»Das geht nicht.« Sie löste sich von ihm. »Hier kann gleich jemand kommen.«

Er zeigte auf die Haken an der Wand, wo die private Garderobe der Musiker hing. »Das ist ziemlich unwahrscheinlich. Die Herren sind alle draußen. Hörst du nicht, wie wunderbar sie spielen?«

»Mir gefällt das nicht.«

Er nahm ihre Hand. »Du hast mir vorhin eine direkte Frage gestellt. Auf eine direkte Frage bin ich dir eine direkte Antwort schuldig.«

Gary Stewart umarmte Violet in der Musikergarderobe. Er küsste sie hingebungsvoll. Er küsste sie anders als die letzten Male, nicht heiter verspielt wie in Maxines Kinderzimmer, nicht provokant wie während der Kutschenpartie. Er küsste sie ehrlich und als Bekenntnis. Nach einem Schreckmoment erwiderte sie seine Zärtlichkeit. Es war ein langer, glücklicher Kuss voll Hoffnung, voller Fragen.

»Ich habe mich sehr in dich verliebt«, flüsterte er. »Ich weiß nicht, was ich mit dieser Liebe machen soll, denn wie ich höre, hast du einen Freund.«

»Das stimmt. Und es stimmt auch nicht.« Sie küsste sein Kinn. »Ich dachte wiederum, du seist ein trauernder Witwer.«

Er streichelte ihren Rücken. »Ich vermisse meine Frau. Wir waren glücklich. Und ich bin sicher nicht nach London gekommen, um mich nach Frauen umzusehen. Aber dann kamst du.«

»Ein Juwelendieb kommt ins Savoy«, erwiderte sie zärtlich. »Statt Juwelen findet er eine einsame Hoteldirektorin. Nun sucht der Juwelendieb einen anderen Dieb. Und das alles wegen mir?«

»Wegen dir.« Er nahm ihr Gesicht in seine Hände. »Ich würde sehr gern über ein *Danach* mit dir sprechen.«

»Lass uns zuerst den Dieb überführen. Wir müssen zurück.« Sie öffnete die Tür des Umkleideraumes und sah sich um. »Die Luft ist rein.« Auf dem Korridor blieb Violet stehen. »Dort hinten sind die Schaltkästen für den *Golden Pavillon.* Wieso steht da niemand? Wo ist der Butler, den du bezahlt hast?«

Gemeinsam liefen sie zu der Metalltür. Ein Schild warnte, dass hinter dieser Tür Starkstrom in Betrieb sei.

Reginald hatte gelernt, dass die Dunkelheit nicht unbezwinglich war. Im Dunklen die Länge einer Stunde zu berechnen war unmöglich, außer man baute sich eine

Eselsbrücke. Reginald benützte die Bibel als Eselsbrücke. Als kleiner Junge hatte ihn seine Mama in die Kirche mitgenommen. Er besuchte auch die Bibelstunden und half als Messdiener beim Gottesdienst. Reginald kannte daher lange Passagen aus der Heiligen Schrift auswendig. Die Stelle zum Beispiel, wenn der Apostel Paulus einen Brief an die Römer schrieb.

»*Denn es wird geoffenbart Gottes Zorn vom Himmel her über alle Gottlosigkeit und Ungerechtigkeit der Menschen.*« Reginald sprach die Worte stimmhaft in die Dunkelheit. Aus der Heiligen Messe erinnerte er sich, dass die Passage aus den Römerbriefen eine Viertelstunde dauerte. Wenn er sie also viermal aufsagte, musste eine Stunde vergangen sein. So fand Reginald sein eigenes Zeitmaß.

Nicht aus Frömmigkeit rezitierte er die Bibelstelle, sondern um seine Panik niederzukämpfen. Was hatte sein Entführer, der noch kein Wort gesprochen hatte, mit ihm vor? Weshalb gab er ihm keine Erklärung? Warum servierte er Sandwiches und Limonade im Dunkeln? Reginald aß und trank, erleichterte sich in den Eimer, mehr zu tun war ihm unmöglich.

Die lange Zeit, während er allein war, lernte er sein Gefängnis besser kennen. Seine Hände glitten an den

Backsteinmauern entlang. Auf einer dieser blinden Entdeckungsreisen hatte er eine scharfe Kante gefunden, ein spitzer Stein stand hervor, nicht besonders scharf, aber Reginald konnte das Seil daran wetzen. Anfangs kam es ihm vergebens vor, doch nach und nach gaben die Fasern nach. Während der stumme Mensch ihm seine Mahlzeit brachte, verbarg Reginald die Spuren an der Fessel, so gut er konnte. Danach machte er verbissen weiter. Obwohl es kühl hier drinnen war, geriet er in Schweiß. Reginald verzweifelte schier an der Haltbarkeit des Seiles und vergaß während der Plackerei, die Worte des Apostel Paulus aufzusagen. Er wusste daher nicht, wie lange er brauchte. Aber irgendwann gelang es. Seine Hände waren frei. Er hatte die Fessel trotz der Dunkelheit bezwungen. Reginald machte sich an die Tür heran.

31

Der Dieb

Vera Lynn galt als eine der beliebtesten Interpretinnen Englands. Mit ihren optimistischen Songs hatte sie die Briten durch den Krieg gebracht. Violet hatte die Künstlerin schon mehrmals eingeladen. Gerade begleitete Benedettis Orchester sie zu dem Lied *I Love You 'Til Quarter To Nine,* einer Romanze, bei der ein junger Mann seine Nachbarin anschmachtete, die allabendlich bis viertel vor neun auf der Terrasse saß, bevor sie hineinging, um mit ihrem Mann zu Abend zu essen.

Kaum jemand im *Golden Pavillon* blieb während der Darbietung auf seinem Platz. Die meisten versammelten sich um die Bühne. Männer legten den Arm um die Hüften ihrer Frauen, Pärchen wiegten sich im Takt. Es gab auch Tränen. So mancher geliebte Mensch war nicht heil aus dem Krieg zurückgekommen. Man vermisste Ehemänner und Väter, man besuchte die Verwundeten in den Krankenhäusern.

Eine Frau beteiligte sich nicht an der Verehrung Vera Lynns. Gudrun Flack saß bewegungslos vor ihrem Glas Weißwein. Der Patriotismus im Saal erschien ihr geheuchelt. Wenn man, wie die Briten, den Krieg gewonnen hatte, war es leicht, patriotisch zu sein. Der deutsche Mensch musste mit der Niederlage weiterleben. Er musste sein Land trotz allem lieben. Viele, und Frau Flack gehörte dazu, liebten auch die großartige Idee unverändert, die Deutschland durchdrungen hatte. Die Idee war stark und schön. Doch die Welt war noch nicht bereit für die Größe des Konzepts. Frau Flack bemühte sich, das Lied von Vera Lynn billig und kitschig zu finden, konnte allerdings nicht verhindern, dass ihr Fuß im Takt mitwippte. Da sie etwas abseits saß, war sie die Erste, die das Wasser bemerkte.

In einem kleinen Raum neben dem *Golden Pavillon,* zu dem nur Violet, der Chefbutler, der Hausmechaniker, Mrs Drake und die Feuerwehr einen Schlüssel besaßen, stand der sogenannte *Down-to-Earth-Tank*. Der Speicher aus Edelstahl fasste zwanzigtausend Gallonen Wasser. Durch ein verzweigtes Leitungssystem wurden das Erdgeschoss und die Untergeschosse des Savoy daraus gespeist. Auch die Küche, die Garage, der *Nightingale Room*, der *Golden Pavillon* und der Teesalon bezogen ihr Wasser aus dem *Down-to-Earth-Tank*. Eine massive Wand trennte den Raum des Wasserspeichers vom Speisesaal. Der Gestaltung wegen war in diese Wand ein blindes Fenster eingelassen worden, das nirgendwohin führte. An wenigen Tagen des Jahres öffnete sich dieses Fenster, und zwar immer dann, wenn aufwendiger Blumenschmuck den *Golden Pavillon* zierte. Sobald die Floristen auf jedem der hundert Tische ein Gesteck arrangierten, sobald Palmen oder andere exotische Pflanzen aufgestellt wurden, benötigte man für deren Pflege Wasser. Undenkbar, es händisch in Gießkannen in den Speisesaal zu tragen. Dafür gab es das blinde Fenster. Vom Tankraum aus wurde es geöffnet und ein Schlauch in den Saal geleitet. Der Schlauch speiste die Gießkannen. Die Methode hatte sich bewährt. Kaum jemand wusste, welche Mengen Wasser hinter jener Wand gespeichert waren.

Wodurch der Tank leck geworden war, ließ sich nicht sofort feststellen. Es musste mehr als ein Leck sein, denn der Stahlbehälter platzte regelrecht. Das Wasser ergoss sich in den Raum, fand bei der Tür keinen Ausweg, sie war aus Eisen. Das Wasser drängte, das Wasser flutete und presste gegen die Wand, doch auch sie hielt stand. Das blinde Fenster aber gab dem Druck explosionsartig nach. Von einer Sekunde zur nächsten ergoss sich eine Sintflut in den *Golden Pavillon.* Achttausend Gallonen überschwemmten den Saal. Mitten in die Darbietung Vera Lynns brach das große Wasser herein.

Die Menschen reagierten, wie sie in solchen Situationen häufig reagierten, sie wollten es zunächst nicht glauben. Eine reißende Flut auf dem Ball im Savoy, Ströme von Wasser im Saal, das war außerhalb ihrer Vorstellung. Allerdings nur so lange, bis sie nass wurden. Handgefertigte Lackschuhe, kostbare Abendschuhe, befrackte Hosenbeine, der Saum der Damenkleider wurden überschwemmt und saugten sich augenblicklich voll. Die Gäste schrien, sie machten ihrer Angst Luft, sie gerieten in Panik.

Da das Wasser von der Ostseite des *Golden Pavillon* eindrang, flohen die Menschen in die Gegenrichtung, hinüber zu den Logen der Privilegierten. Da jene erhöht saßen, durften sie hoffen, dass ihnen die Katastrophe erspart blieb. Nicht das Wasser wurde ihnen zum Verhängnis, sondern die angsterfüllten Menschen. Jung und Alt klammerte sich an die Balustraden. Wer die Kraft besaß, zog sich daran hoch und kletterte in die Loge des Lordkanzlers oder des Lordsiegelbewahrers, dessen Gattin in heller Not aufschrie. Die Sintflutopfer eroberten auch die Loge des Schatzkanzlers. Sie kaperten die Nische, in der sich der Minister für Indien und Burma in die hinterste Ecke flüchtete.

Das war ein Schreien und Wellenschlagen, ein Schuldzuweisen und Nichtverstehen, wie man es im Savoy noch nie erlebt hatte. Auf der Bühne wurden Benedettis Musiker von dem Unglück nur gestreift. Sie versuchten zunächst nicht, Menschen zu retten, sondern ihre Instrumente. Trompeter und Hornisten sprangen geistesgegenwärtig auf ihre Stühle und hoben das geliebte Blech über die Köpfe. Die Streicher versuchten Ähnliches, was bei den Cellisten schwierig und bei den Kontrabässen aussichtlos war. Der Pauker ließ seine Pauken stehen, die Harfenistin, einzige Frau im Verbund Benedettis, war außerstande, das Instrument aus Gusseisen auch nur einen Inch anzuheben.

Benedetti aber, der britische Italiener, der Silberlöwe, sprang von der Bühne in die Flut, fasste den Damen unter die Arme, schob Herren zu den wenigen Tischen, die stehen geblieben waren und brachte sie dazu, darauf zu klettern. Benedetti verwandelte sich in den Helden der Stunde.

Die Ballgäste flohen von Ost nach West. Und genau dort erwartete sie der Dieb. Eine schwarz gekleidete Person, maskiert mit einer Katzenmaske. Der Dieb gab sich als Helfer aus. Er wies geängstigten Damen den Weg zu der schmalen Treppe, die sonst von den Kellnern benützt wurde. Während er ihnen half, fasste er scheinbar nebenbei an ihr Handgelenk. Im nächsten Moment war ein Bracelette in seinem Besitz. Er nahm Frauen, die schreiend durch die Fluten stürzten, in seine Arme und führte sie mit der einen Hand weiter, mit der anderen löste er den Verschluss ihrer Halskette. Er brachte perlengeschmückte Broschen mit nur einem Griff in seinen Besitz. Smaragdene Krawattennadeln männlicher Würdenträger nahm er im Vorübergehen mit. Um auch das Letzte, das es wert schien, zu rauben, watete der Dieb knietief im Wasser. Er musste schnell vorgehen, denn die Flut verlor bereits an Kraft. Die zwanzigtausend Gallonen hatten sich verströmt. Die Wasser gingen zurück und verteilten sich in die Räume rund um den *Golden Pavillon.*

Violet und Gary, die den Diebstahl abwenden und den Dieb fassen wollten, hatten den Beginn der Katastrophe verpasst. Der Tank platzte, während sie sich küssten. Panik brach aus, während sie in den Raum eilten, wo die Stromleitungen zusammenliefen. Dort fanden sie den Butler, der seiner Aufgabe nach bestem Wissen und Gewissen nachkam. Er hatte es sich im Schaltraum bequem gemacht, rauchte und las den *Daily Herald.* Erstaunt blickte er auf, als seine Direktorin und der Mann, der ihm das Trinkgeld gegeben hatte, eintraten.

»Alles in Ordnung, Harold?«, fragte Violet.

Der Butler versteckte die Zigarette und legte die Zeitung beiseite. »Keinerlei Vorkommnisse, Miss Mason. Hier war niemand.«

»Keiner hat versucht, sich an den Sicherungen zu schaffen zu …?« Weiter kam Stewart nicht.

Ein Schrei aus tausend Kehlen ertönte, doch die Musik spielte weiter. Das Orchester, trainiert, sich nicht aus der Ruhe bringen zu lassen, musizierte unverdrossen.

»Was ist da drüben los?« In Garys Augen las Violet, was sie nicht hatte glauben wollen.

»Der Überraschungseffekt.« Er rannte voraus.

»Soll ich weiter hier aufpassen?«, rief Harold ihnen nach.

Violet und Stewart kehrten zu der Tür zurück, durch die sie den Saal verlassen hatten. Sie ließ sich nicht mehr öffnen. Auf der anderen Seite standen verängstigte Kellner und Zigarettenmädchen, pressten sich gegen die Tür und sahen die Wassermassen auf sich zutosen.

Gary klopfte, hämmerte, Violet schrie, dass man aufmachen sollte. Ein kläglicher Versuch angesichts des Höllenlärms, der sich im *Golden Pavillon* erhob. Violet und Gary bemerkten das Wasser, das unter der Schwelle durchquoll.

»Hier kommen wir nicht durch«, sagte er. »Gibt es einen anderen Eingang?«

Sie nahmen den komplizierten Umweg durch den Personaltrakt, zum Serviceraum für die Fahrstühle, eine Treppe hoch, eine halbe Treppe hinab und weiter in die Lobby. Auch dort war die Aufregung schon groß. Gäste, die an den Rändern des Speisesaales gesessen hatten, stürzten ihnen entgegen. Sie brüllten einander zu, was passiert war, schrien, weil ihre Modellkleider verdorben waren, weil sie Haarteile verloren hatten und die Realität ihrer dünnen Frisur zum Vorschein kam. Wie war es im feinsten und vornehmsten Haus Londons nur zu so einem Unglück gekommen? Ausgerechnet im Savoy! Als die Leute Violet erkannten, schrien sie der Direktorin ihre Empörung entgegen.

Aber noch jemand anderes rannte auf Violet und Gary

zu. Auch er schrie aus voller Kehle. Ein junger Mann, sein Aufzug passte nicht zu den mondänen Garderoben, ein kleiner, dicker, junger Mann in einer Kochmontur. Er schrie und wehklagte, als wäre ihm das schlimmste Übel von allen passiert. Reginald Myers, der Verschollene, schrie von Entführung und Freiheitsberaubung. Er gab bekannt, dass er sich aus eigener Kraft befreit hätte und man den Täter unschädlich machen müsse.

Violet bemühte sich, besonnen auf die Klagen der Gäste zu reagieren: Man werde alles Erdenkliche tun, der Vorfall müsse restlos aufgeklärt werden, Schadenersatzansprüche würden sogleich geprüft. Manche der Gäste brachten ihr auch Bekundungen des Bedauerns entgegen, für die sie sich bedankte, während sie zugleich ihr Ballkleid anhob. Gegen die Wassermassen ankämpfend, folgte sie Gary Stewart ins Innere des *Golden Pavillon*.

32

Drehung in Schwarz

Während Sir Tyrone, designierter Herzog von Londonderry, die Fragen des Polizeiinspektors beantwortete, war ihm unbehaglich zumute. Detective Smythe hatte Seine Lordschaft höflich um eine Aussage gebeten, da Tyrone offenbar den besten Blick auf das Geschehen gehabt hatte. Zum Zeitpunkt des Wassereinbruchs hatte er nicht in seiner Loge gesessen, sondern sich an einem ungewöhnlichen Ort befunden.

»Entschuldigst du mich bitte?«, hatte Tyrone ein paar Minuten zuvor zu seiner Mutter gesagt und damit ihr Misstrauen geweckt.

»Du triffst dich doch nicht etwa mit deinem Küchenfräulein?«, hatte sie entgegnet.

»July ist zu beschäftigt. Ich habe sie heute noch gar nicht gesehen«, lautete seine Antwort. »Es ist viel harmloser, als du denkst, Mama. Allerdings werde ich tatsächlich jemanden umarmen.«

Lächelnd verließ Tyrone die Loge, mengte sich aber nicht unter die Gäste, sondern nahm die kleine Treppe auf das Orchesterpodest. Dort trat er hinter den dritten Kontrabassisten und flüsterte ihm etwas ins Ohr. Der Musiker blickte erstaunt auf, erkannte eine Person von Adel, verbeugte sich, was mit dem Kontrabass schwierig war, und überließ Sir Tyrone sein Instrument. Die anderen Kontrabassisten sahen sich erstaunt an, die Cellisten guckten über die Schulter, Tyrone warf ihnen ein entschuldigendes Lächeln zu, sie mögen Geduld mit ihm haben. Er legte die Linke an das Griffbrett, warf einen Blick in die Noten und zupfte ein gediegenes As, ließ darauf ein Es und schließlich ein D folgen.

Der Musiker neben ihm nickte anerkennend. Tyrone lachte wie ein kleiner Junge, der eine gute Note bekommen hatte. »Es ist immer dasselbe«, raunte er. »Ich kann einfach nicht widerstehen. Ich bin dem Kontrabass verfallen.«

In ihrer Loge erkannte Lady Edith erleichtert, dass ihr Sohn nicht das Mädchen aus der Küche, sondern einen bauchigen Bass umarmte.

Am Ende des Walzers wollte Tyrone das Instrument zurückgeben, doch der Musiker ermunterte ihn, weiterzuspielen. So kam es, dass er erhöht über der tanzenden Gesellschaft stand, als das Wasser einbrach. Tyrone war zunächst genauso fassungslos wie die anderen und starrte in das apokalyptische Geschehen. Damen, gerade noch kleine Königinnen in ihren spitzenverbrämten Kostümen, wurden von der Flut mitgerissen, sie gingen unter und tauchten nach Luft ringend wieder auf. Ein Patriarch mit schlohweißem Haar wurde umgeworfen, stieß gegen ein Tischbein und verlor die Besinnung. Der Geistesgegenwart seiner um weniges jüngeren Frau war es zu verdanken, dass der alte Herr den Kopf wieder aus dem Wasser bekam.

Einige Verwegene wollten sich gegen die Flut stemmen, ergaben sich aber rasch der Macht des Wassers. Frauen klammerten sich an Männer, Männer klammerten sich an Frauen. Wer schwimmen konnte, rettete sich glücklich an den Rand des Saales. Ein Kellner klammerte sich an einen Wandleuchter, bis dieser brach und in einem blitzlichternden Kurzschluss erlosch. Die meisten Lampen hingen gottlob hoch über den Köpfen der Menschen. Bis zu den Lüstern stieg das Wasser nicht, sonst hätte der Saal in vollkommener Dunkelheit dagelegen.

Nachdem Sir Tyrone dem Kontrabassisten sein Instrument an die Brust gedrückt hatte, verhalf er einem Klarinettisten zur Flucht. Gerade war er dabei, sich zu seiner Mutter voranzuarbeiten, als er bei den Logen eine sonderbare Beobachtung machte. Lady Edith schien im Moment nicht in Gefahr zu sein, daher verharrte Tyrones Blick dort, wo eine Gestalt in Schwarz die flüchtenden Gäste in Empfang nahm. Diese Person half, so schien es, wo sie konnte. Sie half in erster Linie Frauen, hob hier eine Lady hoch, legte dort einer anderen den Arm um die Hüfte. Die Frauen dankten ihm, erleichtert, dass sie glücklich eine Loge erklommen hatten. Aber irgendetwas sagte Tyrone, dass dieser Mensch nicht nur ein Helfer war. Neben seinem schwarzen Anzug trug er eine Katzenmaske. Plötzlich sah der junge Herzog etwas in der Hand des Schwarzgekleideten aufblitzen. Es funkelte nur einen Augenblick, schon entzog es sich wieder seinem Blick.

Um sich der nächsten Dame zuzuwenden, vollzog die Person mit der Maske eine Drehung, und mitten in dieser Bewegung entdeckte der Maskierte den jungen Lord auf dem Orchesterpodest, der nicht mit den Übrigen das

Weite suchte, sondern ihn anstarrte. Während Tyrone die Gestalt in Schwarz beobachtete, beschlich ihn ein sonderbares Gefühl. Dieses Gefühl verlor sich auch nicht, während er von der Polizei befragt wurde.

Die Einvernahme fand im Büro von Miss Mason statt. Inspektor Smythe, zwei Officers, der Hausdetektiv und Miss Mason waren anwesend.

»Können Sie den Mann beschreiben, Euer Gnaden?«, fragte Smythe.

»Er war ziemlich weit entfernt. Der schwarze Anzug, die Maske ... Aber das habe ich Ihnen ja alles schon gesagt.«

»Haben Sie gesehen, dass er Schmuckstücke an sich nahm?«

»Ich bemerkte nur, dass er etwas in der Hand hielt.«

»Wie lange haben sie ihm zugesehen?«

»Eine halbe Minute, vielleicht kürzer.« Tyrone wandte sich zu Violet. »Die Leute befanden sich in heller Aufregung.«

»Ich weiß. Und ich finde es erstaunlich, dass Sie die Ruhe hatten, sich der Beobachtung zu widmen, Mylord. Was brachte sie dazu, ausgerechnet diesem Menschen zuzusehen? Wie es heißt, ist er kaum jemandem sonst aufgefallen.«

»Was mich dazu brachte?« Tyrones Unbehagen wuchs.

»Ich meine, was war der auslösende Impuls?«

»Das weiß ich nicht mehr«, antwortete Tyrone ausweichend.

»Waren Sie denn nicht in Sorge um Ihre Mutter, die Duchess?«, fragte Detective Smythe.

»Ja, danach bin ich auch gleich zu ihr gelaufen, was in dem Gedränge schwierig war.«

»Und der Dieb? Was machte der Dieb, Euer Gnaden?«

»Ich habe ihn aus den Augen verloren.«

»Ging er hinaus? Welchen Ausgang hat er genommen?«

Der Dieb nahm den Ausgang hinter dem Büfett, dachte Tyrone. Während der Küchenchef sein Geschirr gegen die Wassermassen schützte, entwischte die schwarze Gestalt nach draußen. In dem Chaos fiel es Maître Dryden nicht einmal auf.

»Ich weiß nicht, wohin dieser Mann verschwunden ist, Detective. Es tut mir leid, Miss Mason.«

Auch Gary Stewart hatte die Gestalt in Schwarz bemerkt, während er knietief durch den *Golden Pavillon* watete. Er sah, wie der Täter hinter das Büfett schlüpfte. Bei ihrer

Begegnung auf dem Dach war der Mann Stewart größer erschienen. Ihm zu folgen, erwies sich als schwierig. Dutzende Menschen, erregt, verwirrt, hilfsbedürftig, stellten sich Gary in den Weg. Die meisten konnte er umgehen, doch es gab solche, die in einem fort riefen: »Bewahren Sie Ruhe! So bewahren Sie doch Ruhe!« Einer von ihnen packte ihn an den Schultern. »Bleiben Sie ganz ruhig!«

»Ich bin ruhig. Lassen Sie mich durch«, entgegnete Stewart.

»Wir dürfen nicht die Nerven verlieren.« Der andere schüttelte ihn. »Frauen und Kinder zuerst! Das verstehen Sie doch?«

»Ganz Ihrer Meinung.« Da der Mann ihn nicht losließ, versetzte Gary ihm einen Hieb auf die Nase, worauf der Mann zurücktaumelte und in der Brühe landete, in die sich das Wasser inzwischen verwandelt hatte.

»Nichts für ungut.«

Der lange Büfetttisch hatte der Flut standgehalten. Gary lief nicht darum herum, sondern setzte mit einem Sprung darüber.

»Sekunde, Sir –«, rief Maître Dryden.

Doch Stewart war schon an ihm vorbei. Eine Schwingtür führte auf einen kurzen Flur, der in die Küche mündete. Hier sah Gary sich um. Vieles befand sich in Aufruhr, doch im Großen und Ganzen bewahrte die Küchenmannschaft die Ruhe. An der nächsten Tür entdeckte Gary die schwarze Gestalt. Er schien sich hier bestens auszukennen. Stewart verfolgte ihn. Rechts und links Vorratsraum und Kühlkammer, darauf ein Korridor mit mehreren Verzweigungen. Der Dieb rannte schnell, Gary kam ihm kaum näher. Als er nach rechts abbog, verlor er ihn aus den Augen und lief zurück. An der Kreuzung zweier Korridore fand Gary ihn erneut. Der Juwelenräuber traf dort jemanden. Diese Begegnung dauerte nur Sekunden, schon rannte er weiter. Die andere Person wandte sich in die Gegenrichtung. Gary Stewart folgte jener zweiten Person. Denn sie hatte den Schmuck.

33

Notgroschen

Sir Tyrone betrat jenes Zimmer, das er schon einmal besucht hatte, den kleinen Raum, der ihm so gut gefiel. Das hübsche Zimmer mit dem Bild an der Wand, das eine Landschaft vorgaukelte, doch hinter der Landschaft verbarg sich eine Katze.

»Guten Abend«, sagte er.

»Guten Abend, Terry.« July öffnete ihre Jacke und zog die Schuhe aus, Schuhe mit Kreppsohlen. Sie nahm die Maske ab.

Beide blieben sekundenlang sprachlos.

»Seit wann wusstest du es?«, fragte sie.

»Ich habe es nicht gewusst. Nicht im Traum wäre ich darauf gekommen.«

»Weshalb bist du dann hier? Warum kommst du wenige Minuten nach dem Unglück ausgerechnet zu mir in den Personaltrakt?« Sie stellte die Schuhe ordentlich neben das Bett. »Du musst es gewusst haben. Wodurch habe ich mich verraten?« Sie hielt ihm das Ding aus Pappmaché hin. »War es die Maske? War es die Katze?«

»Nein.«

»Was dann?«

»Die Drehung.«

»Ich verstehe nicht.«

»Die Art und Weise, wie du dich umgedreht und mich angestarrt hast. Diese Bewegung habe ich schon einmal gesehen.«

»Wo?«

»In Oakwoodhill. Im Haus meiner Tante. In jener Nacht.«

Sie trat einen Schritt näher. »Du bist ein aufmerksamer Beobachter.«

»Und du eine außergewöhnliche Frau.«

»Es tut mir leid, Terry.«

»Schon gut. Es macht nichts. Genau genommen macht es nichts«, erwiderte er.

Fassungslos sah sie ihn an. »Dass ich eine Verbrecherin bin, dass ich dich so schrecklich enttäusche, macht dir nichts?«

»Nicht viel.«

Sie hätte ihn gern berührt, doch July stand genauso steif da wie er. »Du musst mich der Polizei übergeben.«

»Muss ich das wirklich?«

»Du bist der kommende Herzog von Londonderry. Du kannst einer gemeinen Diebin, die deine Mutter beraubt hat, nicht Beistand leisten.«

Statt einer Antwort trat er von der Tür zurück und öffnete sie. »Komm. Nur ein Sprung, und du wärst draußen. Ich könnte dich niemals einholen.«

»Du machst dich mitschuldig, Terry.« Sie streckte ihm die Hände entgegen. »Ich wehre mich nicht.«

»Und ich halte dich nicht.«

In ihrer Ratlosigkeit wandte July den Blick ab. »Ich kann das nicht, Terry. Ich will nicht vor dir fliehen.«

»Mit dem, was du heute erbeutet hast, könntest du ein neues Leben beginnen.«

»Aber ich will das schon lange nicht mehr. Das ist mir klar geworden ..., seit ich dich getroffen habe.«

»Mich?«, entgegnete er überrascht. Ein kurzes Atemholen. »Wie kommt das, July?«

»Spürst du das nicht? Weißt du es nicht?« Sie schloss sanft die Tür.

»Du bist die unglaublichste Frau, die ich je kennengelernt habe.« Er schüttelte den Kopf. »Als ob ich schon viele Frauen kennengelernt hätte. Verzeih. Das war eitel von mir.«

Sie nahm seine Hände und legte sie um ihre Taille. »Ich bin eine Diebin, Terry. Eine Räuberin und nichts weiter.«

»Du bist viel mehr.«

»Was bin ich denn?«

»Du bist das, was ich mir immer unter *Leben* vorgestellt habe.«

»Eine Verbrecherin zu sein, das nennst du *Leben?*«

»Es ist jedenfalls das Lebendigste, das mir je begegnet ist.«

July küsste Tyrone. Sie küssten einander in hilfloser Hingabe. Danach standen sie da, wie zwei Kinder, in einer so verzweifelten Lage, und doch so glücklich. Sie würden nie wieder so glücklich sein wie in diesem Moment. Vielleicht schwand ihr Glück schon wieder, da sie es bewusst empfanden, und doch konnten sie gar nicht sprechen vor lauter Glück.

Gary Stewart erreichte das erste Untergeschoss und stieg in den darunterliegenden Keller weiter. Er konnte kaum glauben, dass es im Savoy drei Kellergeschosse gab. Die Person, der er auf der Spur war, stieg tief und tiefer hinab. Gary hörte, wie sie eine Tür aufschloss, und wartete, bis die Tür in den Angeln quietschte. In diesem Moment sprang er näher und hinderte die Person daran, die Tür vor ihm zuzuschlagen. Von Angesicht zu Angesicht standen sie einander gegenüber. Die Frau trug eine schwarze Brille. Er konnte ihre Augen nicht sehen.

»Guten Abend, Mrs Drake.«

»Was kann ich für Sie tun, Mr Stewart?« Ihre Stimme war höflich, lauernd, wachsam und eiskalt.

»Ich möchte, dass Sie den Schmuck herausgeben.«

»Welchen Schmuck?«

»Den der Dieb Ihnen vorhin zugesteckt hat. Es muss sehr viel sein, die ganze Ausbeute einer rauschenden Ballnacht.« Er musterte die Hausdame von oben bis unten. An einer Stelle beulte ihr Rock aus. »Ich werde Sie nicht berühren, Mrs Drake. Ich fordere Sie auf, geben Sie mir die Beute.«

»Was wollen Sie damit machen, Mr Descoyne?«, fragte sie herausfordernd. »Wollen Sie die Juwelen etwa selbst auf den Markt bringen?«

»Das wäre dumm von mir, da mich jedermann hier verdächtigt.« Er streckte die Hand aus. »Darf ich bitten?«

Zögernd fasste sie in ihre Rocktasche und zog einen prall gefüllten Beutel hervor. »Ich werde alles abstreiten. Sie sind der Juwelendieb, Mr Descoyne, nicht ich.«

Gary musterte die große Frau, die dunkle Uniform der Hausdame, ihre schwarze Brille. »Was die Juwelendiebstähle betrifft, habe ich einiges vermutet. Aber das nicht. Das auf keinen Fall.«

»Was haben Sie denn vermutet?«

»Ich war sicher, dass Mr Sciapiarelli jemanden im Hotel gekannt haben muss, einen Mitarbeiter dieses Hauses. Ich habe angenommen, dass Sciapiarelli überhaupt nur wegen dieser Bekanntschaft hier abgestiegen ist.« Sie unterbrach ihn nicht. »Was ist geschehen, Mrs Drake? Ist Sciapiarelli Ihnen auf die Schliche gekommen?«

Als ob eine plötzliche Erschöpfung sie überfiele, lehnte sich Mrs Drake gegen den Türrahmen. »Angelo Sciapiarelli war mein Ehemann. Er ist jener berühmte *Mr Drake* gewesen, über den im Hotel so viel spekuliert wurde. Angelo und ich haben uns einmal geliebt. Das ist so lange her, dass die meisten im Haus inzwischen glauben, dass ich in Wirklichkeit nie verheiratet war.«

»Haben Sie Ihren Mann umgebracht?«

»Nein.«

»Er ist aber gewiss nicht freiwillig aus dem Fenster gesprungen.«

»Es war ein Unglück.«

»Wirklich?«

»Er wollte zur Polizei gehen.«

»Und da haben Sie ihn zum Schweigen gebracht.«

»Ich sagte doch, es war ein Unglück. Er hat den Koffer entdeckt.«

»Den Koffer mit dem Diebeswerkzeug?«

»Er hat ihn an sich genommen. Dieser Koffer wäre ein eindeutiger Beweis gewesen.«

»Sie sind eine große Frau, Mrs Drake. Eine starke Frau. Mr Sciapiarelli war klein und schmächtig. Wie ist er zu Tode gekommen?«

Sie schob die Brille ein wenig nach unten. »Ich werde ab jetzt nichts mehr sagen.«

Stewart nickte. »Die Einzelheiten herauszufinden, ist Sache der Polizei.« Er wog den Schmuck in seiner Hand. »Warum haben Sie es getan? Sie haben ein gutes Leben hier. Sie sind gewissermaßen eine Institution im Savoy. Warum haben Sie das alles aufs Spiel gesetzt?«

Sie lachte hohl. »Seit fünfundzwanzig Jahren rackere

ich mich für dieses Hotel ab. Trotzdem konnte ich keinen Notgroschen zurücklegen für die Zeit, wenn ich nicht mehr arbeiten kann.«

»So alt sind Sie noch nicht«, entgegnete er ungläubig.

»Mit dem Alter hat es nichts zu tun. Ich habe eine unheilbare Krankheit. Sie wird rasch schlimmer. Nicht lange, und ich kann mich nirgends mehr hinwagen, wo Tageslicht herrscht. Es ist eine Lichtallergie, Mr Descoyne. Und es gibt kein Mittel dagegen.«

»Deshalb die dunkle Brille, ich verstehe. Und da haben Sie beschlossen, sich einen Notgroschen zuzulegen.«

»Nein, noch lange nicht«, entgegnete sie schlicht. »Ich konnte nicht. Ich habe mich gequält. Ich wollte Miss Mason nicht die Treue brechen. Aber dann kam dieser schreckliche Tag, an dem die Eltern meiner Nichte verunglückt sind.«

»Ihre Nichte? Was hat sie damit zu tun?«

»Von einem Tag auf den anderen musste ich mich um July kümmern. Und das habe ich getan. Ich habe ihr hier eine Stelle verschafft. Nach und nach bin ich draufgekommen, was für außergewöhnliche Fähigkeiten dieses Mädchen besitzt. Sie ist nicht nur eine gute Köchin. Sie ist auch eine Athletin.«

»Ihre Nichte?«, rief Stewart perplex. »Der Dieb, der Einbrecher, der mich bezwungen hat, ist eine Frau?«

»Kränkt Sie das in Ihrer Ganovenehre, Mr Descoyne?« Mrs Drake schob die Brille wieder vor ihre Augen.

34

Die kürzeste Nacht

Im Schlafanzug lag Violet auf dem Bett ihres Onkels. »Kann ich noch ein bisschen bleiben?« Rund um sie breitete sich ein Meer von Uhren aus.

»Natürlich.« Henry rückte taktvoll an die Wand. Sein Bett war schmal. »Was macht Maxine?«

»Sie schläft. Die Nanny ist bei ihr.«

»Aber du konntest nicht schlafen?«

»Nach einer Nacht wie dieser?« Sie stützte sich auf den Ellbogen. »Entschuldige, dass ich dich geweckt habe.«

»Schon gut.«

»Es ist vier Uhr morgens.«

»Es wird ohnehin gleich hell.« Henry musterte ihre Aufmachung. »Du bist im Pyjama durch das ganze Hotel gelaufen?«

»Glaub mir, in einer Nacht wie dieser war das nichts Besonderes.« Sie lächelte.

»Früher ...« Er unterbrach sich.

»Ja? Was war früher, Onkel Henry?«

»Als du noch klein warst, bist du mit deinen Sorgen immer zu meinem Vater gelaufen. Larry war die ganze Welt für dich.«

»Ich weiß es noch.«

»Sir Laurence, der große alte Mann des Savoy.«

»Er war wunderbar.«

»Und heute –« Ein verhaltenes Lachen. »Heute Nacht kommst du zu deinem alten Onkel.«

»Ich bin froh, dass es so ist, Henry.« Sie umarmte ihn.

»Wieso gehst du eigentlich nicht zu Lionel?«

Sie sah ihn an und wusste, dass er es wusste. »Du bist eine kluge alte Schildkröte, mein lieber Onkel«, antwortete sie leise. »Du hast es kommen sehen, nicht wahr?«

»Gespürt habe ich es vielleicht. Du und Lionel, das war ... Es war ...« Er suchte nach dem richtigen Wort.

»Es war eben eine Liebe im Krieg«, half sie ihm weiter.

»Ja, das beschreibt es am besten. Für den Frieden war diese Liebe wohl nicht geschaffen.«

Violet zeigte auf die Uhr auf Henrys Arbeitstisch. »Wie geht es deiner *Reverso-Tourbillon*?«

»Du hast dir den Namen gemerkt? Sieh mal an.«

»Konntest du sie reparieren?«

»Nein. Dafür muss ich erst eine spezielle Feder anfertigen …« Er stopfte sich ein Kissen in den Rücken. »Aber du bist bestimmt nicht gekommen, um mit mir die Tücken einer *Reverso-Tourbillon* zu besprechen.«

Violet nickte, überlegte. »Dieser Mr Sciapiarelli hat alles in Gang gebracht«, sagte sie nach einer Pause.

»Der tote Mann im Lichthof?«

»Genau genommen der tote *Mr Drake* im Lichthof. Er ist ins Savoy gekommen, weil er nicht verstehen konnte, woher seine Frau auf einmal so viel Geld besaß.«

»Wenn die beiden verheiratet waren, wieso ist ihm das nicht früher aufgefallen?«

»Sie lebten seit Jahren getrennt. Keiner brachte es allerdings über sich, den endgültigen Schritt zu vollziehen.«

»Sie haben nie zusammen gelebt?«

»Wegen ihrer Lichtallergie wohnt Mrs Drake im untersten Kellergeschoß.«

»Richtig. Ich hatte es vergessen. Und Mr Sciapiarelli?«

»Als Spielzeugvertreter war er fast das ganze Jahr unterwegs.«

»Woher wusste er, dass Mrs Drake an Geld gekommen war?«

»Weil sie ihm teure Geschenke gemacht hat und ihm den Aufenthalt im Savoy bezahlte, wenn er in London war.«

»So ist Mr Sciapiarelli seiner Frau auf die Schliche gekommen?«

»Nicht sofort. Mrs Drake ist bei ihrem Nebenerwerb sehr vorsichtig ans Werk gegangen. Sie führte nur alle paar Monate einen Diebstahl durch. So kam niemand auf den Verdacht, dass es jedes Mal ein und derselbe Täter sein könnte.«

»Wie lange ging das schon?«

»Seit drei Jahren. Seit Mrs Drake ihre Diagnose erhalten hat.«

»Moment mal.« Henry überkreuzte die Beine. »Vor drei Jahren hat July Gilbert noch nicht bei uns gearbeitet.«

»Gut kombiniert«, lächelte Violet. »Mrs Drake war gezwungen, July für jeden Raubzug ins Hotel zu schleusen. Weil das zu riskant war, kam sie auf die Idee, ihrer Nichte eine feste Stellung zu verschaffen. Maître Dryden nahm das Mädchen in der Küche auf.«

Henry schüttelte den Kopf. »Und damit hat Mrs Drake

offenbar das wahre Talent ihrer Nichte zutage gefördert. July ist eine exzellente Köchin.«

»Schon seltsam, nicht wahr?« Violet legte sich bequemer hin. »Aber dann passierte das Unglück.«

»Welches Unglück?«

»Eines Tages kam Mr Sciapiarelli wieder einmal nach London.«

Henry hob den Zeigefinger. »Sekunde, Vi, willst du sagen, das alles hat Mrs Drake dir einfach so gestanden?«

»Ich war selbst überrascht.« Sie blickte zur Decke hoch. »Meine alte Hausdame, treu bis in die Knochen, die Stütze des Hotels, wollte offenbar den Ballast von ihrer Seele abwerfen. Sie hat mit nichts hinterm Berg gehalten. Unter einer Bedingung.«

»Und die wäre?«

»Sie wollte es zu allererst mir gestehen, Henry, und nicht Scotland Yard. Mrs Drake wollte vor ihrer Direktorin beichten. Ich kann dir sagen, trotz allem, was sie getan hat, war ich wieder einmal beeindruckt von unserer Mrs Drake.«

»Was war das denn nun für ein Unglück? Was ist passiert?«

»Mr Sciapiarelli hat seine Frau in ihrer unterirdischen Wohnung besucht. Sie offenbarte ihm, wie es um ihre

Gesundheit steht und dass sie in weniger als einem Jahr nicht mehr würde arbeiten können.«

Henry seufzte. »Ich stelle mir das schrecklich vor, wenn man kein Tageslicht erträgt.«

»Bei diesem Besuch hat Mr Sciapiarelli leider den Koffer bei ihr entdeckt.«

»Den Koffer mit dem Einbruchswerkzeug?«

Violet nickte. »An diesem Abend hat seine Frau ihrem Mann gestanden, woher der Reichtum stammt. Sciapiarelli muss ziemlich schockiert gewesen sein.«

»Ein kleiner Spielzeugvertreter ist schockiert, weil seine Frau heimlich ein Vermögen gemacht hat?«

Violet knuffte ihn gegen die Schulter. »Sei nicht so herablassend. Sciapiarelli war offenbar ein anständiger Mensch. Er hat seine Frau aufgefordert, mit den Diebstählen aufzuhören. Es kam zum Streit, dabei war er wohl so geistesgegenwärtig, den Koffer als Corpus Delicti mitzunehmen. Darin befand sich allerdings nicht nur das Werkzeug, sondern auch der Schmuck vom letzten Einbruch. Mrs Drake war außer sich. In ihrer Wut hat sie jemanden angerufen.«

»Wen – July?«

»Nein. Den Hehler, der das Diebesgut für sie weiterverkauft.«

Verwirrt setzte sich Henry auf. »Moment, jetzt kommt auch noch ein Hehler ins Spiel?«

»Der Hehler hatte Angst, dass ihm jemand seine goldene Gans stehlen könnte. Er kam ins Hotel, stellte Sciapiarelli zur Rede und wollte Koffer und Schmuck wiederhaben. Geistesgegenwärtig nahm Sciapiarelli den Schmuck an sich. Der Hehler hat ihn angegriffen. Sciapiarelli ist zurückgewichen, konnte sich wegen seiner Prothese nicht gut verteidigen und ist aus dem Fenster gestürzt. Der Hehler ergriff die Flucht. Den Rest hat Mrs Drake so inszeniert, dass man Sciapiarelli zunächst für den Juwelendieb halten musste.«

»Ihren eigenen Mann? War das nicht riskant für sie?«

»Die beiden haben in Italien geheiratet. Es existiert keine britische Heiratsurkunde.«

Henry kratzte sich an der Stirn. »Sekunde mal. Wenn Mr Sciapiarelli mit dem Schmuck aus dem Fenster gefallen ist, wieso hat die Polizei dann nichts bei ihm gefunden?«

»Das hat mich auch gewundert. Ich selbst habe mir den Toten unmittelbar nach dem Sturz angesehen.«

»Und?«, drängte Henry.

»July Gilbert ist nicht nur eine geschickte Fassadenkletterin und eine exquisite Köchin, sondern auch eine gute

Schauspielerin. Sie hat es so eingerichtet, dass sie die Leiche als Erste fand. Darauf hat sie Dryden und der ganzen Küche den Schock vorgespielt, unter dem sie stand. In Wirklichkeit hatte sie dem Toten zuvor rasch die Juwelen abgenommen.«

»Das ist ja eine richtige Räuberpistole!« Henry setzte sich auf. »Und die vorbildliche Mrs Drake war dabei der Drahtzieher.«

»Ich verstehe nur noch nicht, wieso ausgerechnet July sich darauf eingelassen hat. Ich bringe jene July, die wir kennen, und die Meisterdiebin nicht unter einen Hut«, entgegnete Violet nachdenklich.

»Was sagt Mrs Drake dazu?«

»Sie beschützt ihre Nichte und behauptet, es sei alles ihre Idee gewesen.« Violet schwang die Beine aus dem Bett. »Ich spreche mit July, sobald ich kann. Zurzeit ist das unmöglich.«

»Wieso?«

»Weil Scotland Yard sie verhaftet hat. Sie wird dem Untersuchungsrichter vorgeführt.«

»Die arme July.«

»Na, du bist gut.« Violet drehte sich zu ihm. »Das Mädchen hat Edelsteine im Wert von Hunderttausenden Pfund geraubt, und du sagst *arme July?*«

»Sie tut mir trotzdem leid. Ihr ganzes Leben ist verpfuscht.«

Vorsichtig stieg Violet über die Uhren und ging zur Tür. »Nach dem Tod von Sciapiarelli wusste Mrs Drake, dass die Sache nicht mehr lange gut gehen würde. Daher hat sie ihr *Geschäft* intensiviert. Julys Einsätze häuften sich. Nach dem Einbruch bei Mrs Flack und dem schwedischen Ehepaar sollte der Raubzug auf dem Ball das krönende Finale von Mrs Drakes Verbrecherkarriere werden. Und das ist es, was ich meiner Hausdame nie verzeihen werde: dass sie dem Hotel, dem sie achtundzwanzig Jahre lang treu gedient hat, solchen Schaden zufügt.« Sie öffnete die Tür. »Danke, Onkel Henry.«

»Wofür?«

»Dass du mir zugehört hast. So etwas sollten wir öfter machen. Ein gutes Gespräch unter Verwandten.«

Henry legte den Kopf schief. »Muss es jedes Mal um vier Uhr morgens sein?«

»Du hast recht. Ich muss unbedingt noch ein bisschen schlafen, bevor Maxie aufwacht.«

»Du? Du musst schlafen?« Er lachte. »Ich glaube nicht, dass ich jetzt noch ein Auge zukriege.« Er überlegte. »Ob Mrs Drake heute Nacht schlafen kann – oder July?«

35

Weil ich sie liebe

»Das wirst du nicht tun«, rief Lady Edith. »Ich verbiete es!«

Vier Tage waren vergangen. Alle Kräfte im Savoy waren damit beschäftigt, den Schaden, den das Wasser angerichtet hatte, zu beseitigen. Es sah schlimm aus. Vieles in den Sälen war unwiderruflich zerstört. Die kostbare Ausstattung des *Golden Pavillon* und der angrenzenden Räume, teure Musikinstrumente waren unbrauchbar geworden, auch die erlesenen Garderoben der Gäste. Im Erdgeschoss des Hotels würde es auf unabsehbare Zeit kein fließendes Wasser geben. Nach der Flut waren die

Wassermassen in die Untergeschosse gesickert. Lagerräume, die Bügelstation und das Wäschelager wurden vernichtet. Eine Ironie am Rande: Die Flut kam bis ins unterste Geschoss des Hauses voran, wo Mrs Drake wohnte. Auch ihr Apartment wurde überschwemmt. Sie würde es allerdings nicht mehr brauchen. Mrs Drake saß in Untersuchungshaft. Sie teilte dieses Schicksal mit July Gilbert.

»Du kannst mir das nicht verbieten, Mama.« Tyrone saß auf der Chaiselongue in der Erker-Suite. »Ich statte July einen Besuch ab.«

Erregt schritt die Duchess vor ihm auf und ab. »Aber warum? Warum nur, mein Sohn?«

»Weil ich sie liebe.«

»Terry!« Die Herzogin war sich nicht zu schade, vor ihrem Sohn in die Hocke zu gehen. »Ich spreche gar nicht von dem Standesunterschied, der euch trennt, ich spreche davon, dass diese junge Frau eine gefährliche und gerissene Diebin ist.«

»Das stimmt, Mama. Sie hat mir alles gestanden.«

»Dann sollte dir die Vernunft sagen, dass du diese Frau nicht wiedersehen kannst!«

»Natürlich sagt mir das die Vernunft, Mama.«

»Gott sei Dank.« Lady Ediths lindgrünes Kostüm war

für diese Position nicht ideal, sie stand wieder auf. »Dann ist die Sache also erledigt? Von eurem Ausflug nach Surrey ist gottlob nichts an die Öffentlichkeit gedrungen. Mit etwas Glück wird unsere Familie mit der Enthüllung des Juwelenraubes nicht in Verbindung gebracht werden.«

»Das sehe ich auch so, Mama.«

»Gut. Mein lieber Junge, das finde ich ausgezeichnet«, entgegnete die Herzogin erleichtert.

»Ich habe mit Onkel Ethelred telefoniert«, fuhr er fort.

»Du hast … den Oberstaatsanwalt Seiner Majestät angerufen?«, entgegnete die Mutter entgeistert. »Wozu?«

»Ich habe ihm alles erklärt. Von Mann zu Mann.«

»Was, Terry, was hast du dem Staatsanwalt von Mann zu Mann erklärt?«, drängte die Duchess in steigender Sorge.

»Ich habe Onkel Ethelred immer schon gemocht, das weißt du. Er ist einer meiner Lieblingsonkel. Und er mag mich, glaube ich, auch.«

»Sicher, sicher. Aber was hat das denn …?«

»Er hat mich diesen Sommer wieder nach Schottland zum Angeln eingeladen.«

»Wunderbar, ich freue mich für dich. Das wird bestimmt eine genussreiche Zeit. Aber bitte sage mir nun, was du mit dem Oberstaatsanwalt besprochen hast.«

»Zunächst erklärte ich ihm, was July getan hat.«

»Wozu?« Eine plötzliche Ahnung durchzuckte die Herzogin. »Du hast ihn doch nicht etwa angebettelt, sich für diese kleine Diebin einzusetzen?«

»Das würde Ethelred nie tun. Selbstverständlich würde ich es ihm niemals vorschlagen. July weiß, dass ihr eine lange Gefängnisstrafe bevorsteht.«

»Richtig. Was habt ihr also besprochen?«

»Ich sagte ihm, dass July die einzige Frau ist, die ich jemals lieben werde.«

»Oh Gott, Terry! Ich hoffe, Onkel Ethelred hat dich gründlich ausgelacht und dir wegen solcher Flausen den Kopf gewaschen.«

»Im Gegenteil. Er ist ein Mann, der mit beiden Beinen auf der Erde steht. Und damit mitten im Volke. Ethelred versteht genau, was mich bewegt. Er versteht auch mein Anliegen. Er hat mir sogar geschildert, wie er vor Jahren seine Dorothy kennengelernt hat. Du weißt, auch sie stammt aus bürgerlichen Kreisen.«

»Lady Dorothy Doyle?«, rief die Herzogin aufs Höchste alarmiert. »Willst du die Gattin des Oberstaatsanwalts Seiner Majestät mit einer Diebin, einer Köchin vergleichen?!«

»Onkel Ethelred fand den Vergleich nicht so abwegig.

Er hat mir wegen der zu erwartenden Standesdünkel keine Vorhaltungen gemacht.«

»Weswegen hat er dir denn überhaupt Vorhaltungen gemacht?«, fragte Lady Edith am Rande des Nervenzusammenbruchs.

»Er hat mich lediglich gewarnt.«

»Wovor?«

»Er sagte, dass July mit einer Haftstrafe von mindestens neun Jahren rechnen muss.«

»Sehr gut, bestens.« Die Duchess nickte, weil sie eine glückliche Wendung der Angelegenheit erhoffte. »Damit ist der Fall dann wohl klar.«

»Ja, er ist klar, Mama.« Tyrone stand auf. »Ich werde auf July warten. Das ist das Mindeste, was ich für sie tun kann. Und ich werde sie in der Haft besuchen. Schon heute.«

Lady Edith bewegte die Lippen, aber sie brachte keinen Ton heraus.

»Onkel Ethelred hat mir die Genehmigung dazu erteilt. Darauf hat er mit dem Untersuchungsrichter und der Gefängnisverwaltung gesprochen.« Tyrone sah auf die Uhr. »Also, es wird Zeit für mich.« Er machte eine korrekte Verbeugung. »Entschuldige mich nun bitte. Ich will mich umziehen.« Der junge Lord wandte sich zum

Ankleidezimmer. »Es ist vielleicht besser, wenn du mit dem Dinner nicht auf mich wartest.«

Violet stützte sich auf den Wischmop. »Was ist das mit der Liebe?«, seufzte sie. »Was ist das mit den Männern und Frauen, die so schwer zusammenkommen können?«

Gary Stewart hob den Eimer hoch. »Findest du das den richtigen Zeitpunkt, um über die Liebe zu philosophieren?«

»Warum nicht?«

Sie wischte, er folgte ihr mit dem Eimer. Sie wrang die braune Brühe darin aus. Gary hatte einen Lappen an seinen rechten Fuß geschnallt und schrubbte über jene Stellen, die Violet mit dem Mop nicht sauber bekam.

Sie blieb stehen. »Ich habe manchmal den Eindruck, dass das, was wir Glück nennen, im Plan des Universums gar nicht vorgesehen ist.« Sie wischte weiter.

»Vielleicht liegt es daran, dass wir die falschen Dinge als Glück bezeichnen. Vielleicht nennen wir unseren Wunsch nach Sorglosigkeit Glück. Aber ich fürchte, Glück ist etwas anderes.« Er wischte ihr hinterher.

»Was ist das Glück für dich, Gary?«

»Ich glaube, Fragen machen uns glücklicher als Antworten. Eine große Anstrengung kann Glück bedeuten. Und vor allem die Vorstellung, dass das Leben stets weitergeht, solange wir in Bewegung sind, das halte ich für Glück.«

Violet ließ das Wischen sein. »Im tiefsten Herzen bist du doch ein Vagabund, Gary. Wirst du jemals in Ruhe einfach nur *leben* können?«

»Was meinst du mit *in Ruhe*? Seit drei Stunden bin ich dabei, mit dir den *Golden Pavillon* zu säubern. Ich könnte ein bisschen Ruhe gut gebrauchen.«

Violet zeigte auf das kleine Heer von Mitarbeitern, die sich ebenfalls mit ihren Eimern durch den Speisesaal bewegten. Putzfrauen waren darunter, Liftpagen und Musiker aus dem Orchester. »Immerhin musst du die Arbeit nicht allein machen.« Sie ließ sich auf eine Fensterbank sinken. »Aber du hast recht. Ich bin auch müde.«

Er setzte sich neben sie. »Wie kommst du ausgerechnet jetzt auf die Frage nach dem Glück?«

»Es ist wegen July.«

»Du hast mit ihr gesprochen?«

»Zuerst schien es völlig aussichtslos, das kann ich dir sagen. Bis ich den Oberstaatsanwalt angerufen habe.«

Gary lehnte sich gegen ihre Schulter. »Du hast also mal wieder deine Verbindungen spielen lassen?«

»Sir Ethelred weiß, was im Savoy los war. Er ist dabei gewesen.«

»Auf dem Ball?«

»Zusammen mit seiner Gattin Dorothy. Es war ihr Hochzeitstag. An ihrem Hochzeitstag ist die Frau des Staatsanwalts fast ertrunken.«

Gary schnallte den Putzlappen vom Fuß. Er hatte keine Lust, auch nur noch einen weiteren Square-Inch zu wischen. »Und er hat dir die Genehmigung erteilt?«

»Glücklicherweise. Zum Abschied sagte er einen sonderbaren Satz. Ich verstehe nicht, was er damit gemeint hat: *Das dürfte ziemlich eng bei Miss Gilbert in der Zelle werden.*«

»Und dann?« Ohne Aufwand legte Gary seine Hand auf die von Violet.

»Ich durfte July besuchen.«

»Wie geht es ihr?«

»Ganz gut. Ich konnte nur eine Viertelstunde mit ihr sprechen. Weil die Zeit so knapp war, fragte ich rundheraus, warum sie das Verbrechen begangen hat. Weshalb wurde sie zur Diebin in dem Haus, das ihr zur Heimat wurde? Und weißt du, was? Ihre Antwort fiel vollkommen anders aus, als ich erwartet habe.«

»Was hast du denn erwartet?« Er streichelte ihre Finger.

»Nun vielleicht etwas über Herausforderung, Abenteuer und Reichtum. Ich dachte sogar daran, dass Mrs Drake sie irgendwie in der Hand haben könnte und July dazu gezwungen hat.«

»Weißt du, wozu ich jetzt Lust hätte?«, fragte er mit verhaltener Stimme.

Überrascht sah sie ihn an. »Nein, wozu?«

»Ich möchte deinen Wischmop und meinen Eimer in die Ecke stellen und mit dir auf dein Zimmer gehen.«

Ihre Augen wurden groß.

»Meinetwegen auch in mein Zimmer«, korrigierte er sich augenzwinkernd. »Ich habe Lust, eines dieser schönen weichen Betten deines Hotels auszuprobieren.«

Sie erwiderte seinen Händedruck. »Woher kommt das denn auf einmal, Gary?«

»Wahrscheinlich haben mich deine Männer und Frauen, die so schwer miteinander glücklich werden können, darauf gebracht.«

»So ist das also.« Sie betrachtete ihre beiden ineinander verschlungenen Finger.

Sein Lächeln wurde breiter. »Das Savoy hat gerade eine Sintflut überstanden. Mal sehen, ob es auch ein *Erdbeben* übersteht.«

»Überschätzt du dich da nicht ein bisschen?« Sie stieß ihn in die Seite.

»Das kommt auf den Versuch an.« Er stand auf.

»Interessiert es dich gar nicht, was July mir anvertraut hat?«

»Ich will alles ganz genau erfahren.« Er nahm sie bei der Hand.

Sie löste sich. »Lass das. Nicht vor den Leuten.«

Ein wenig eingeschüchtert trat er zurück. »Ich verstehe.«

Violet stellte den Wischmop in die Ecke. »So schnell gibst du auf?« Sie war bereits unterwegs in Richtung der Lobby.

An den Fahrstühlen holte er sie ein. »Erzähl mir von July.«

Aufzug Nummer eins schwebte herab.

»Alles, was passierte, hat tatsächlich mit Männern und Frauen zu tun.« Violet schaute hoch. »July erträgt die Welt nicht, in der wir leben.«

»Was ist das denn für eine Welt?«

»Eine Männerwelt, mein Lieber. Eine Welt, in der die Männer alles bestimmen.«

Der Lift hielt, Gary öffnete die Tür und ließ ihr den Vortritt. »Das stimmt nicht.«

»Wie man sieht, sind Männer galant, Männer geben den Frauen das Gefühl, etwas Kostbares zu sein. Aber Männer würden Frauen nie auf die gleiche Stufe mit sich selbst stellen.«

Er trat zu ihr in die Kabine. »Du bist als Chefin des Savoy der beste Beweis dafür, dass das nicht stimmt.«

Violet drückte den Knopf in den fünften Stock. »Nur der Zufall, kein fairer Wettbewerb hat mich in diese Position gebracht.« Der Fahrstuhl setzte sich in Bewegung. »Der Krieg ist vorbei, Gary, wir schreiben das Jahr 1946. Aber immer noch gibt es keine einzige Frau in unserer Regierung. Vielleicht ist in Julys Kindheit etwas passiert, das diese Radikalität in ihr ausgelöst hat. Jedenfalls hatte sie sich zum Ziel gesetzt, dass es nichts auf der Welt geben darf, das eine Frau nicht genauso gut kann wie ein Mann.«

»Und deshalb wurde sie kriminell?«, entgegnete er skeptisch.

»July hat als Mädchen an vielen sportlichen Wettkämpfen teilgenommen, nicht nur im Fünfkampf, der für die Mädchen vorgesehen ist. Sie ist auch in sämtlichen Männerdisziplinen angetreten, und sie ist den Männern davongerannt. Sie hat sie besiegt.«

»Genauso wie sie mich bei unserem Zweikampf auf dem Dach besiegt hat.« Gary nickte nachdenklich.

»Sie war die erste Abteilungschefin in der Küche des Savoy. Schritt für Schritt hat sie ihren Plan in die Tat umgesetzt: Eine Frau kann alles, was ein Mann kann. Eine Frau kann sogar zur Meisterdiebin werden.«

»Hat dich diese Erklärung befriedigt?«, fragte er überrascht.

»Es ist keine Rechtfertigung, aber eine Erklärung ist es allemal.«

Gary betrachtete Violet von der Seite. »Ich könnte argumentieren, dass man Frauen gemeinhin eine höhere Moral zuspricht als Männern. In dieser Kategorie hätte July demnach versagt.«

»Nicht unbedingt.« Der Fahrstuhl hielt. »Konsequent betrachtet darf eine Frau genauso unmoralisch sein wie ein Mann. Und wie ein Mann übernimmt July nun die Verantwortung dafür.« Violet stieß die Tür auf und trat auf den Korridor.

»Ehrlich gestanden bin ich überrascht und ein wenig eingeschüchtert von Julys Philosophie. Und von deiner Reaktion darauf.« Gary blieb in der Kabine stehen.

»Das solltest du auch sein.« Sie hielt ihm die Tür auf. »Es ist nämlich nicht in Ordnung, dass ein Mann einer Frau einfach vorschlägt, mit ihr ins Bett zu gehen, und sie hat sofort mitzuspielen.«

»Du willst also nicht mit mir ins Bett gehen?«

Da er nicht aus dem Lift herauskam, ergriff Violet seine Hand und zog ihn zu sich. »Rede keinen Unsinn. Aber wir gehen in mein Bett.«

Mit fragenden Augen stand er vor ihr.

»Ich habe dich lieb, Gary Antoine Descoyne Stewart«, fuhr sie leise fort. »Ich glaube, du bist einer, der bereit ist, die Veränderungen mitzumachen, die der Welt bevorstehen.« Sie küsste ihn.

»Ich gebe mir Mühe«, antwortete er.

Umarmt liefen sie den Korridor hinunter, der ins Kuppelzimmer des Savoy führte.

Epilog

Eines Tages

Es war kühl in diesen Mauern. Die Frühlingswärme drang nicht bis in das Gefängnis Seiner Majestät. July Gilbert trug einen Kattunrock, einfache Schuhe und einen Sweater. Sie befanden sich in einem kleinen Raum, der von beiden Seiten von Gittertüren begrenzt wurde. Hinter jedem Gitter saß ein Beamter der Gefängnisverwaltung. Ein Maschendraht vor dem Fenster brach das Tageslicht, das draußen so prächtig strahlte. Ihr Gespräch fand im Zwielicht statt.

»Ich wollte, ich könnte mich bei dem armen Reginald entschuldigen«, sagte July.

»Beim wem?« Sir Tyrone saß in respektvollem Abstand. Er trug einen halblangen Mantel. Hut und Handschuhe hatte er abgelegt.

»Du kennst ihn nicht. Er ist Hilfskoch im Savoy. Ich habe ihn schlecht behandelt, das muss ich zugeben. Aber meine Tante, die hat ihm richtig übel mitgespielt.« Sie überlegte. »Ich glaube, das war das einzige Mal, dass Mrs Drake Gewalt angewendet hat.«

»Man gestattet uns nur ein paar Minuten.« Tyrone beugte sich vor. »Wollen wir nicht lieber über dich sprechen?«

Ihre Augen verdüsterten sich. »Was gibt es über mich schon zu sagen?« Im nächsten Moment sah sie ihn freundlich an. »Entschuldige, Terry. Danke. Ich finde es sehr nett, dass du gekommen bist.«

»Nett?«

»Ich kann mir die Widerstände vorstellen, die deine Mutter dir in den Weg legt. Aber ich …« Sie senkte den Kopf. »Ich weiß ehrlich gestanden nicht, wozu es gut sein soll.«

»Es geht nicht darum, *nett* zu dir zu sein.«

»Was denn sonst?«, entgegnete sie schroff. »Unser Beisammensein war von Anfang an unmöglich. Jetzt ist es außerhalb jeder Realität.«

»Findest du?«

»Ich bin eine Verbrecherin. Ich wurde überführt. Ich habe gestanden. Man wird mich verurteilen.«

»Na und?«

Sie runzelte die Stirn. »Terry, bitte spiel mir nicht den weltfremden Adeligen vor, der nicht versteht, was hier vorgeht.«

»Ich verstehe es genau, July. Onkel Ethelred hat mir exakt beschrieben, was es zu bedeuten hat. Dir allerdings scheint noch nicht klar geworden zu sein, was es in Wahrheit bedeutet.«

Ihre gefalteten Finger verkrampften sich ineinander. »Wovon redest du?«

»Ich verdanke dir mein Leben, July.« Seine Worte waren so schlicht, wie sie nur sein konnten. »Ich lebe nur noch, weil es dich gibt, meine Liebe. Bevor wir uns kennenlernten, war ich auf einem dunklen Pfad, von dem es keine Rückkehr gegeben hätte.«

»Kommt dir das nicht ziemlich melodramatisch vor, so etwas zu sagen?«, ging sie dazwischen.

»Ich bitte dich, hör auf, meine Gefühle anzuzweifeln! Ich bin mir meiner Gefühle absolut sicher.« Er atmete einmal tief durch. »Bevor wir uns kennenlernten, sah ich keine andere Möglichkeit, als mein leeres, nichtssagendes, mein sinnloses Leben zu beenden. Wozu sollte ich Herzog werden? Es gibt in der heutigen Welt nichts Überflüssigeres als die dummen Privilegien meines Standes.«

»Das stimmt.« Ernst sah sie ihn an. »Du und deinesgleichen, ihr habt euch überlebt. Aber deswegen stirbt man doch nicht gleich. Wem hätte dein Tod genützt? Mit deinem Reichtum kannst du etwas Sinnvolles und Gutes tun.«

»Das werde ich auch. Von nun an wird alles anders, July. Und das ist dein Verdienst. Seit unserer Fahrt nach Surrey, seit dem Abend in Oakwoodhill habe ich erkannt, wie mein weiteres Leben verlaufen soll. Es wird dieses Leben geben. Aber ...« Er ergriff ihre Hand. »Aber das geht nur mit dir zusammen, July.«

»Keine Berührung«, sagte der Constable hinter dem Gitter.

Tyrone ließ Julys Hand los. »Verstehst du mich?«

»Noch nicht ganz.«

»Ich werde auf dich warten, meine Liebe, egal, wie lange deine Strafe dauern sollte. Und weil ich auf dich warte, werde ich leben. Das ist das Wunderbare daran. Ich warte auf dich, und ich lebe. So einfach ist das.«

»Einfach?«, wiederholte sie. »Das kann viele Jahre dauern.«

»Umso besser.«

»Was?« Ungläubig blickte sie ihn an.

»Es wird eine ganze Weile dauern, bis ich Oakwoodhill renoviert habe. Und ich möchte, dass du unser Haus erst siehst, wenn es fertig ist. Wir können uns also beide Zeit lassen. Verstehst du?«

»Du bist schon ein ziemlich verrückter Herzog, weißt du das?« Sie schüttelte den Kopf.

»Ein verrückter, beinahe lebensunfähiger Herzog.«

»Ach, Terry –« Sie betrachtete ihn mit einem Blick, in dem all ihre Liebe und Fröhlichkeit lagen.

»Die Zeit ist um.« Der Constable hinter ihnen stand auf.

»Dann wollen wir es also so machen?«, fragte Tyrone leichthin, als hätten sie nicht gerade ihr ganzes künftiges Leben besprochen.

»Solange du das möchtest, können wir es gern so machen, Terry.« Sie lächelte. »Ich werde in nächster Zeit kaum woanders hingehen. Aber falls du es dir irgendwann anders überlegst …«

Bevor der Wärter eingreifen konnte, nahm Tyrone ihre Hand und küsste sie. »Ich überlege es mir bestimmt nicht anders. Also abgemacht, ich renoviere Oakwoodhill. Von Zeit zu Zeit werde ich dir Vorschläge machen, was die Teppiche und die Tapeten betrifft.«

Der Wärter sperrte die Tür auf. »Euer Gnaden, ich muss Sie nun bitten –«

»Schon gut, bester Mann.« Tyrone machte eine Verbeugung vor July.

Als er ging, blieb in ihren Augen ein großes Staunen über die Unfassbarkeit, die Unverbrüchlichkeit der Liebe, der Liebe eines reizenden, verrückten Herzogs. So eine Liebe hatte July noch nie erfahren. Niemals. Sie konnte noch nicht daran glauben. Aber sie wünschte sich, dass sie eines Tages von ganzem Herzen daran glauben würde.